Mia

Nora Roberts

L'île des Trois Sœurs - 3

Mia

*Traduit de l'américain
par Béatrice Pierre*

ÉDITIONS FRANCE LOISIRS

Titre original: FACE THE FIRE
A Jove Book published by arrangement with the author.
Jove Books are published by the Berkley Publishing Group,
a division of Penguin Putnam Inc., New York

Édition du Club France Loisirs,
avec l'autorisation des Éditions J'ai lu.

Éditions France Loisirs,
123, boulevard de Grenelle, Paris.
www.franceloisirs.com

Le Code de la propriété intellectuelle n'autorisant, aux termes des paragraphes 2 et 3 de l'article L. 122-5, d'une part, que les « copies ou reproductions strictement réservées à l'usage privé du copiste et non destinées à une utilisation collective » et, d'autre part, sous réserve du nom de l'auteur et de la source, que les « analyses et les courtes citations justifiées par le caractère critique, polémique, pédagogique, scientifique ou d'information », toute représentation ou reproduction intégrale ou partielle, faite sans le consentement de l'auteur ou de ses ayants droit ou ayants cause, est illicite (article L. 122-4). Cette représentation ou reproduction, par quelque procédé que ce soit, constituerait donc une contrefaçon sanctionnée par les articles L. 335-2 et suivants du Code de la propriété intellectuelle.

Copyright © 2002 by Nora Roberts
Pour la traduction française : © Éditions J'ai lu, 2003

ISBN: 2-7441-9145-0

*À tous les amants,
anciens et nouveaux*

Ô amour! Ô feu! D'un seul long baiser,
Il a, jadis, aspiré mon âme entière
À travers mes lèvres;
Comme le soleil levant boit la rosée.

Alfred, Lord Tennyson

Prologue

Septembre 1702, île des Trois Sœurs

Elle avait le cœur brisé, au point que chaque instant de sa vie n'était que souffrance. Ses enfants, ceux qu'elle avait portés et ceux qu'elle élevait à la place de ses sœurs, ne lui étaient d'aucun réconfort.

Elle non plus, à sa grande honte, ne leur était d'aucun réconfort puisqu'elle les quittait, alors que leur père les avait déjà abandonnés. Son mari, son amant, son cœur était retourné à la mer et, depuis, espoir, amour et magie l'avaient désertée.

Même à présent, il n'aurait aucun souvenir des années heureuses qu'ils avaient partagées. Il l'aurait oubliée, ainsi que leurs fils et filles, et leur vie sur l'île.

Car telle était la nature de son mari, et tel était son destin, à elle.

Tel avait été aussi le destin de ses sœurs, songea-t-elle, tandis qu'elle se tenait sur la falaise qu'assaillait l'océan. Toutes avaient perdu la bataille de l'amour. Celle qui s'appelait Air s'était éprise d'un beau visage et de paroles suaves derrière lesquels se dissimulait une bête féroce. Un fauve qui avait répandu son sang et contre lequel elle n'avait pas osé utiliser son pouvoir.

De même, celle qu'on nommait Terre avait tempêté, pleuré et s'était bâti une forteresse de haine. Elle avait employé son pouvoir pour se venger, reniant ainsi les règles de son Art et rejoignant les forces obscures du mal.

À présent, celle qu'on appelait Feu se retrouvait seule avec son chagrin, incapable de lutter, ni de trouver un but à sa vie.

Une voix sournoise l'appelait dans la nuit. Ses murmures n'étaient que mensonges, elle le savait, et cependant, elle était tentée d'y répondre.

Le cercle des sorcières était rompu, et résister seule était au-delà de ses forces et de sa volonté.

La puissance maléfique se rapprochait, brouillard immonde rampant sur le sol, monstre affamé prêt à se délecter de sa mort.

Elle leva les bras et sa chevelure flamboyante claqua au vent qu'elle avait convoqué. La mer rugit en réponse et le sol frémit sous ses pieds.

Air, Terre et Feu. Et Eau qui lui avait apporté l'amour avant de le lui reprendre.

Pour la dernière fois, elle commanderait aux éléments.

Ses enfants seraient en sécurité, elle y avait veillé. Leur nurse les élèverait, et le don serait transmis aux générations suivantes.

Les ténèbres lui léchaient la peau.

Elle vacilla tandis que la tempête faisait rage en elle et autour d'elle.

Cette île, que ses sœurs et elle avaient créée afin d'échapper à ceux qui les persécutaient, disparaîtrait à tout jamais.

« Tu es seule, murmurait l'obscurité. Tu souffres. Mets donc fin à ta solitude. Mets fin à ta souffrance. »

Elle le ferait, mais elle ne condamnerait pas ses enfants, ni les enfants de ses enfants. Tout pouvoir ne l'avait pas abandonnée.

— Pendant trois fois cent ans, l'île des Trois Sœurs sera à l'abri de toi.

Elle tendit les doigts et la lumière en jaillit, se mit à tournoyer, formant un cercle dans un cercle.

— Ta main ne pourra atteindre mes enfants. Ils vivront, apprendront et enseigneront. Et quand mon sortilège s'achèvera, trois autres sœurs surgiront et uniront leurs pouvoirs pour t'affronter. Courage et confiance, justice et clémence, amour sans réserve, voilà ce dont elles devront faire preuve. Si l'une d'elles échoue, cette île sombrera dans la mer. Mais si elles parviennent à refouler le mal, ce lieu sera définitivement sauvé et tu ne pourras plus rien contre lui. Ceci est mon dernier sortilège. Qu'il en soit ainsi, puisque je le veux.

Les ténèbres tentèrent de la saisir, sans succès, tandis qu'elle s'élançait du haut de la falaise. Alors qu'elle plongeait dans la mer, elle lança son pouvoir qui, tel un filet d'argent, enveloppa l'île tout entière.

1

Mai 2002, île des Trois Sœurs

Cela faisait plus de dix ans qu'il n'avait pas mis les pieds sur l'île. Dix années loin de la forêt, des maisons éparpillées, de la plage doucement incurvée, de la falaise escarpée sur laquelle se dressaient la maison en pierre et la flèche blanche du phare.

Sam Logan était rarement surpris. Mais le plaisir ressenti en découvrant ce qui avait changé et ce qui était resté identique l'étonna par son intensité.

Il laissa sa voiture près du quai. Il avait envie de marcher, de respirer l'air printanier, d'entendre les voix qui s'élevaient des bateaux, d'observer la vie qui s'écoulait paisiblement sur ce petit bout de terre au large du Massachusetts.

Il avait aussi peut-être besoin, reconnut-il, d'un peu de temps pour se préparer à revoir la femme pour laquelle il était revenu.

Il ne s'attendait pas à un accueil chaleureux. À vrai dire, il ne savait trop à quoi s'attendre de la part de Mia Devlin.

Autrefois, il l'aurait su. Il connaissait chacune de ses expressions, chaque intonation de sa voix. À cette époque, elle l'aurait attendu sur le quai, sa splendide chevelure rousse flottant dans le vent, ses yeux gris brillant de plaisir et de promesses.

Elle se serait jetée dans ses bras en riant.

Époque révolue, songea-t-il en se dirigeant vers High Street et ses jolies boutiques. C'était lui qui y avait mis fin en s'exilant délibérément

À présent, tout aussi délibérément, il mettait fin à cet exil.

Entre-temps, la jeune fille était devenue une femme. Une femme d'affaires, corrigea-t-il mentalement avec un sourire. Ce qui n'avait rien de surprenant. Mia possédait un talent inné en affaires, et elle n'avait jamais caché ses ambitions dans ce domaine. Eh bien, tant mieux. Si cela s'avérait nécessaire, il se servirait de ce talent pour rentrer de nouveau dans ses bonnes grâces.

Dès lors que c'était pour la bonne cause, quel mal y avait-il à caresser dans le sens du poil?

Il fit une pause devant *L'Auberge Magique*. L'édifice en pierre, de style gothique, était l'unique hôtel de l'île. Depuis peu, il en était le propriétaire. Son père ayant fini par lui lâcher la bride, il avait bien l'intention d'y apporter quelques modifications.

Mais, pour une fois, le travail attendrait qu'il ait réglé ses affaires personnelles.

Il se remit en route. La ville était animée, visiblement, les affaires marchaient, ce qui confirmait ce qu'on lui avait dit.

Il avançait vite, à longues foulées élastiques. Il était grand et élancé, plus habitué aux costumes sur mesure qu'au jean noir qu'il portait ce jour-là. Le vent frais de ce début de mai s'engouffrait dans son long manteau sombre.

Sombres aussi étaient ses cheveux en bataille qui retombaient sur son col. Sa bouche pleine et bien dessinée adoucissait quelque peu son visage taillé à la serpe. Quant à ses yeux, de la couleur de la mer, ils observaient avec acuité la petite ville qui avait été, et devait redevenir, son foyer.

Pour atteindre ses objectifs, il était homme à faire feu de tout bois, y compris utiliser son physique et son charme. Et pour reconquérir Mia Devlin, il savait qu'il aurait besoin de tous les moyens à sa disposition.

Il s'arrêta à nouveau et examina le Café Librairie, de l'autre côté de la rue. Mia avait transformé cette maison autrefois délabrée en une élégante boutique plus que rentable. Une chaise longue était dépliée au milieu d'un assortiment volontairement désordonné de livres et de pots de fleurs. Les livres et les fleurs, ce qu'elle aimait le plus au monde. « Arrêtez un instant vos travaux de jardinage et octroyez-vous une pause bouquin », suggérait la vitrine.

Un couple de touristes – il était encore capable de les repérer – pénétra dans la librairie.

Il demeura immobile, les mains dans les poches, jusqu'à ce qu'il réalise qu'il retardait la confrontation. Dès qu'elle poserait les yeux sur lui, elle exploserait, il en était sûr. Et qui pourrait le lui reprocher?

D'un autre côté, songea-t-il avec un sourire, quoi de plus excitant que Mia Devlin lorsqu'elle s'emportait? Ce serait... divertissant de croiser à nouveau le fer avec elle. Tout comme il serait satisfaisant d'apaiser sa colère.

Il traversa la rue et poussa la porte du Café Librairie.

Il reconnut aisément la petite bonne femme au visage de gnome qui trônait derrière la caisse. Lulu, l'ex-hippie à qui les Devlin avaient confié leur fille.

Il profita de ce qu'elle encaissait les achats d'un client pour faire le tour de la boutique, dont le plafond était piqueté de multiples petites lampes comme autant d'étoiles scintillantes. Des fauteuils étaient disposés face à une cheminée dont le foyer astiqué abritait une profusion de fleurs au parfum suave. Des haut-parleurs invisibles diffusaient en sourdine une douce musique mêlant flûtes et cornemuses.

Sur les étagères bleues, un choix impressionnant de livres, aussi éclectique qu'on pouvait s'y attendre de la part de la propriétaire, était à la disposition des clients.

Personne ne pourrait jamais accuser Mia d'avoir l'esprit étriqué, se dit-il en parcourant les titres.

Ses lèvres esquissèrent un sourire lorsqu'il aperçut les chandelles rituelles disposées sur d'autres rayonnages, ainsi que des jeux de tarot, des charmes et des statuettes de fées et de magiciens. Cette présentation attrayante de ce qui constituait l'un des autres centres d'intérêt de Mia ne le surprit pas.

Il attrapa un morceau de quartz rose dans un bol et le garda un instant dans la main, histoire de favoriser la chance. Il s'apprêtait à le reposer lorsqu'il sentit un courant d'air froid l'effleurer. Le sourire aux lèvres, il se retourna et fit face à Lulu.

— J'ai toujours su que tu reviendrais. La fausse monnaie, y a jamais moyen de s'en débarrasser, grommela-t-elle.

Il se heurtait au premier obstacle : le dragon qui gardait l'entrée.

— Salut, Lu.
— Garde tes « salut, Lu » pour toi, Sam Logan.

Elle renifla avec dédain, le regarda de la tête aux pieds, et renifla une deuxième fois avant d'enchaîner :

— Tu l'achètes, ou j'appelle le shérif et je porte plainte pour vol à l'étalage ?

Il reposa la pierre dans le bol.

— À propos de shérif, comment va Zack ?
— Demande-le-lui toi-même. Je n'ai pas de temps à perdre avec un type de ton genre.

Bien qu'il la dominât de plus de trente centimètres, elle s'avança et pointa sur lui un doigt accusateur qui lui fit retrouver instantanément ses douze ans.

— Que diable es-tu venu faire ici ?
— Voir mon pays natal. Voir Mia.
— S'il te plaît, retourne là où tu t'es baladé ces dernières années. New York, Paris, et tous ces endroits branchés. On s'est tous très bien débrouillés sans toi ici.
— C'est ce que je constate.

Il ne se sentit pas offensé. Le rôle d'un dragon était

de se dévouer à sa princesse. Et dans son souvenir, Lulu avait toujours été à la hauteur de sa tâche.

— Jolie boutique, reprit-il. J'ai entendu dire que le café était particulièrement bon. Et que c'était la femme de Zack qui le tenait.

— Tu as bien entendu. Alors, écoute ça aussi : fiche le camp.

Il n'était toujours pas offensé, non, mais dans ses yeux, le vert l'emporta sur le bleu.

— Je suis venu voir Mia.

— Elle est occupée. Je lui dirai que tu es passé.

— Non, tu ne le lui diras pas, rectifia-t-il. Mais elle le saura de toute façon.

À cet instant, des talons claquèrent sur les marches en bois de l'escalier en colimaçon. Au soubresaut que fit son cœur, il sut immédiatement qui descendait. Il contourna une rangée d'étagères et la vit.

L'apparition lui fit l'effet d'une lame lui traversant le corps.

La princesse était devenue une reine.

Elle avait toujours été une créature splendide. Le passage de l'état de jeune fille à celui de femme n'avait fait qu'ajouter de la sophistication à sa beauté naturelle. Ses cheveux étaient tels que dans son souvenir, une longue cascade de boucles flamboyantes qui encadraient un visage au teint de pêche. Sa peau, se rappela-t-il, était aussi douce que de la soie. Elle avait un petit nez droit et une bouche pulpeuse dont il n'avait pas oublié la texture et la saveur. Ses yeux gris fumé l'examinaient avec une froideur étudiée.

Un sourire glacial sur les lèvres, elle fit quelques pas dans sa direction.

Avec sa robe aux tons d'or sourds qui moulait ses formes et ses escarpins assortis qui mettaient en valeur ses longues jambes, elle semblait rayonner d'une douce chaleur. Impression que démentait son regard.

— Mais c'est Sam Logan, si je ne me trompe. Bienvenue sur l'île.

Sa voix était plus grave qu'autrefois. Plus sensuelle aussi. Il la reçut comme un coup à l'estomac, alors même qu'il s'interrogeait sur ce sourire poli et cet accueil détaché.

— Merci, fit-il en adoptant le même ton qu'elle. Ça fait du bien d'être de retour. Tu es superbe.

— On fait ce qu'on peut.

Elle rejeta ses cheveux en arrière, révélant ses boucles d'oreilles en citrine. D'un seul regard, toute sa personne se grava dans l'esprit de Sam, depuis ses bagues jusqu'à son parfum subtil. L'espace d'un instant, il tenta de lire en elle, mais c'était comme de déchiffrer une langue étrangère.

— Ta librairie me plaît, dit-il. Du moins ce que j'en ai vu.

— Eh bien, je vais te faire visiter. Lulu, tu as des clients.

— Je sais très bien ce que j'ai, marmonna celle-ci. Aujourd'hui est un jour ouvrable, non ? Tu n'as pas le temps de faire visiter les lieux à ce type.

— Lulu, fit Mia, la tête inclinée de côté en manière d'avertissement. J'ai toujours quelques minutes à consacrer à un vieil ami. Suis-moi, Sam, je vais te montrer le café.

Elle le précéda dans l'escalier.

— Tu as peut-être appris que Zack Todd s'était marié l'hiver dernier. Sa femme, Nell, n'est pas seulement une amie, c'est aussi une cuisinière extraordinaire.

Enivré par le parfum de Mia, Sam dut faire une pause en haut des marches. Ce qui l'agaça quelque peu.

Aussi accueillant que le rez-de-chaussée, l'étage offrait l'attrait supplémentaire d'un café animé dont les effluves, épices, café et chocolat, mettaient l'eau à la bouche.

Un choix somptueux de gâteaux et de salades s'étalait dans une vitrine. Devant un énorme faitout d'où s'échappait un fumet odorant, une jolie blonde s'activait.

Du côté opposé, les fenêtres ouvraient sur la mer.
— C'est fantastique, s'écria-t-il avec sincérité. Tout simplement fantastique, Mia. Tu dois être très fière de ce que tu as réalisé ici.
— Pourquoi ne le serais-je pas ?
Le ton acerbe le fit se retourner. Elle s'était ressaisie et lui souriait.
— Tu as faim ?
— Plus que je ne pensais.
Quelque chose d'aussi tranchant que sa repartie traversa brièvement le regard de Mia. Elle se détourna et le guida vers le comptoir.
— Nell, voici un homme affamé.
— Eh bien, il ne s'est pas trompé d'endroit, s'écria la jeune femme dont le sourire creusa les fossettes. La soupe du jour est au poulet et au curry, la salade spéciale, aux crevettes et aux légumes, et le sandwich est à base de pain aux olives avec grillade de porc à la tomate. Il y a aussi notre menu habituel, ajouta-t-elle en désignant la carte, et quelques plats végétariens.
« La femme de Zack », songea Sam. C'était une chose que d'apprendre que son plus vieil ami s'était jeté à l'eau, c'en était une autre que de découvrir pour quelle raison. Une fois de plus, il se sentit troublé.
— Quel choix varié.
— C'est ce que nous aimons à penser.
— De toute façon, tu ne peux pas te tromper puisque c'est Nell qui a tout préparé, assura Mia. Je vais te laisser entre ses mains compétentes, à présent. J'ai du travail. Oh, Nell, j'aurais dû vous présenter. Sam Logan, un vieil ami de Zack. Bon appétit, lança-t-elle en s'éloignant.
Le joli visage de Nell exprima la surprise, puis toute trace de chaleur disparut.
— Que puis-je vous servir ? demanda-t-elle d'un ton sec.
— Juste un café à emporter, pour le moment. Comment va Zack ?

— Très bien, merci.

Sam pianota sur sa cuisse. Encore une gardienne de Mia, et aussi redoutable que le dragon, en dépit de ses airs doux.

— Et Ripley ? J'ai entendu dire qu'elle s'était mariée le mois dernier.

— Elle va très bien et elle est très heureuse.

La bouche pincée en une moue peu aimable, Nell posa le gobelet sur le comptoir.

— C'est gratuit. Je suis certaine que Mia ne veut pas de votre argent. On sert de très bons repas à *L'Auberge Magique*. Mais vous êtes au courant, j'imagine.

— En effet.

« Un joli chaton, aux griffes acérées », conclut Sam.

— Vous croyez que Mia a besoin que vous la protégiez, madame Todd ?

— Je crois que Mia est capable d'affronter n'importe quoi.

Elle souriait à présent, mais sans aucune chaleur.

— Absolument n'importe quoi, insista-t-elle.

Sam prit son gobelet de café.

— Je le pense aussi, acquiesça-t-il avant de s'éloigner.

Le salaud ! Une fois réfugiée dans son bureau, Mia laissa éclater sa rage. Au point que les livres et les bibelots entassés sur les étagères s'entrechoquèrent. Quel culot, quelle absence de sensibilité, quelle stupidité de faire irruption ainsi dans sa boutique !

De se camper devant elle et de lui *sourire* comme s'il s'attendait qu'elle pousse un cri de joie et se jette dans ses bras ! Et d'avoir l'air dérouté qu'elle ne le fasse pas.

Le salaud !

Elle serra les poings, et une fissure zébra la vitre.

À l'instant où il franchissait le seuil de la librairie, elle l'avait senti. Tout comme elle avait senti qu'il mettait le pied sur l'île. Elle était assise à son bureau et remplissait une commande lorsqu'une avalanche d'émotions l'avait submergée – douleur, joie, fureur –, si intenses et si brutales qu'elle en avait été prise de vertige.

Elle avait aussitôt compris qu'il était de retour.

Onze ans plus tôt, il l'avait quittée et laissée en proie au chagrin, au désespoir et à l'impuissance. Encore à présent, le souvenir de l'état de confusion et d'accablement dans lequel l'avait plongée son départ lui faisait honte.

Elle avait reconstruit sa vie sur les cendres de ses rêves. Elle s'était trouvé un but, et une espèce de bien-être tranquille.

Et voilà qu'il revenait.

Grâce au ciel, sa prémonition lui avait donné le temps de se ressaisir. Quelle humiliation s'il l'avait vue avant qu'elle ait eu le temps de se préparer ! Quoi qu'il en soit, la surprise de Sam devant son accueil froid et détaché avait été jubilatoire.

Elle était plus forte, à présent. Elle n'était plus la jeune fille qui avait offert son cœur à un garçon insouciant. Il y avait désormais dans sa vie des choses beaucoup plus importantes que la présence d'un homme.

L'amour pouvait se révéler un tel mensonge. Et, les mensonges, elle ne les tolérait plus. Elle avait sa maison, ses amis, son travail. Elle avait de nouveau son cercle, et ce cercle avait une mission à remplir.

Et cela lui suffisait.

Lorsqu'on frappa à la porte, elle refoula pensées et sentiments, et s'installa à son bureau.

— Entrez, dit-elle en fixant l'écran de son ordinateur.

Sam pénétra dans la pièce. Elle lui jeta un coup d'œil distrait, accompagné d'un léger froncement de sourcils.

— Il n'y a rien qui te tente au menu ?

— Je me contenterai de ça, répondit-il en levant son gobelet avant de le poser sur le bureau. Nell est très loyale.

— La loyauté est une qualité indispensable chez une amie. À mon avis, du moins.

Il émit un grognement d'acquiescement et but une gorgée.

— Elle fait aussi un excellent café.

— Qualité indispensable chez quelqu'un dont le métier est d'en servir.

Elle pianota sur le bureau en un geste d'impatience contenue.

— Sam, je suis désolée, je ne veux pas être grossière. Tu es le bienvenu, mais j'ai du travail.

Il l'observa longuement, mais Mia conserva son expression ennuyée.

— Dans ce cas, je ne te dérangerai pas longtemps. Tu peux me passer les clefs, que j'aille m'installer ?

— Les clefs ? répéta-t-elle, déconcertée.

— Du cottage. De ton cottage.

— De *mon* cottage ? Mais, pourquoi diable te donnerais-je les clefs du cottage jaune ?

Pas mécontent d'avoir enfin ébranlé sa façade polie, il sortit des papiers de sa poche.

— Nous avons un contrat de location.

Elle attrapa la liasse d'un geste brusque et la feuilleta.

— Le *Cercle Celtique* est l'une de mes sociétés, expliqua-t-il comme elle fronçait les sourcils. Et Henri Downing est l'un de mes avocats. C'est lui qui s'est chargé de la location.

La main de Mia avait une folle envie de trembler. Et, plus encore, de frapper. Délibérément, elle la posa, paume à plat, sur le bureau.

— Pourquoi ?

— Je fais des tas de choses par l'intermédiaire de mes avocats, répliqua Sam avec un haussement d'épaules. En outre, j'ai pensé que tu refuserais de me le louer. En revanche, j'étais certain qu'une fois le contrat signé, tu le respecterais.

Elle inspira à fond.

— Mais pourquoi as-tu besoin du cottage ? Tu as tout un hôtel à ta disposition.

— Je n'aime pas vivre à l'hôtel, ni là où je travaille. J'aime préserver mon intimité et mon temps de repos. Tu me l'aurais loué, Mia, si je n'étais pas passé par un avocat ?

— Bien sûr, mais j'aurais augmenté le loyer. Considérablement.

Il rit et, se sentant plus à l'aise, but quelques gorgées de café.

— Puisque mes parents ont vendu notre maison au mari de Ripley, je me contenterai du cottage. Les choses se passent en général comme elles doivent se passer.

— Tu parles, se contenta-t-elle de marmonner en sortant un trousseau d'un tiroir. C'est petit et plutôt rustique, mais ça devrait te suffire le temps de ton séjour.

— Sûrement. Pourquoi ne viendrais-tu pas dîner ? Histoire de se raconter ce que nous sommes devenus.

— Non, merci.

Il n'avait pas l'intention de l'inviter, pas dès le premier soir, mais les mots lui avaient échappé sans qu'il puisse les retenir, et il en fut irrité.

— Ce sera pour une autre fois, dit-il en empochant les clefs et le contrat. Ça fait plaisir de te revoir, Mia.

Avant qu'elle ait le temps de réagir, il posa sa main sur la sienne. Une étincelle jaillit, très visible. Et l'air grésilla.

— Ah, fit-il simplement en resserrant son étreinte.

— Enlève ta main, articula-t-elle à voix basse. Tu n'as aucun droit de me toucher.

— Il n'a jamais été question de droits entre nous, seulement de besoins.

Mia dut faire appel à toute sa volonté pour empêcher sa main de trembler.

— Il n'y a plus de « nous », à présent, et je n'ai plus besoin de toi.

Une brève mais néanmoins vive douleur lui perça le cœur.

— Tu as besoin de moi, insista-t-il, blessé. Et j'ai besoin de toi. Il est temps de dépasser les vieilles rancœurs et les sentiments meurtris.

— Les vieilles rancœurs et les sentiments meurtris, répéta-t-elle comme s'il s'agissait d'une langue inconnue. Je vois. Quoi qu'il en soit, tu ne me toucheras pas sans ma permission. Et tu ne l'as pas.

— Il faut qu'on discute.

— Cela supposerait qu'on ait quelque chose à se dire, s'écria-t-elle, exaspérée. Ce qui, en cet instant précis, n'est pas le cas. À présent, j'aimerais que tu partes. Tu as le contrat, tu as les clefs, tu as le cottage. Tu t'es montré très malin, Sam. Il est vrai que tu as toujours été malin, même quand tu n'étais qu'un enfant. Mais, ici, c'est mon bureau, ma boutique.

Elle faillit ajouter « mon île », mais se ravisa à temps.

— Et je n'ai pas de temps à perdre avec toi, acheva-t-elle.

Elle profita de ce qu'il desserrait les doigts pour se dégager. L'atmosphère s'allégea.

— Ne gâchons pas ta visite avec une scène. J'espère que tu te plairas au cottage. S'il y a un problème, préviens-moi.

— Je n'y manquerai pas, assura-t-il en ouvrant la porte. Oh, à propos, Mia, je ne suis pas ici en visite. Je suis venu avec l'intention de m'installer sur l'île.

Il se réjouit de la voir pâlir juste avant qu'il ne ferme la porte.

Et se le reprocha lorsqu'il rata la première marche de l'escalier. Ce fut de très mauvaise humeur qu'il parvint au rez-de-chaussée et traversa la librairie sous le regard dur de Lulu.

Tournant le dos au quai, où il avait garé sa voiture, et au cottage, où il allait vivre quelque temps, il prit la direction du poste de police.

Pourvu que Zack, le shérif Todd à présent, soit là ! Qu'il y ait au moins une personne pour lui souhaiter sincèrement la bienvenue. Sinon, il serait vraiment mal parti.

Elle l'avait chassé comme on chasse un insecte. Sans colère mais avec agacement. L'étincelle suscitée par le contact de leurs mains avait forcément une signification. Mais s'il existait une personne capable de se rebeller contre le destin, c'était bien Mia.

Une sorcière butée et fière, songea-t-il en soupirant. Ces qualités, ou ces défauts, qui avaient contribué à le séduire, n'avaient pu que s'amplifier en onze ans.

Sa tâche s'annonçait ardue, conclut-il en poussant la porte du poste de police.

L'homme qui téléphonait, les pieds sur son bureau, n'avait que peu changé. Il s'était étoffé par-ci et affiné par là. Ses cheveux, striés de mèches décolorées par le soleil, n'étaient pas plus disciplinés qu'autrefois.

En voyant Sam, il écarquilla les yeux.

— Entendu. Je vous faxe une note avant la fin de la journée. D'accord. Excusez-moi, il faut que je vous quitte.

Ôtant prestement les pieds du bureau, Zack raccrocha et se leva d'un bond.

— Ah, mon salaud ! M. New York en personne !
— Eh bien, ne serait-ce pas M. Jean de la Loi ?

Zack traversa le bureau en trois enjambées et étreignit Sam. Celui-ci fut profondément soulagé. Cet accueil chaleureux prouvait que leur amitié avait survécu au temps. Les années s'effacèrent d'un coup.

— Je suis content de te revoir, réussit à dire Sam.
— Et moi, donc ! riposta Zack en s'écartant pour l'examiner. En tout cas, de rester assis derrière un bureau ne t'a pas fait engraisser ni perdre tes cheveux.

Sam jeta un œil au bureau encombré de Zack.

— Toi non plus, shérif.

— Ouais. Tu as intérêt à te rappeler qui est le chef, et à te tenir à carreau tant que tu es sur mon île. Qu'est-ce que tu viens fiche ici ? Tu veux du café ?

— Si tu appelles café ce que j'aperçois dans ce pot, je préfère m'en passer, merci. Quant à la raison de mon retour, rappelle-toi que j'ai une entreprise sur l'île.

— L'hôtel ? fit Zack en se versant une tasse d'un café noir et épais.

— Je l'ai racheté à mes parents. Il est à moi, maintenant.

— Tu l'as racheté…

Zack haussa les épaules et se percha sur le coin du bureau.

— Ma famille n'est pas comme la tienne, rétorqua Sam avec flegme. Pour nous, un hôtel n'est qu'une entreprise, et celle-ci n'intéressait plus mon père. Moi, si. Comment vont tes parents ?

— Au poil. Tu les as ratés de peu. Ils sont venus pour le mariage de Ripley et sont restés presque un mois. J'ai bien cru qu'ils allaient se réinstaller définitivement, mais ils ont fini par remballer leurs affaires et sont partis pour la Nouvelle Écosse.

— Je regrette de les avoir ratés. J'ai appris que Ripley n'était pas la seule à s'être mariée ?

— Hé oui ! fit Zack en levant la main où brillait son alliance. J'espérais que tu reviendrais pour le mariage.

— J'aurais bien voulu, dit Sam avec sincérité. Je suis heureux pour toi, Zack. Vraiment.

— Tu le seras encore plus quand tu l'auras rencontrée.

— Oh, c'est déjà fait ! Et si j'en juge par l'odeur de ce truc immonde que tu bois, elle fait un meilleur café que toi.

— Celui-ci est l'œuvre de Ripley.

— En tout cas, j'ai eu de la chance que ta femme ne me vide pas son pot de café sur la tête.

— Pourquoi est-ce que...? Oh, je vois. C'est à cause de Mia. Évidemment. Nell, Mia et Ripley. Le fait est que...

La porte s'ouvrit à la volée. Ripley Todd Booke, vibrante de colère de la visière de sa casquette à la pointe de ses bottes éculées, fusilla Sam du regard. Ses yeux, du même vert que ceux de Zack, lançaient des éclairs.

— Mieux vaut tard que jamais, lâcha-t-elle en se ruant sur lui. Ça fait onze ans que j'attends ça.

Zack bondit et la ceintura au moment où elle brandissait le poing. Elle avait un excellent crochet du droit, il était bien placé pour le savoir.

— Arrête, ordonna-t-il. Arrête immédiatement.

— Elle ne s'est pas adoucie avec les années, hein ? commenta Sam.

Il enfonça les mains dans ses poches et attendit. Si elle devait lui balancer son poing dans la figure, autant s'en débarrasser maintenant.

— Pas le moins du monde, confirma Zach.

Il souleva sa sœur sans tenir compte de ses protestations véhémentes. Sa casquette tomba et ses longs cheveux noirs cascadèrent sur son visage furieux.

— Sam, laisse-nous une minute, s'il te plaît ? Ripley, ça suffit, siffla-t-il. Tu portes un insigne, je te rappelle.

— Je vais l'ôter avant de lui casser la figure. Il le mérite.

— Peut-être, mais pas de ta part.

— Mia est trop grande dame pour lui briser les côtes. Pas moi.

— J'ai toujours aimé ton caractère fougueux, fit Sam en souriant. À propos, je loue le cottage jaune, ajouta-t-il à l'intention de Zack tout en regardant Ripley béer de stupéfaction. Passe me voir quand tu auras un moment. On boira une bière.

Ripley s'abstenant de lui flanquer son pied dans le derrière tandis qu'il se dirigeait vers la porte, il en déduisit que cette nouvelle l'avait assommée. Il sortit et regarda longuement la petite ville.

Si trois femmes rancunières s'étaient liguées contre lui, il avait quand même été accueilli avec chaleur par un ami.

Pour le meilleur ou pour le pire, il était de retour chez lui.

2

Les voies de l'enfer étaient pavées d'intentions, lesquelles n'étaient pas forcément bonnes.

Il avait eu l'intention de revenir dans la vie de Mia, d'affronter sa fureur, ses larmes et son amertume. Elle en avait le droit, il serait le dernier à le nier.

Il aurait enduré sagement sa colère, ses insultes, ses accusations. Il l'aurait laissée évacuer son ressentiment jusqu'à la dernière goutte. Ensuite, il aurait balayé dans un coin toutes ces scories et aurait regagné son amour.

L'affaire de quelques heures ou, au pire, de trois jours.

Ils étaient liés depuis l'enfance. Que représentaient onze années de séparation en comparaison d'un lien aussi étroit de sang, de cœur et de pouvoir ?

Il n'avait pas prévu sa froide indifférence. Certes, elle était en colère, se dit-il tandis qu'il se garait devant le cottage. Mais cette colère était recouverte d'une épaisse cuirasse glacée. La perforer demanderait plus que des sourires, des explications, des promesses, ou même des excuses.

Lulu l'avait descendu en flammes, Nell l'avait quasiment giflé et Ripley avait montré les crocs. Démonstrations dont Mia s'était abstenue, mais sa réaction l'avait terrassé plus que celles des trois autres réunies.

Son dédain l'avait d'autant plus blessé qu'à sa vue, il avait senti se réveiller en lui toutes sortes de souvenirs, auxquels se mêlaient des bouffées de désir et de nostalgie. D'amour.

Il l'avait aimée d'une façon obsessionnelle, insensée. Ce qui avait été à l'origine du problème.

Il refusait de croire qu'elle puisse ne plus l'aimer du tout. Il y avait eu trop de choses entre eux pour qu'il n'en reste rien. L'étincelle qu'avait déclenchée le contact de leurs mains prouvait que le feu n'était pas totalement éteint. Voilà ce qu'il devait garder en tête.

Un homme déterminé pouvait faire jaillir une sacrée flambée à partir d'une étincelle.

La reconquérir, se plier à toutes ses exigences, affronter chaque obstacle et le franchir en se préparant au suivant, tel était le défi à relever. Heureusement, il avait toujours aimé les défis.

Transpercer la carapace de Mia ne serait pas sa seule tâche. Il lui faudrait aussi contourner ou bousculer le dragon, braver les anges gardiens de Mia. Nell Todd et sa tranquille désapprobation, Ripley et son célèbre sale caractère.

Lorsqu'un homme devait livrer bataille contre quatre femmes, il avait intérêt à se blinder et à mettre au point une stratégie en béton armé, sans quoi il risquait d'être réduit en bouillie en moins de temps qu'il n'en faut pour le dire.

Il se préparerait. Il avait du temps. Pas autant qu'il l'aurait souhaité, compte tenu des circonstances, mais suffisamment.

Il sortit de sa voiture, récupéra ses deux valises dans le coffre et examina sa nouvelle maison.

Eh bien, elle était charmante. Ni les photos ni ses souvenirs ne lui avaient rendu justice. Les murs, jadis blancs et en mauvais état, avaient été recouverts d'un enduit d'un jaune lumineux, et les fleurs tout juste écloses l'égayaient. Il reconnut là l'œuvre de

Mia. Elle avait toujours eu un goût exquis et une vision claire de ce qu'il fallait faire pour améliorer les choses.

De même qu'elle avait toujours su précisément ce qu'elle voulait. Autre source de problème.

Pittoresque, petit et intime, le cottage était niché à la lisière d'un bois, à proximité de la mer dont la rumeur lui parvenait à travers le feuillage verdissant. Il jouirait du silence et de la solitude tout en n'étant qu'à quelques minutes de marche du village.

Mia avait fait là un excellent investissement.

La jeune fille avisée était devenue une femme avisée, songea-t-il en sortant les clefs de sa poche.

La première chose qui le frappa lorsqu'il entra fut la chaleur de l'accueil. On aurait dit qu'une main douce se posait sur son épaule et qu'une voix lui murmurait : « Entre et fais comme chez toi. » Rien ne restait des anciens locataires. Pas le moindre résidu de sensations ou d'énergie.

Cela aussi, c'était l'œuvre de Mia. Elle avait toujours été une sorcière soigneuse.

Déposant ses valises près de la porte, il fit un tour rapide du propriétaire. Le salon était sommairement, mais joliment meublé, et des bûches étaient disposées dans la cheminée. Les planchers reluisaient et de légers rideaux de dentelle encadraient les fenêtres. Une ambiance féminine dont il s'accommoderait fort bien.

Il y avait deux chambres à coucher. L'une très agréable, l'autre minuscule. La salle de bains, propre et claire, était exiguë et peu adaptée aux ablutions d'un homme de grande taille.

La cuisine suffirait à ses besoins. Il ne savait pas cuisiner et n'avait pas l'intention de s'y mettre. Il ouvrit la porte de derrière et découvrit d'autres parterres de fleurs, un carré de fines herbes déjà verdoyant et une pelouse fraîchement tondue qui s'étalait jusqu'au bois.

Il entendait la mer et le vent, et, en tendant l'oreille, le ronronnement des voitures au loin. Les oiseaux chantaient, un chien aboyait.

Enfin seul ! Sam s'apercevait qu'il avait autant besoin de retrouver la sérénité qu'apporte la solitude que de retrouver Mia. Deux trésors qu'il avait jetés aux orties. À présent, l'île qu'il avait fuie allait les lui rendre.

Il refoula l'envie de se promener dans les bois et sur la plage. Ou encore de faire un tour en voiture jusqu'à son ancienne maison et d'admirer la falaise, la crique, la grotte où Mia et lui... Il chassa ces souvenirs en hâte. L'heure n'était pas aux sentiments mais aux questions d'ordre pratique.

Il lui fallait des téléphones, des fax, des ordinateurs. La petite chambre ferait parfaitement l'affaire comme bureau annexe, mais il travaillerait surtout à l'hôtel. Dès qu'il aurait parcouru la petite ville pour acheter ses fournitures, la nouvelle de son retour se répandrait comme une traînée de poudre.

Il se détourna et rentra à l'intérieur pour déballer ses affaires.

Des amies bien intentionnées étaient une bénédiction. Et une malédiction. Pour l'heure, deux personnes de cette espèce se tenaient dans le bureau de Mia.

— Je pense que tu devrais lui botter les fesses, déclara Ripley. Bien sûr, c'est déjà ce que je pensais il y a dix ans.

« Onze », corrigea Mia mentalement. Onze ans, mais à quoi bon les comptabiliser ?

— Ce serait lui donner trop d'importance, objecta Nell. Mieux vaut l'ignorer.

— On n'ignore pas une sangsue, gronda Ripley. On l'arrache et on l'écrase du talon jusqu'à ce qu'il n'en reste plus qu'un morceau de chair sanguinolente.

— Charmante image, commenta Mia qui se renversa dans son fauteuil et regarda ses deux amies tour à tour. Je n'ai pas la moindre intention de botter les fesses de Sam. Quant à l'ignorer, c'est impossible. Il a loué le cottage pour six mois, ce qui fait de moi sa propriétaire.

— Tu pourrais lui couper l'eau chaude, suggéra Ripley.

— Ce serait puéril – en dépit de la satisfaction que j'en retirerais. Et dans ce cas, pourquoi lui laisser l'eau froide ? Mais, poursuivit-elle tandis que Ripley s'esclaffait bruyamment, il est mon locataire et il a droit à tout ce que précise le contrat. Ce sont les affaires, et rien de plus.

— Mais pourquoi diable loue-t-il une maison pour six mois ? s'étonna Ripley.

— Manifestement, il est venu pour s'occuper personnellement de *L'Auberge Magique*.

Il avait toujours aimé cet hôtel, se rappela-t-elle. C'était du moins ce qu'elle avait cru. Pourtant, il l'avait abandonné aussi aisément qu'il l'avait plaquée, elle.

— Nous sommes deux adultes, à présent, nous avons chacun notre entreprise et nous sommes l'un et l'autre nés ici, poursuivit-elle. Bien que cette île soit un tout petit monde, il me semble que nous pouvons gérer nos affaires et coexister sans faire trop de remous.

— Si tu crois ça, tu te fais des illusions, ricana Ripley.

— Il n'est pas question qu'il revienne dans ma vie, décréta Mia d'un ton sec. Et je ne laisserai pas son retour bouleverser mon existence. J'ai toujours su qu'il reviendrait.

— Tu as raison, bien sûr, intervint Nell en jetant un regard suppliant à Ripley pour qu'elle se taise. Et, avec la saison qui arrive, vous allez être l'un et l'autre trop occupés pour vous fourrer dans les pattes l'un de l'autre. Viens donc dîner ce soir. J'essaye une nouvelle recette et j'aimerai avoir ton avis.

— Zack te donnera le sien. Je n'ai pas besoin d'être dorlotée, petite sœur.

— On devrait se faire une virée, toutes les trois, et boire comme des trous en déblatérant sur les hommes, suggéra Ripley avec entrain. C'est toujours marrant.

— Aussi séduisant que cela paraisse, je m'abstiendrai. J'ai un certain nombre de choses à faire chez moi... si j'arrive à terminer mon travail ici.

— Elle veut qu'on dégage, traduisit Ripley à l'intention de Nell.

— J'avais compris, soupira cette dernière. D'accord, on s'en va, mais s'il y a la moindre chose dont tu as besoin ou envie...

— Je sais. Tout va bien, et je veillerai à ce que ça continue.

Mia leur fit un petit signe de la main et demeura assise, les doigts croisés. Se raconter qu'elle allait travailler et traverser cette journée comme s'il s'agissait d'un jour ordinaire était une hérésie.

Elle était en droit de se mettre en colère, de pleurer, et de cracher à la face du destin.

Mais elle ne commettrait aucune de ces actions stupides et inutiles. En revanche, elle rentrerait chez elle, décida-t-elle en attrapant son sac et sa veste. Alors qu'elle passait devant la fenêtre, elle l'aperçut.

Il sortait d'une superbe Ferrari noire et les pans de son manteau ouvert volaient derrière lui. Il avait troqué le jean pour un costume sombre, et discipliné ses cheveux, que le vent s'empressait déjà d'emmêler. Comme elle, jadis, lorsqu'elle y plongeait les doigts.

Il avait une serviette à la main et se dirigeait vers *L'Auberge Magique* de la démarche déterminée d'un homme qui sait précisément où il va et ce qu'il a à faire.

Il se retourna soudain et leva les yeux vers la fenêtre derrière laquelle elle se tenait. Leurs regards se croisèrent, et elle ressentit cette secousse accompagnée d'une onde de chaleur qui, autrefois, lui coupait les jambes.

Cette fois, cependant, elle resta droite et imperturbable, attendit quelques instants, le temps de satisfaire son amour-propre, puis s'écarta de la fenêtre.

Comme toujours, se retrouver chez elle l'apaisa. Cette grande maison en pierre, pleine de coins et de recoins, aurait pu paraître trop vaste pour une femme seule. Mais elle convenait parfaitement à Mia. Les échos, les courants d'air, le temps que nécessitait son entretien ne l'avaient jamais rebutée.

Elle n'avait pas changé grand-chose à la demeure héritée de ses ancêtres. Quelques meubles, une pièce repeinte, une cuisine moderne et des salles de bains, c'était tout. L'atmosphère n'avait pas changé. Chaleureuse et accueillante.

À une époque, elle s'était imaginée vivant là, entourée d'enfants. Les enfants de Sam. Dieu, qu'elle en avait eu envie ! Puis, les années passant, elle avait fini par accepter la situation et s'était organisé une existence agréable.

Parfois, elle avait le sentiment que ses jardins étaient comme ses enfants. Elle les avait créés, soignés, admirés et, en retour, ils lui avaient apporté beaucoup de joie.

Et lorsque ce plaisir tout simple ne lui suffisait plus, il lui restait le site sauvage de la falaise, les secrets et l'obscurité des bois.

Tout ce dont elle avait besoin était à sa disposition.

Ce soir-là, elle n'alla ni s'occuper de ses plantes ni contempler la mer du haut de la falaise. Elle gravit l'escalier et s'enferma dans la chambre de la tour.

Depuis toujours, cette pièce était son refuge et le lieu de son apprentissage. Elle n'y avait jamais souffert de la solitude, et c'était là qu'elle s'était patiemment exercée à son Art.

Les murs étaient incurvés, les fenêtres hautes, étroites et cintrées. Le soleil déclinant jetait une flaque d'or pâle sur le vieux parquet de bois sombre. Sur l'un des murs, des étagères courbes étaient couvertes des nombreux instruments nécessaires à la pratique de la sorcellerie : des pots d'herbes, des jarres de cristaux, des recueils de sortilèges hérités de ses prédécesseurs, ainsi que ceux qu'elle avait écrits.

Un placard contenait d'autres objets : une baguette qu'elle avait taillée dans un morceau d'érable coupé le jour de Samhain – elle avait alors seize ans –, un balai, son calice préféré, son plus vieux poignard rituel, une boule de cristal bleu pâle, des chandelles, des huiles, de l'encens et un miroir magique.

Tout cela, et bien d'autres choses encore, rangé avec soin.

Elle rassembla ce dont elle avait besoin, puis laissa glisser sa robe à terre, car elle préférait, lorsque c'était possible, adopter la nudité rituelle.

Après quoi, elle traça un cercle en appelant son élément – le feu – afin d'obtenir un surcroît d'énergie. Les chandelles, qu'elle alluma d'un souffle, étaient bleues, synonyme de calme, de sagesse et de protection.

Le rite qu'elle s'apprêtait à pratiquer était celui auquel elle faisait appel chaque fois qu'elle sentait sa résolution faiblir.

Elle alluma un bâtonnet d'encens et répandit des herbes sur un bol rempli d'eau.

— Que je sois éveillée ou endormie, mon cœur et mon esprit resteront miens, psalmodia-t-elle. Ce qu'autrefois, j'ai donné avec amour, je le reprends aujourd'hui. Jadis amants, nous sommes aujourd'hui étrangers, sans destinée commune. Qu'il en soit ainsi, puisque je le veux.

Elle leva ses mains en coupe, et attendit le flot de sérénité et d'assurance qui indiquerait que le rituel était accompli. L'eau sur laquelle étaient répandues les herbes frémit soudain, et se mit à clapoter contre les parois du bol en vagues tranquilles et moqueuses.

Elle serra les poings et refoula sa colère. Puis, rassemblant ses forces, elle combattit la magie par la magie.

— Mon cercle est fermé à tous. Tes tours stupides m'ennuient. Ne pénètre plus chez moi sans y être invité.

Au claquement de ses doigts, les flammes des chandelles s'élevèrent vers le plafond. La fumée tourbillonna et vint recouvrir la surface de l'eau qui s'apaisa.

La colère de Mia, elle, ne s'apaisa pas pour autant. Il osait défier son pouvoir? Dans sa propre maison?

Il n'avait donc pas changé. Samuel Logan avait toujours été un sorcier arrogant. Et son élément, songea-t-elle tandis qu'une larme lui échappait, était l'eau.

Elle s'allongea à l'intérieur de son cercle et pleura. Amèrement.

Le téléphone arabe de l'île se déclencha et la nouvelle se répandit à toute allure. Le lendemain matin, le sujet brûlant que constituait le retour de Sam Logan avait éclipsé tous les autres ragots.

D'aucuns prétendaient qu'il s'apprêtait à vendre *L'Auberge Magique* à des investisseurs du continent qui avaient l'intention de la transformer en hôtel de luxe. Ce qui signifiait que le personnel serait renvoyé, ou augmenté.

Tout le monde trouvait intéressant qu'il ait loué le petit cottage de Mia Devlin, même si personne n'avait la moindre idée des conclusions à en tirer.

Dans l'espoir de glaner des informations, d'innombrables curieux entrèrent dans la librairie et affectèrent un intérêt inhabituel pour les livres, tandis que d'autres erraient dans le hall de l'hôtel. Personne n'eut le culot de s'adresser directement à Sam ou à Mia, mais beaucoup ne se gênèrent pas pour les guetter dans l'espoir de grappiller un petit fait excitant.

Il était vrai que l'hiver avait été interminable.

— Toujours beau comme le péché et deux fois plus dévastateur, confia Hester Birmingham à Gladys Macey tout en lui emballant ses provisions. Il est entré ici, très naturellement, et il m'a saluée comme si on s'était quittés la semaine passée.

— Qu'a-t-il acheté ?

— Du café, du lait, des céréales. Un pain complet et une plaquette de beurre. Des fruits. On a des bananes en promotion, mais il n'en a pas voulu, en revanche, il a payé une fortune pour une barquette de fraises. Il s'est aussi acheté du fromage et des crackers, tout ça hors de prix, et de l'eau minérale. Quoi, encore ? Ah, oui ! un pack de jus d'orange.

— À l'évidence, il n'a pas l'air de vouloir faire de cuisine ni de ménage, conclut Gladys qui, se penchant vers Hester, poursuivit à mi-voix : Hank raconte que Sam est entré d'un air dégagé dans son magasin et qu'il a pris pour cinq cents dollars de vin et de bière, plus une bouteille de whisky pur malt.

— Cinq cents dollars ! souffla Hester. Vous croyez qu'il s'est mis à boire, à New York ?

— Ce n'est pas le nombre de bouteilles, c'est le prix qui est surprenant, riposta Gladys. Deux bouteilles de champagne français, et deux de cet excellent vin rouge que préfère qui tu sais.

— Qui donc ?

— Mia Devlin, murmura Gladys en levant les yeux au ciel. Bon sang, Hester, où as-tu la tête ?

— J'ai entendu dire qu'elle l'avait fichu à la porte de la librairie.

— Pas du tout. Je le sais parce que Lisa Bigelow déjeunait au café avec sa cousine de Portland quand il est arrivé. Et Lisa a rencontré ma belle-fille à la station-service et lui a raconté toute l'histoire.

— Oui, oui, fit Hester qui préférait la première version. Vous croyez que Mia va lui jeter un mauvais sort ?

— Voyons, Hester Birmingham, tu sais bien que Mia ne jette jamais de mauvais sort... Mais l'affaire va être passionnante à suivre, ajouta Gladys en riant. Bon, je sens que je vais aller m'offrir un livre de poche et un café.

— Vous m'appelez s'il y a du nouveau ?

— Compte sur moi, promit Gladys avant de s'éloigner.

Sam savait parfaitement que les langues allaient bon train. De même, l'appréhension et l'expression renfrognée des chefs de service de l'hôtel ne le surprirent pas lorsqu'il les réunit, le lendemain matin.

L'appréhension se dissipa partiellement lorsqu'il devint clair qu'un licenciement collectif n'était pas à l'ordre du jour. Mais la grogne s'accrut lorsqu'il devint tout aussi clair que Sam avait l'intention, non seulement de prendre une part active à la marche de l'hôtel, mais aussi d'y opérer quelques changements.

— En saison, nous fonctionnons pratiquement à plein. En revanche, hors saison, notre taux de remplissage tombe très bas, souvent en dessous de trente pour cent.

Le directeur des ventes se tortilla sur son siège.

— L'hiver, les affaires tournent au ralenti. Il en a toujours été ainsi.

— Peu importe ce qui a toujours été, répliqua Sam. L'objectif, désormais, est de porter le taux de remplissage à soixante-cinq pour cent hors saison, et ce, dès l'hiver prochain. Nous y parviendrons en proposant des offres avantageuses pour les séminaires, ainsi que des tarifs promotionnels pour les week-ends et les séjours de longue durée. Je vous transmettrai d'ici la fin de la semaine un résumé de mes projets... Sujet suivant, poursuivit-il en feuilletant ses notes. Certaines chambres ont besoin d'être rénovées. On s'attaquera au deuxième étage dès la semaine prochaine. Vous ferez les ajustements nécessaires, précisa-t-il en jetant un coup d'œil au responsable des réservations.

Sans lui laisser le temps d'acquiescer, il enchaîna :

— Le nombre des petits-déjeuners et des déjeuners a régulièrement décru ces dix derniers mois. D'après mes informations, le Café Librairie nous a piqué une grande partie de notre clientèle habituelle.

— Monsieur ? intervint une petite brune en rajustant ses lunettes.

— Oui ? Excusez-moi, quel est votre nom ?

— Stella Farley. Je suis la responsable du restaurant. Si je peux vous parler franchement, monsieur Logan, nous n'arriverons jamais à rivaliser avec Nell Todd. Si je pouvais...

— Je n'aime pas beaucoup le mot « jamais », l'interrompit Sam.

Elle inspira à fond et reprit :

— Excusez-moi, mais il se trouve que j'étais ici durant ces dix derniers mois. Et vous, non.

Il y eut un profond silence, comme si tout le monde retenait sa respiration. Après un court instant, Sam hocha la tête.

— Dont acte. Et qu'avez-vous appris exactement durant ces dix derniers mois, mademoiselle Farley ?

— Que si nous voulons attirer des clients au restaurant, nous ne devons pas imiter le Café Librairie. On y trouve des plats simples et une atmosphère détendue. À nous de proposer une alternative. De l'élégance, de la solennité, du romantisme, une ambiance haut de gamme pour repas d'affaires ou occasions particulières. J'ai envoyé à votre père des suggestions dans ce sens, mais...

— Ce n'est plus à mon père que vous avez à rendre des comptes, lui rappela Sam sans la moindre trace d'acrimonie. Pouvez-vous me déposer une copie de votre rapport cet après-midi ?

— Oui, monsieur.

Il marqua une pause.

— Si quelqu'un d'autre a fait part de ses idées à mon père, qu'il me les fasse parvenir d'ici la fin de la semaine. Désormais, le propriétaire de cet hôtel, c'est moi. Le propriétaire et le gérant. C'est moi qui prendrai les décisions, mais c'est aux chefs de service de me fournir les éléments nécessaires. Chacun va recevoir un mémo et devra me répondre dans les quarante-huit heures. Je vous remercie.

Il les regarda quitter la pièce et entendit les murmures avant même que la porte soit refermée.

Une femme était restée à sa place. Brune, elle aussi, elle portait un tailleur bleu marine très simple. Âgée de près de soixante ans, elle en avait consacré plus de quarante à *L'Auberge Magique*. Elle retira ses lunettes, posa son bloc-notes sur ses genoux et croisa les mains.

— Ce sera tout, monsieur Logan ?

— Autrefois, vous m'appeliez Sam, remarqua-t-il en haussant les sourcils.

— Vous n'étiez pas mon patron.

— Madame Farley... C'était votre fille ? Stella ? Seigneur !

— On ne jure pas au bureau, observa-t-elle d'un ton guindé.

— Excusez-moi. Je n'avais pas fait le rapprochement. Félicitations, ajouta-t-il. Elle seule a eu assez de cran ou de cervelle pour dire quelque chose d'intéressant.

— Je l'ai élevée afin qu'elle soit capable de se défendre. Les autres ont peur de vous.

Patron ou pas, elle le connaissait depuis toujours. Si sa fille pouvait donner son avis, pourquoi pas elle ?

— La plupart de ces gens n'ont jamais vu un Logan. Pour le meilleur ou pour le pire, cet hôtel a été géré par contumace durant une décennie.

Son ton aigre laissait entendre qu'à son avis, c'était plutôt pour le pire.

— Et voilà que tu leur tombes dessus et que tu secoues le cocotier, reprit-elle, renonçant au vouvoiement. Tu as toujours été du genre à secouer le cocotier.

— C'est mon hôtel, et il a besoin d'être secoué.

— Je ne dis pas le contraire. Les Logan ne se sont pas assez occupés de cet établissement.

— Mon père...

— Tu n'es pas ton père, lui rappela-t-elle. Inutile de se servir de lui comme excuse.

Ce coup de baguette sur les doigts lui fit hocher la tête.

— D'accord. Alors, disons que, désormais, je suis là, et que j'ai l'intention de m'occuper sérieusement de cet endroit... et sans chercher d'excuses.

— Très bien, fit-elle en reprenant son bloc-notes. Bienvenue à la maison.

— Merci.

Il se leva et s'approcha de la fenêtre.

— Allons-y. Commençons par les compositions florales.

Il travailla quatorze heures par jour, mangeant ce qui lui tombait sous la main. Comme il souhaitait que son entreprise reste une affaire locale, il convoqua un entrepreneur de l'île et ils passèrent en revue les rénovations nécessaires. Il délégua à son assistante le soin de commander l'équipement de son bureau et prit rendez-vous avec le patron de l'agence *Les Tours de l'Île*.

Il lut les propositions de ses employés, en jeta certaines, affina les autres et calcula le coût de ses projets.

Il s'agissait d'un travail sur le long terme, ce dont les gens ne se rendaient pas compte, songea-t-il en massant sa nuque douloureuse. Mia, moins que les autres.

Avoir autant de pain sur la planche l'avait aidé à ne pas penser à elle.

Ce qui n'était pas le cas en ce moment précis. Ni la veille, d'ailleurs, lorsqu'il avait senti le pouvoir de Mia papillonner aux confins de son esprit. Il lui avait répondu et l'avait vue distinctement, à genoux dans la chambre de la tour, le corps baigné d'une lumière dorée, les cheveux retombant en cascade de feu sur les épaules.

Sa marque de naissance sur la cuisse, un minuscule pentagramme, avait scintillé.

La facilité avec laquelle cette connexion s'était établie était sans doute le résultat de son brusque accès de désir.

Mais peu importait. S'imposer comme il l'avait fait avait été grossier et maladroit, et il l'avait aussitôt regretté.

Il lui fallait s'excuser. Ni l'intimité ni l'animosité n'autorisaient à enfreindre certaines règles de conduite.

Autant le faire tout de suite, se dit-il en fourrant dans sa serviette une liasse de documents. Il irait trouver Mia, puis achèterait ensuite un plat à réchauffer qu'il mangerait en travaillant.

À moins qu'il ne réussisse à la convaincre de dîner avec lui. Auquel cas, le travail attendrait.

Il posait le pied sur le trottoir lorsqu'il la vit sortir de la librairie, de l'autre côté de la rue. Pris au dépourvu, tous deux s'immobilisèrent. Puis elle tourna les talons et se dirigea vers un joli petit cabriolet.

— Mia, un instant ! cria-t-il en la rattrapant.
— Va au diable !
— Après que je me serai excusé.

Il referma la portière avant qu'elle ait pu se glisser dans la voiture.

— J'ai eu tort. Pardonne-moi de m'être montré aussi grossier.

— Je ne me rappelle pas t'avoir jamais vu si prompt à présenter des excuses, riposta-t-elle sèchement. Bon, d'accord, je les accepte. Au revoir.
— Accorde-moi cinq minutes.
— Non.
— Cinq minutes, Mia. Je suis resté enfermé toute la journée, ça me ferait du bien de marcher un peu, histoire de prendre l'air.

Se battre pour rouvrir sa portière manquerait de dignité, se dit-elle. Surtout sous les yeux des passants qui feignaient de ne pas les regarder.

— Libre à toi. Ce n'est pas l'air qui manque ici.
— Donne-moi une chance de m'expliquer. Juste une petite promenade sur la plage, insista-t-il calmement. Si tu m'envoies paître, cela ne fera qu'exacerber les ragots. Et, moi, je me poserai des questions. En quoi serait-ce mal d'avoir une conversation amicale en public?
— Très bien, céda-t-elle en remettant ses clefs dans la poche de sa longue robe grise. Cinq minutes.

Elle prit délibérément ses distances tandis qu'ils descendaient la rue en direction de la plage.

— Tes premières journées ont été productives?
— Ça a bien démarré. Tu connais Stella Farley?
— Bien sûr. Je la vois très souvent. Elle fait partie du club du livre qui se réunit dans ma librairie.
— Hmm, fit-il.

Voilà qui lui rappelait, une fois de plus, qu'en son absence, l'île et ses habitants avaient évolué.

— Elle a des idées sur la manière de faire revenir les clients que tu nous as fauchés à l'heure du déjeuner.
— Vraiment? fit Mia, amusée. Bonne chance.

Elle s'arrêta sur la digue, ôta ses chaussures.

— Je vais les porter, proposa-t-il.
— Non, merci, dit-elle en descendant sur la plage.

La mer était d'un bleu franc qui s'assombrissait à l'horizon. Une large bande de coquillages éparpillés sur le sable marquait le niveau de la dernière marée haute. Des mouettes tournoyaient au-dessus de leurs têtes en criant.

— Je t'ai sentie, commença-t-il. Hier, je t'ai sentie et j'ai réagi. Ce n'est pas une excuse, c'est une raison.

— Je t'ai déjà dit que j'avais accepté tes excuses.

— Mia...

Il tendit la main, mais ses doigts ne firent qu'effleurer la manche de la jeune femme qui s'était écartée.

— Je ne veux pas que tu me touches. C'est la condition *sine qua non*.

— Nous étions amis, autrefois.

Elle s'arrêta et darda sur lui un regard froid.

— Ah bon ?

— Tu le sais bien. Nous étions plus que des amants, plus que...

Il avait failli dire « copains ».

— Ce n'était pas que de la passion, poursuivit-il. Nous nous souciions l'un de l'autre. Nous partagions les mêmes opinions.

— À présent, j'ai mes opinions personnelles. Et je n'ai pas besoin de nouveaux amis.

— Et des amants ? Tu ne t'es jamais mariée.

Elle tourna vers lui son visage d'une beauté stupéfiante.

— Si j'avais voulu un mari ou un amant, j'en aurais un, lâcha-t-elle d'un air hautain.

— Je n'en doute pas, murmura-t-il. Tu es la créature la plus extraordinaire que j'aie jamais connue. J'ai beaucoup pensé à toi.

— Arrête ! l'avertit-elle. Arrête immédiatement.

— Merde, je dirai ce que j'ai à dire ! J'ai pensé à toi, Mia. Très souvent.

Laissant tomber sa serviette, il la saisit par les bras.

— J'ai pensé à nous, insista-t-il, incapable de dissimuler sa frustration. Ce qui s'est passé entre-temps n'efface pas ce que nous avons été l'un pour l'autre.

— C'est toi qui l'as effacé. Désormais, tu n'as qu'à vivre avec, comme je l'ai fait.
— Cela ne concerne pas que nous.

Il resserra sa prise. Il la sentait vibrer, et, femme ou sorcière, il savait qu'elle était capable de le frapper à tout moment.

— Il n'y a *pas* de nous, riposta-t-elle. Crois-tu qu'après tout ce temps, après tout ce que j'ai fait, tout ce que j'ai appris, je laisserais le destin se jouer à nouveau de moi ? Rien ni personne ne se servira de moi. Ni toi ni un sortilège vieux de plusieurs siècles.

Un éclair jaillit du ciel et se planta dans le sable à quelques centimètres de Sam. Il s'en fallut de peu qu'il ne saute en arrière.

La gorge sèche, il hocha la tête.

— Tu as toujours possédé un sang-froid remarquable, commenta-t-il.

— Ne l'oublie pas. Et rappelle-toi aussi ceci : j'en ai fini avec toi.

— C'est faux. Tu as besoin de moi pour annuler la malédiction. Tu as réellement envie de risquer notre survie à tous, uniquement par fierté ?

— Fierté ? répéta-t-elle en se pétrifiant. Espèce d'imbécile arrogant, tu appelles ça de la fierté ? Tu m'as brisé le cœur.

Ses mots, le tremblement de sa voix le bouleversèrent. Il la lâcha.

— Tu as fait plus que le briser. Tu l'as réduit en poussière. Je t'*aimais*. Je serais allée n'importe où, j'aurais fait n'importe quoi pour toi. J'ai porté ton deuil, au point de croire que j'en mourrai. Au point de le souhaiter.

— Mia...

Il tendit la main pour lui caresser les cheveux, mais elle le repoussa.

— Mais je ne suis pas morte, Sam. J'ai guéri de toi, et j'ai recommencé à vivre. La personne que je suis devenue me convient, et il n'est pas question que je revienne en arrière. Si tu es venu ici dans cet espoir, tu perds ton temps. Tant pis pour toi, car ce que tu as rejeté aurait été la plus belle chose de ta vie.

Elle s'éloigna d'un pas tranquille, le laissant seul face à la mer et à la certitude qu'elle avait raison.

3

— Tu as fait quoi ?
La tête dans le réfrigérateur, Zack cherchait une bière. Il connaissait ce ton. Sa femme l'utilisait rarement, ce qui le rendait très efficace.
Il ne se pressa pas pour trouver une cannette et s'assura qu'il présentait un visage serein avant d'affronter le regard de Nell.
Debout devant la cuisinière, les poings sur les hanches, elle arborait une expression outrée.
— J'ai invité Sam à dîner, répéta-t-il avec un sourire. Tu sais combien j'aime faire goûter la délicieuse cuisine que confectionne ma superbe femme.
Les yeux de Nell se plissèrent. Il décapsula sa bière et en avala une longue gorgée.
— Il y a un problème ? reprit-il. D'ordinaire, tu ne vois pas d'inconvénient à avoir un peu de compagnie pour le dîner.
— J'aime bien la compagnie, mais j'ai horreur des salauds.
— Voyons, Nell ! Sam a peut-être eu une jeunesse turbulente, mais il n'a jamais été un salaud. Et c'est l'un de mes plus vieux amis.
— Qui a brisé le cœur de l'une de mes – et de tes – meilleures amies. Qui l'a plaquée pour filer à New York et y faire Dieu sait quoi pendant plus de dix

ans... Et, maintenant, poursuivit-elle, pour de bon en colère, voilà que monsieur ramène sa fraise en s'attendant que tout le monde l'accueille à bras ouverts.

Elle ponctua sa déclaration d'un grand coup de cuillère en bois sur le plan de travail.

— Eh bien, ne compte pas sur moi pour faire sonner les cuivres en son honneur !

— Même pas un petit air de trompette ?

— Tu crois que je plaisante ?

Pivotant sur ses talons, elle se dirigea d'un pas décidé vers la porte de derrière. Il la rattrapa et maintint le battant fermé.

— Non. Excuse-moi, Nell, murmura-t-il en lui caressant les cheveux. Écoute, je suis désolé pour ce qui s'est passé entre Sam et Mia. Le fait est que j'ai grandi avec Sam. Et que nous étions amis. Bons amis.

— Ce n'est pas le mot « étions » qui est important ?

— Pas pour moi, répondit-il avec sincérité. Je les aime beaucoup tous les deux. Je ne veux pas avoir à choisir, pas dans ma propre maison. Et, surtout, je ne veux pas que toi et moi nous disputions à ce sujet. Je reconnais que je n'aurais pas dû l'inviter sans t'en parler d'abord. Je vais le décommander.

Elle se retint de soupirer, mais ne put s'empêcher de faire la moue.

— Tu dis ça uniquement pour que je me sente mesquine et méchante.

Il laissa passer quelques secondes.

— Ça a marché ? risqua-t-il.

— Oui. Zut, alors ! Ôte-toi de mon chemin. Si nous devons avoir un invité, inutile de brûler le dîner.

Il ne bougea pas, mais lui prit les mains et les pressa.

— Merci.

— Attends que la soirée se soit passée sans que je l'aie empoisonné avant de me remercier.

— Compris. Et si je mettais le couvert ?

— Bonne idée.

— Tu veux des chandelles ?

— Oui, des noires, dit-elle avec un sourire satisfait. Pour écarter l'énergie négative.
Zack poussa un soupir.
— Ça promet.

Sam apporta une bouteille de bon vin et un bouquet de jonquilles. Aucun de ces cadeaux n'adoucit l'humeur de Nell. Elle demeura polie mais servit le vin sous le porche. Était-ce une façon de lui faire comprendre qu'il ne serait admis à l'intérieur qu'après examen ? se demanda-t-il.
— J'espère que vous ne vous êtes pas donné trop de mal, fit-il. Il n'y a rien de plus ennuyeux que les invités de dernière minute.
— En effet, répliqua-t-elle d'une voix suave. Cela dit, je suis sûre que vous n'êtes pas habitué à dîner à la fortune du pot, alors faisons l'un et l'autre contre mauvaise fortune bon cœur.
Sur ce, elle rentra dans la maison. Sam souffla. À présent, il en était certain : il serait admis, mais ce serait laborieux.
— Le processus est en bonne voie, remarqua-t-il.
— Mia compte beaucoup pour elle. Pour tout un tas de raisons.
Sam se contenta de hocher la tête et s'approcha de la rambarde. Lucy, le labrador noir de Zack, se roula sur le sol en exhibant son ventre. Sam s'accroupit et lui accorda les caresses réclamées.
Il connaissait les raisons de la loyauté farouche de Nell à l'égard de Mia, car il s'était toujours fait un devoir de se tenir au courant de ce qui se passait sur l'île. Il savait que Nell était arrivée ici pour échapper à un mari violent. Avec une audace admirable, elle avait simulé sa propre mort, changé de nom et d'apparence, et traversé tout le pays, gagnant sa vie comme serveuse ou cuisinière.

Arrêté et condamné, Evan Remington, son ex-mari, accomplissait sa peine dans un établissement psychiatrique.

Sam savait aussi que Mia avait confié à Nell la responsabilité du café et lui avait loué le cottage jaune. Et sans doute lui avait-elle aussi appris à affiner son don.

Dès qu'il l'avait vue, il avait reconnu en Nell l'une des trois sorcières.

— Elle a vécu de durs moments, ta Nell.

— Très durs. Elle a pris de gros risques. C'est grâce à Mia qu'elle a pu s'enraciner ici. Je lui en suis très reconnaissant. Mais elle a fait plus que ça. Tu as entendu parler de Remington ?

— L'un des grands manitous d'Hollywood, un psychopathe dont tout le monde ignorait la perversité ? Oui, j'en ai entendu parler. Je sais même qu'il t'a flanqué un coup de couteau.

— Oui, fit Zack en se frottant machinalement l'épaule. Il a traqué Nell jusqu'ici, l'a assommée et s'apprêtait à faire pire quand j'ai débarqué. Il m'a frappé et m'a mis momentanément hors circuit. Nell s'est enfuie dans le bois, sachant qu'il la poursuivrait plutôt que de prendre le temps de m'achever.

Son visage se fit grave à ce souvenir, et il ajouta :

— Lorsque j'ai repris conscience, Ripley et Mia m'avaient rejoint. Elles avaient senti que Nell était en danger.

— Mia le savait sûrement.

— Nous avons foncé dans le bois et les avons retrouvés. Ce salopard tenait un couteau sous la gorge de Nell.

Ce souvenir réveilla sa colère.

— Il était prêt à la tuer, reprit-il d'une voix vibrante. Peut-être que j'aurais pu l'abattre, ou peut-être pas, mais il l'aurait égorgée de toute façon. Alors elle a rassemblé ses forces, et avec l'aide de Mia et de Ripley, elle a retourné la haine qui habitait ce monstre contre lui-même... J'étais là, murmura Zack. Ça s'est produit sous

mes yeux. Dans le petit bois, à proximité du cottage jaune. Un cercle de lumière, sorti de nulle part. Et Remington s'est retrouvé sur le sol, en train de hurler.
— Elle a du courage, et la foi en son Art.
— Oui, approuva Zack. Elle est tout pour moi.
— Tu as de la chance, commenta Sam, bien qu'à l'idée qu'une femme – n'importe quelle femme – puisse représenter tout pour un homme il eût un bref mouvement de recul. Elle t'aime, c'est évident, même si elle t'en veut d'avoir invité Judas à sa table, acheva-t-il avec un petit sourire.
— Pourquoi as-tu fait ça ? Pourquoi es-tu parti ?
— Pour un tas de raisons. J'en ignore encore certaines, mais quand je les connaîtrai toutes, je les exposerai à Mia.
— Tu attends vraiment beaucoup d'elle.
Sam fixa son verre de vin d'un air absent.
— Peut-être l'ai-je toujours fait.

Zack fit de gros efforts pour que la conversation demeure légère et amicale pendant le dîner. D'après ses calculs, il parla plus durant cette heure qu'au cours d'une semaine normale. Mais chaque fois qu'il jetait un regard implorant à Nell, celle-ci l'ignorait.
— Je comprends pourquoi le café nous a pris une partie de notre clientèle, observa Sam. Vous êtes une artiste, madame Todd. Mon plus grand regret est que vos pas vous aient menée au Café Librairie plutôt qu'à l'hôtel lors de votre arrivée.
— Je suis allée là où il était écrit que je devais aller.
— Vous croyez au destin ?
— Absolument, répondit-elle en se levant pour débarrasser.
— Moi aussi. Absolument.
Il se leva à son tour, prit son assiette et, profitant de ce que Nell avait le dos tourné, fit signe à Zack de s'éclipser.

Zack mit en balance la colère de sa femme et l'épuisant rôle de tampon qu'il avait été contraint de jouer une partie de la soirée, puis il s'écarta de la table.

— Il faut que je sorte Lucy, annonça-t-il.

Nell darda un regard noir dans le dos de son mari.

— Vous devriez accompagner Zack, suggéra-t-elle à Sam. J'en profiterai pour préparer le café.

Il voulut caresser le chat gris qui s'étirait. Celui-ci émit un sifflement agressif.

— Je vais vous aider, proposa-t-il en évitant de justesse un méchant coup de patte.

Le petit signe de tête approbateur que Nell adressa au chat ne lui échappa pas.

— Je n'ai pas besoin d'aide.

— Vous n'avez pas besoin de *mon* aide, corrigea Sam. Zack est le meilleur ami que j'ai jamais eu.

Sans daigner le regarder, Nell ouvrit le lave-vaisselle et entreprit de le remplir.

— Vous avez une curieuse définition de l'amitié.

— Quelle que soit ma définition, c'est un fait. Nous l'aimons tous les deux. Alors, pour lui, faisons une trêve.

— Je ne suis pas en guerre contre vous.

Il regarda de nouveau le chat qui, aux pieds de sa maîtresse, se léchait tout en le surveillant du coin de l'œil.

— Vous aimeriez bien l'être.

Elle referma violemment la porte du lave-vaisselle et lui fit face.

— C'est vrai. J'aimerais vous pendre par les orteils pour ce que vous avez fait à Mia. Et j'aimerais allumer un feu, juste en dessous de vous, histoire de vous voir rôtir lentement, dans de grandes souffrances. Et, tandis que vous seriez en train de rôtir lentement et dans de grandes souffrances, j'aimerais...

— Ça va. Je vois le tableau.

— Dans ce cas, vous devez savoir qu'il est inutile d'essayer de m'embobiner.

— Vous ne vous êtes jamais trompée dans vos choix quand vous aviez vingt ans ?

Elle ouvrit le robinet d'eau chaude et s'empara du savon.

— Je n'ai jamais fait souffrir quelqu'un volontairement.

— Si vous l'aviez fait, volontairement ou non, combien de temps estimez-vous que devrait durer votre punition ? Merde ! jura-t-il comme elle ne répondait pas.

Il ferma le robinet.

— Merde ! s'écria-t-elle à son tour en tentant de le rouvrir.

Une lumière bleue jaillit lorsque leurs doigts se frôlèrent.

Choquée, Nell se figea.

— Pourquoi est-ce que personne ne m'a prévenue ? demanda-t-elle en le regardant droit dans les yeux.

— Je ne sais pas, dit-il avec un sourire tandis que la lumière pâlissait, ma sœur.

— Le cercle n'est constitué que de trois personnes, murmura-t-elle, déconcertée.

— Trois qui descendent des trois premières sorcières. Mais il y a quatre éléments. Le vôtre est Air, et celle qui portait ce nom n'a pas eu votre courage. Le mien est Eau. Nous sommes liés, c'est un fait auquel vous ne pouvez rien changer.

— Effectivement, concéda-t-elle. Mais je ne suis pas obligée d'apprécier cette situation, ni de vous aimer.

— Vous croyez au destin et à l'Art, mais pas au pardon.

— Je crois au pardon. Lorsqu'il est mérité.

S'écartant d'un pas, il enfonça les mains dans ses poches.

— Je suis venu ce soir dans l'espoir de vous charmer, c'est vrai. D'avoir plus ou moins raison de votre ressentiment et de votre aversion. Ma démarche était en partie motivée par la fierté. C'est dur de se sentir détesté par la femme de votre meilleur ami.

Il saisit la bouteille de vin et remplit un verre qui traînait sur le plan de travail.

— J'avais aussi des raisons d'ordre stratégique. Je sais parfaitement que Ripley et vous vous faites barrage devant Mia.

— Je ne veux pas qu'elle souffre à nouveau.

— Et vous êtes persuadée que c'est ce que j'ai l'intention de faire.

Il but une gorgée et reposa son verre.

— Je suis donc venu chez vous, et j'ai été sensible à ce que Zack et vous avez construit ensemble. Je me suis assis à votre table et, bien que vous eussiez préféré me pendre par les orteils, vous m'avez offert un délicieux repas. Si bien qu'au lieu de vous charmer, c'est *moi* qui le suis.

Il jeta un coup d'œil autour de lui. La cuisine était une pièce chaleureuse et accueillante dans laquelle, jadis, il avait été le bienvenu.

— Je vous admire pour ce que vous avez fait de votre vie, enchaîna-t-il. Et j'envie le bonheur de votre foyer. Croyez-le ou pas, mais Zack compte beaucoup pour moi. Aussi, pour éviter de semer la zizanie entre vous, je vais sortir par-derrière pendant qu'il promène Lucy.

— Je n'ai pas préparé le café, fit Nell en se séchant les mains.

Il était déjà à la porte, mais il se retourna.

C'est alors qu'elle comprit ce qui avait séduit Mia. Il était beau, certes, mais, surtout, on décelait dans son regard une force impressionnante, en même temps qu'un incommensurable chagrin.

— Je ne vous pardonne pas, lâcha-t-elle avec brusquerie. Mais si Zack vous considère comme un ami, c'est que vous devez posséder quelques qualités. Asseyez-vous. Il y a du gâteau au chocolat en dessert.

Elle l'avait bel et bien possédé, admit Sam tandis qu'il rentrait chez lui à pied. La jolie blonde aux candides yeux bleus qui s'était montrée froidement polie, puis d'une franchise brutale et enfin prudemment compréhensive, tout cela au cours d'une seule soirée, l'avait mis à genoux.

Lui qui, d'ordinaire, se fichait complètement de l'opinion d'autrui, avait terriblement envie de gagner le respect de Nell Todd.

Il foulait le sable à grandes enjambées nerveuses, comme lorsqu'il était gamin. Et, comme autrefois, il avait pris la direction de la maison Logan. Sans aucun plaisir.

Comment expliquer qu'il ne s'était jamais senti chez lui dans cette grande baraque, et n'avait éprouvé aucun regret lorsque son père l'avait vendue ?

La crique et la grotte avaient signifié beaucoup, à une époque. Mais la maison n'avait jamais été qu'un assemblage de bois et de verre. Dénué de chaleur et rempli d'exigences. Être un Logan, réussir, exceller.

Ce qu'il avait fait, mais à quel prix ?

Il pensa à nouveau à la maison si accueillante qu'il venait de quitter. Pour certaines personnes, le mariage était un accomplissement. Union parfaite, bon-heur, complicité – et pas simplement un statut social.

Un trésor rare et précieux, qu'il n'était pas donné à tout le monde de découvrir.

Dans sa famille, la tendresse était une denrée rare. Oh, il n'y avait eu ni négligence ni mauvais traitements. Ses parents se comportaient en partenaires, jamais en couple. Par sa froide efficacité, leur mariage évoquait une fusion d'entreprises.

Il se rappelait sa fascination, et sa gêne, lorsque, jeune garçon, il assistait malgré lui aux démonstrations d'affection des parents de Zack.

Ceux-ci, lui avait-on dit, vivaient les meilleures années de leur vie en sillonnant le continent à bord d'une caravane. Rien que l'idée aurait horrifié ses parents.

Dans quelle mesure nos parents nous formaient-ils ? se demanda-t-il. Zack devait-il à son enfance heureuse la réussite de son propre mariage ?

Ou était-ce pur hasard ?

Ou encore étions-nous seuls responsables de nos vies, chacun de nos choix menant à un autre choix ?

Il s'immobilisa et contempla le faisceau lumineux qui balayait la mer. Le phare de Mia, sur la falaise de Mia. Combien de fois l'avait-il regardé ainsi en pensant à elle ?

En la désirant.

Il n'arrivait pas à se rappeler quand cela avait commencé. Peut-être était-il né en la désirant, s'était-il dit à maintes reprises. Et ce sentiment d'avoir été emporté par une houle formée avant même qu'il ait vu le jour l'avait terrifié.

Combien de nuits avait-il brûlé de désir pour elle ? Même lorsqu'il la possédait, même lorsqu'il était en elle, le brasier ne s'éteignait pas. Pour lui, l'amour avait été un orage, où le plaisir sans limites se mêlait à la plus abjecte des terreurs.

Pour elle, l'amour n'était que l'amour.

Debout sur la plage, il pensa très fort à elle. Survolant les eaux noires, ses pensées visèrent le faisceau lumineux, la falaise, la maison. Et rebondirent contre le mur que Mia avait dressé autour d'elle.

— Tu seras bien obligée de me laisser entrer, murmura-t-il. Tôt au tard.

Renonçant à insister pour l'instant, il reprit la direction du cottage. La solitude dont il s'était réjoui le premier jour s'était muée en un isolement qui lui pesait, à présent. Il se secoua et, au lieu de rentrer chez lui, s'enfonça dans le bois.

Tant que Mia refuserait de lui parler, il devrait se débrouiller seul pour découvrir ce qu'il avait besoin de savoir.

De rares étoiles et un mince quartier de lune perçaient difficilement les ténèbres. Mais il existait d'autres moyens de voir. Se mettant au diapason de la nuit, il entendit le babillement du ruisseau et sut que des fleurs sauvages somnolaient sur la berge. Un petit animal s'enfuit dans un bruissement d'herbe, et une chouette hulula.

Il huma l'odeur de la terre et de l'eau, et sut qu'il pleuvrait avant l'aube.

Le pouvoir s'éveillait en lui.

Il s'enfonça dans le bois avec autant d'assurance qu'un homme arpentant la rue principale du village par un après-midi ensoleillé. L'excitation de la magie lui échauffait la peau.

Il s'arrêta soudain : là où n'importe qui d'autre n'aurait vu que des feuilles éparpillées sur le sol, il vit l'endroit où le cercle avait été formé.

Unies, les trois sorcières étaient très fortes. Il avait perçu ce même filet d'énergie sur la plage et avait compris qu'un autre cercle y avait été créé. Mais celui-ci étant antérieur, il devait l'examiner en premier.

— Ce serait plus simple si elles me racontaient ce qui s'est passé, remarqua-t-il à voix haute. Mais probablement pas aussi satisfaisant.

Il leva les mains, paumes en l'air, telles des coupes prêtes à être remplies.

— Montrez-moi. J'en appelle aux Trois, mes sœurs à jamais. Que la nuit soit le miroir des événements qui se sont déroulés en ce lieu. Montrez-moi comment et pourquoi ce cercle a été formé, afin que je puisse accomplir ma mission. Accordez-moi cette vision. Qu'il en soit ainsi, puisque je le veux.

L'obscurité perdit de sa densité, telle une étoffe légère, elle s'écarta, révélant la peur, celle d'un lapin pris au piège. La haine acérée comme des crocs, et l'amour, empli de courage. Nell apparut, courant à perdre haleine, et il perçut clairement ses sentiments. Elle était terrorisée et cherchait autant à échapper à son poursuivant qu'à l'entraîner loin de Zack.

Remington bondit sur elle, la maîtrisa et appuya la lame d'un couteau contre sa gorge. Sam serra les poings, bouleversé.

Puis il vit Mia, vêtue d'une robe noire semée d'étoiles d'argent, et Ripley, un pistolet à la main. Couvert de sang, Zack les rejoignit, son arme braquée devant lui.

La nuit était un condensé de folie et de terreur.

Et soudain la magie se matérialisa. Elle émanait de Nell qui se mit à étinceler tandis qu'elle surmontait sa peur. Elle scintilla autour de Mia dont les yeux lancèrent des éclairs argentés. Puis, lentement, comme avec réticence, elle jaillit de Ripley lorsque celle-ci abaissa son arme et agrippa la main de Mia. Un cercle de flammes bleues se forma.

Surpris par son intensité, Sam recula de deux pas. Le temps qu'il se ressaisisse, la vision avait disparu.

— Le cercle n'est pas brisé, murmura-t-il, le visage levé vers le ciel. Il faut que tu me laisses pénétrer à l'intérieur, Mia, sinon tout ceci n'aura servi à rien.

Tard dans la nuit, sans l'avoir cherché, il rêva d'elle. De cette époque où l'amour n'était que nouveauté et innocence.

Elle avait dix-sept ans, des cheveux flamboyants, des yeux d'un gris tendre comme la brume estivale et des jambes interminables. Comme chaque fois, sa beauté lui fit l'effet d'un coup de poing en plein cœur.

Vêtue d'un short kaki et d'un haut bleu qui découvrait ses bras et deux centimètres de ventre, elle se tenait au bord de l'eau. Sam sentait son parfum enivrant, plus puissant que celui de la mer et du sel.

— Tu ne veux pas nager? demanda-t-elle en riant. Sam aux yeux tristes, qu'est-ce qui te fait broyer du noir, aujourd'hui?

— Je ne broie pas du noir.

Quelques minutes plus tôt, c'eût été un mensonge. Ses parents lui battaient froid parce qu'il avait décidé de rester sur l'île cet été et de travailler à l'hôtel. Et il se demandait si, en refusant de s'éloigner de Mia, il ne commettait pas une terrible erreur.

Car l'idée de la fuir était à la fois séduisante et impensable.

Pourtant, il avait commencé à y réfléchir. Chaque fois qu'il regagnait l'université, il envisageait de se trouver une bonne excuse pour rester sur le continent, au moins un week-end par semestre. Histoire de se tester.

Et voilà qu'il refusait de prendre la sortie de secours vers laquelle le poussaient ses parents. La question méritait réflexion.

Mais à peine Mia l'eut-elle rejoint sur la plage que le désir chassa son vague à l'âme et qu'il n'eut plus envie d'être ailleurs qu'auprès d'elle.

— Si tu ne broies pas du noir, prouve-le.

Elle entra à reculons dans l'eau qui lui lécha les mollets, les genoux et ses longues cuisses minces.

— Allez, viens jouer.
— Je suis trop vieux pour jouer.
— Pas moi.

Elle plongea et nagea sous l'eau avec l'aisance d'une sirène. Lorsqu'elle refit surface, les cheveux dégoulinants et le chemisier plaqué sur les seins, il crut devenir fou.

— Oh, pardon ! s'exclama-t-elle. J'avais oublié que tu as presque dix-neuf ans. Barboter dans l'eau est indigne de toi.

Elle plongea à nouveau et son corps fendit l'eau bleue de la crique. Il la rejoignit et lui attrapa les chevilles. Elle se dégagea et se redressa en riant.

Et, comme d'habitude, son rire ensorcela Sam.

— Je vais t'en donner, de la dignité, menaça-t-il en lui appuyant sur la tête.

L'innocence pure : le soleil et la mer, les premiers jours de l'été, la frontière étroite qui sépare l'enfance des soucis de l'âge adulte.

Innocence précaire.

Ils s'éclaboussèrent, luttèrent, nagèrent comme des dauphins. Se rejoignirent sous l'eau, en commençant par un baiser, puis en s'étreignant avant d'émerger. Le désir montait en eux, urgent, et ce fut en tremblant de tous ses membres qu'elle s'enroula autour de lui. Ses lèvres, chaudes et humides, s'écartèrent sous celles de Sam avec une confiance qui le remua jusqu'au tréfonds.

— Mia... gémit-il en pressant son visage contre les cheveux trempés de la jeune fille. Il faut qu'on s'arrête. Allons faire un tour.

Il avait beau dire, il ne put empêcher ses mains de la caresser follement.

— J'ai rêvé, la nuit dernière, souffla-t-elle. De toi. C'est toujours de toi que je rêve. Et, quand je me suis réveillée, j'ai su que ce serait aujourd'hui.

Elle rejeta la tête en arrière et il se sentit aspiré par son regard gris.

— Je veux me donner à toi et à personne d'autre.

Le pouls de Sam s'emballa. Il tenta d'évoquer mentalement les notions de bien et de mal, du lendemain et de l'avenir. Mais ne réussit qu'à penser à l'instant présent.

— Il faut que tu sois sûre.

— Sam, fit-elle en déposant une pluie de baisers sur son visage, j'ai toujours été sûre.

Elle s'écarta, lui prit la main, et l'entraîna jusqu'à la grotte située sous l'escarpement.

Il y faisait frais et sec. Au centre, on pouvait se tenir debout. Entourée de chandelles, une couverture était étalée près de la paroi du fond.

— Tu vois, je le savais. Ici, c'est chez nous.

Sans le quitter des yeux, elle commença à déboutonner son chemisier. Il remarqua que ses doigts tremblaient.

— Tu as froid.
— Un peu.

— Et tu as peur.
— Un peu. Mais, bientôt, je n'aurai plus ni froid ni peur.
— Je ferai très attention.

Elle laissa ses bras retomber le long de son corps afin qu'il achève de défaire les derniers boutons.

— Je sais. Je t'aime, Sam.

Il l'embrassa doucement sur les lèvres tandis qu'il lui ôtait son chemisier.

— Je t'aime.

Le petit titillement d'appréhension qu'elle avait ressenti s'évanouit.

— Je sais.

Ils avaient déjà échangé des caresses merveilleuses, et frustrantes, trop souvent hâtives. Tandis qu'ils se déshabillaient mutuellement, les flammes des chandelles jaillirent, hautes et droites. Et lorsqu'ils s'allongèrent sur la couverture, un voile impalpable parut se déployer devant l'entrée de la grotte, les isolant du monde.

Leurs bouches se soudèrent avec avidité. Les doigts de Sam parcouraient le corps de Mia avec une frénésie inquiète, comme s'il craignait qu'elle ne lui échappe.

— Je ne te quitterai pas, murmura-t-elle.

La bouche de Sam s'empara de l'un de ses seins, lui coupant le souffle.

Tout en le caressant, elle se cambra avec la fluidité d'une ondine et ses yeux se voilèrent de plaisir. Il en éprouva un sentiment de puissance qui le fit frémir. Elle laissa échapper un long gémissement rauque et s'ouvrit à lui, lui offrant son innocence.

Tremblant de désir, il s'efforça d'être doux, mais il la sentit se crisper.

— Rien qu'une minute, la supplia-t-il en couvrant son visage de baisers. Je te promets. Ça ne durera qu'une minute.

Puis, cédant aux exigences de son corps, il la prit.

Elle serra les poings et refoula un cri. Une vague de chaleur l'envahit, chassant la douleur naissante.

— Oh... souffla-t-elle. Bien sûr.

Un soupir, puis, lui embrassant le cou, elle répéta :

— Bien sûr.

Se pliant à son rythme, elle l'attira plus profondément en elle et, cramponnés l'un à l'autre, leurs corps humides de sueur, ils se possédèrent l'un l'autre.

Un peu plus tard, lovée contre Sam, dans le halo doré des chandelles, elle murmura :

— C'est ici qu'elle l'a trouvé.

Le cerveau encore tout embrumé, Sam avait complètement oublié ses soucis.

— Hein ?

— La sorcière qui s'appelait Feu. La mienne. C'est ici qu'elle a trouvé le silkie, l'animal qui avait pris forme humaine. Elle en est tombée amoureuse alors qu'il dormait.

— Comment le sais-tu ?

— Elle a pris sa fourrure et l'a cachée afin qu'il reste avec elle, poursuivit Mia, éludant sa question. Cela ne pouvait être mal, puisqu'elle le faisait par amour.

Baignant dans une béatitude quasi divine, Sam frotta son nez contre le cou de Mia. Il ne désirait qu'une chose : demeurer là, avec elle. Il était certain, à présent, de ne jamais rien désirer d'autre. Certitude apaisante.

— Aucune action ne peut être mauvaise, si elle est inspirée par l'amour, dit-il.

— Mais, des années plus tard, alors qu'ils avaient eu des enfants et qu'elle avait perdu ses sœurs, il a retrouvé sa fourrure. Et, aussitôt, la nature l'a emporté sur l'amour. Il l'a quittée et a regagné la mer, oubliant jusqu'à son existence. Oubliant ses enfants et son foyer.

— N'y pense plus, ça te rend triste, chuchota-t-il en l'étreignant.

— Ne m'abandonne pas.

Elle enfouit la tête au creux de l'épaule de Sam.

— Jamais, insista-t-elle. J'en mourrais, comme elle est morte, seule et le cœur brisé.

— Je ne te quitterai pas.

À peine avait-il fait cette promesse qu'il sentit le froid l'envahir.

— Je suis là. Regarde.

Il se redressa, l'entraînant avec lui, et appuya le doigt sur la paroi de la grotte. Une petite flamme en jaillit qui grava quelques mots en gaélique dans le roc.

— Mon cœur est ton cœur. Pour toujours et à jamais, lut-elle.

Appuyant à son tour l'index sur la pierre, elle dessina un nœud celtique, promesse d'union.

— Et le mien t'appartient, murmura-t-elle en levant vers lui son regard noyé de larmes.

Seule dans la maison sur la falaise, Mia enfonça son visage dans l'oreiller. Et murmura le nom de Sam dans son sommeil.

4

La pluie avait commencé à tomber avant l'aube, portée par un petit vent malicieux qui faisait frémir les tendres feuilles vertes. Toute la journée, il avait soufflé et crachoté, au point que l'air était devenu froid et humide, et la mer aussi désespérément grise que le ciel. Et le temps ne montrait aucun signe d'amélioration.

«C'est bon pour les fleurs», songeait Mia qui, debout devant sa fenêtre, contemplait le paysage mélancolique. La terre avait besoin d'une bonne averse et, en dépit du froid, les fragiles boutons ne gèleraient pas.

Dès que le soleil daignerait se montrer, elle lâcherait la librairie et consacrerait quelques heures au jardinage. Une journée entière sans voir personne, sans autre exigence que celles des fleurs.

C'était là l'un des privilèges dont on bénéficiait lorsqu'on était son propre patron.

Ce privilège occasionnel compensait le poids des responsabilités. Celles des affaires et celles de la sorcellerie.

Ce jour-là, une multitude de tâches l'attendait à la boutique et, malgré une nuit agitée, elle s'était levée de bonne heure.

Elle qui n'oubliait *jamais* rien avait pourtant oublié que Nell et Ripley devaient la retrouver chez elle. Leur arrivée la surprit.

— Tu préfères peut-être faire ça une autre fois ? Mia ?
— Quoi ?

Fronçant les sourcils, Mia cligna des yeux.

— Non, non, excusez-moi. C'est la pluie qui me rend nerveuse.
— Tiens donc ! fit Ripley.

Affalée dans un fauteuil, la jambe sur l'accoudoir, elle se goinfrait tranquillement de pop-corn.

— Comme si un bulletin météo pouvait te hérisser.

Sans un mot, Mia alla se pelotonner sur le canapé, glissant ses pieds nus sous sa jupe. Elle claqua ensuite des doigts en direction de la cheminée. Les bûches s'enflammèrent immédiatement avec moult craquements et grésillements sympathiques.

— Ah, voilà qui est mieux, déclara-t-elle en secouant un coussin pour lui redonner une forme confortable. Alors, Nell, de quoi voulais-tu me parler avant que nous n'abordions nos projets pour le solstice ?

— Écoute-la, s'esclaffa Ripley. On dirait la présidente d'un club de bonnes femmes.

— Une bande de sorcières ou un club, il n'y a pas grande différence. Mais si tu veux prendre la parole, shérif adjoint, c'est quand tu veux...

— Je vous en prie, intervint Nell en levant une main apaisante.

Elle avait l'impression de passer son temps à calmer ses deux amies pour qui rester ensemble plus de dix minutes sans se chamailler tenait de l'exploit. Elle se demandait parfois s'il ne serait pas plus simple de leur cogner la tête l'une contre l'autre.

— Sautons l'étape des injures. Mia, je voulais t'annoncer que la première réunion du club de cuisine a été un succès.

Ravalant son irritation, celle-ci approuva de la tête et préleva un grain d'une des grappes de raisin qu'elle avait disposées dans un grand plat vert pâle.

— C'était vraiment une excellente idée, Nell. Ça va sûrement augmenter le chiffre d'affaires de la librairie et du café. Nous avons vendu une douzaine de livres de cuisine ce soir-là, et autant depuis.

— Je propose qu'on continue ainsi pendant deux mois, pour voir si l'intérêt se maintient, et qu'on organise ensuite une séance commune avec le club du livre. Peut-être aux alentours de Noël. Je sais que c'est loin, mais...

— Mais ça ne fait jamais de mal de faire des projets, acheva Mia en prenant un deuxième grain de raisin. Il y a des romans dans lesquels la cuisine joue un rôle de premier plan. Certains d'entre eux proposent même des recettes. On pourrait en choisir un pour le club de lecture, et ensuite le club de cuisine préparerait les plats. Résultat, tout le monde s'amuserait.

— Et, toi, tu vendras des bouquins, conclut Ripley.

— Ce qui, curieusement, est la fonction première de la boutique. À présent...

— Je n'ai pas fini, l'interrompit Nell.

— Je t'écoute, fit Mia.

— Je sais que la vente de livres est la fonction première du magasin, mais, voilà, j'ai une idée qui me trotte dans la tête depuis un bout de temps. J'y ai réfléchi longuement, pour voir si ça valait le coup de se lancer. Peut-être que tu vas trouver que ça ne s'inscrit pas dans...

— Pitié, Nell ! gémit Ripley en se tortillant dans son fauteuil. Elle trouve que tu devrais agrandir le café.

— Ripley ! S'il te plaît, laisse-moi expliquer les choses à ma manière.

— C'est que je n'ai pas toute la semaine, moi.

— Agrandir le café ? répéta Mia. Il occupe déjà la moitié de l'étage.

— Oui, tel qu'il est actuellement. Mais si on remplaçait les fenêtres, à l'est, par des portes coulissantes, et qu'on ajoutait une terrasse de – disons deux mètres sur trois –, on pourrait accueillir plus de monde par beau temps.

Mia gardant le silence, Nell enchaîna précipitamment.

— Je pourrais aussi élargir la carte et proposer un menu spécial pour dîners décontractés, les soirs d'été. Évidemment, il faudrait plus de personnel, et... je ferais sans doute mieux de m'occuper de mes oignons.

— Je n'ai pas dit ça, répliqua Mia, mais c'est compliqué. Il faut faire intervenir un architecte, demander un permis de construire. Et puis, il y a le coût. Est-ce que le bénéfice escompté couvrira les frais engagés ? Enfin, pendant la durée des travaux, le chiffre d'affaires va forcément chuter.

— J'ai... euh... étudié un peu la question, balbutia Nell, l'air penaud, en sortant une liasse de papiers de sa serviette.

Mia écarquilla les yeux, avant d'éclater de rire.

— Eh bien, tu en as abattu du boulot, petite sœur. D'accord. Laisse-moi examiner ton projet et y réfléchir. Ça m'intéresse. Plus de couverts, un plus grand choix de plats... Si ça marche, nous allons piquer d'autres clients à l'hôtel, du moins pendant la saison, conclut-elle avec un sourire satisfait.

Une vague de culpabilité submergea Nell.

— Il y a encore autre chose. Nous avons reçu Sam Logan à dîner, lâcha-t-elle d'une traite.

Le sourire de Mia s'évanouit.

— Pardon ?

Ripley bondit de son fauteuil.

— Vous avez invité cette ordure à dîner ! Vous l'avez nourri ? Est-ce qu'au moins tu en as profité pour l'empoisonner ?

— Non. Mais ce n'est pas moi qui l'ai invité. C'est Zack. Ils sont amis, expliqua Nell en quêtant du regard le pardon de Mia. Je ne me vois pas dire à Zack qui il peut ou ne peut pas inviter chez lui.

— Que Booke essaye seulement d'inviter ce salaud de traître ! gronda Ripley, visiblement prête à mordre son mari tout neuf, qu'il ait ou non l'idée de commettre une telle erreur. Zack a toujours été un imbécile.

— Hé, une minute ! s'exclama Nell.

— Il est mon frère depuis plus longtemps qu'il n'est ton mari, rétorqua Ripley, ce qui me donne le droit de le traiter d'imbécile. D'autant plus que c'est vrai.

— Calmez-vous, intervint Mia. Ça ne sert à rien de jeter l'anathème ni de récriminer. Zack a le droit d'inviter ses amis chez lui. Nell n'a rien à se reprocher. Ce qu'il y a entre Sam et moi ne concerne que Sam et moi, et personne d'autre.

— Vraiment ? fit Nell. Pourquoi n'ai-je pas été prévenue qu'il était comme nous ?

— Parce qu'il ne l'est pas ! explosa Ripley. Sam Logan n'est pas comme nous.

— Nell ne voulait pas dire qu'il appartenait au sexe féminin, dit Mia. Ni qu'il était un membre de la communauté de l'île des Trois Sœurs. Encore que, étant donné qu'il a été élevé ici, il sera toujours considéré comme un îlien. Il a le don, certes, mais il n'a rien à voir avec nous.

— Tu en es sûre ? demanda Nell.

— Les Trois, c'est nous. Nous formons le cercle. C'est à nous de faire ce qui doit être fait. Et ce n'est pas parce que... Quelle était la charmante expression de Ripley ? Ah, oui ! Ce n'est pas parce qu'un salaud de traître a quelque talent de sorcellerie qu'il nous faut l'admettre dans notre confrérie.

Sur ce, elle prit un autre grain de raisin et changea de sujet.

— À présent, parlons du solstice.

L'arrivée de Sam ne changerait rien, ainsi en avait-elle décidé. Personne ne s'introduirait dans leur cercle. Ni dans son cœur.

Au plus sombre de la nuit, tandis que l'île dormait, Mia alla sur sa falaise. La pluie froide et la mer noire fouettaient les rochers comme pour les réduire en morceaux. Le vent tourbillonnait et s'engouffrait dans son manteau dont les pans voletaient telles des ailes.

L'obscurité était totale, à l'exception du pinceau de lumière que projetait le phare au-dessus d'elle.

« Élance-toi, chuchotait la voix sournoise. Envole-toi et tu en auras fini. Pourquoi lutter contre l'inévitable ? Pourquoi continuer à vivre dans cette solitude ? »

Combien de fois l'avait-elle entendue, cette voix ? Combien de fois était-elle venue ici pour l'affronter ? Le cœur brisé, elle avait osé la défier. Jamais elle ne céderait.

— Tu ne m'auras pas.

Une nappe de brouillard rampa sur le sol. Elle en sentit la caresse glacée autour de ses chevilles.

Elle tendit les bras et convoqua le vent qui, obéissant, lacéra les volutes grises.

— Je sauvegarderai les miens et ma terre, proclama-t-elle en offrant son visage à la pluie. Que je veille ou que je dorme, je resterai fidèle à celle que je suis, dans mes actes et dans mes dires.

La magie l'envahit, palpitante tel un cœur vivant.

— Je fais ce serment, et ne le romprai pas. J'affronterai ma destinée. Qu'il en soit ainsi, puisque je l'ai dit.

Fermant les yeux, elle serra les poings.

— Pourquoi suis-je maintenue dans l'ignorance ? Pourquoi ne puis-je au moins sentir ce qu'il va advenir ?

L'air frémit et elle eut l'impression que des mains chaudes lui caressaient les joues. Mais ce n'était pas le réconfort qu'elle cherchait, ni des exhortations à la patience. Aussi, se détournant de la falaise, courut-elle vers la maison illuminée.

Tandis que Mia regagnait le cocon de sa demeure, Lulu se mettait au lit avec son troisième verre de vin, un récit criminel intitulé *Journal d'un cannibale américain*, et un paquet de chips au fromage et à l'ail. À l'autre bout de la pièce, une fusillade éclatait sur l'écran de la télévision.

Tel était le rituel du samedi soir pour Lulu.

Ses vêtements de nuit étaient constitués d'un short déchiré, d'un T-shirt indiquant qu'il valait mieux être riche que stupide, et d'une casquette de base-ball à laquelle une petite lampe était fixée afin de lire sans allumer le plafonnier. Elle grignotait, sirotait son vin, partageait son attention entre le livre et le film, et se considérait comme la reine de son petit paradis personnel.

La pluie tambourinait contre les carreaux et le vent faisait tinter les rideaux de perles qui pendaient devant les fenêtres. Heureuse, un peu pompette, Lulu se prélassait sous l'édredon en patchwork qu'elle avait cousu elle-même.

Les années soixante étaient depuis longtemps terminées, certes, mais ceux et celles qui avaient eu vingt ans à cette époque en restaient marqués à jamais.

Les mots se brouillant sur la page, elle rajusta ses lunettes et se redressa contre les oreillers. Elle voulait seulement finir son chapitre pour découvrir si la jeune prostituée avait été assez bête pour se faire égorger et vider de ses organes.

Ce qui ne l'empêcha pas de piquer du nez. Elle le releva brusquement et cligna des yeux. Il lui semblait avoir entendu chuchoter son nom.

« Voilà que j'entends des voix », songea-t-elle, dégoûtée. Vieillir, c'était la grande arnaque du bon Dieu.

Elle finit son verre et jeta un œil à l'écran.

Le séduisant visage de Mel Gibson remplissait l'écran et lui souriait.

— Hé, Lu, comment ça va ?

Elle se frotta les yeux, les écarquilla. L'image était toujours là.

— Qu'est-ce qui se passe, nom de Dieu ?

— C'est exactement ce que je dis : « Qu'est-ce qui se passe, nom de Dieu ? » s'esclaffa l'acteur.

Son visage recula, cédant la place au canon d'un énorme pistolet.

— Personne ne tient à vivre éternellement, pas vrai ? dit-il.

Une détonation fit vibrer le poste tandis qu'un éclair rouge illuminait la pièce. Une douleur aiguë déchira la poitrine de Lulu qui hurla. Elle se redressa, renversant les chips, et pressa les mains sur ses seins.

Son cœur battait la chamade mais, à part cela, tout était normal.

Sur l'écran, Mel discutait procédures policières avec un collègue.

Bouleversée, Lulu se leva et tituba jusqu'à la fenêtre. Un peu d'air frais lui éclaircirait les idées, décida-t-elle en écartant le rideau de perles.

Elle remonta la fenêtre à guillotine et frissonna. Il faisait aussi froid qu'en hiver. Trop froid pour la saison. Et les lambeaux de brume mi-violets, mi-jaunâtres qui tourbillonnaient au ras du sol lui semblaient bizarres. Elle examina le jardin, les fleurs dégoulinantes, la pelouse tristounette, la gargouille qui tirait la langue aux passants. Tendant la main sous la pluie, elle eut l'impression que des échardes lui lacéraient la paume. Elle la retira précipitamment, ce qui fit glisser ses lunettes sur son nez.

Le temps de les remettre en place, la gargouille lui parut s'être rapprochée de la maison et tournée de telle façon qu'au lieu de son profil, elle montrait son visage de trois quarts.

Le cœur de Lulu s'emballa de nouveau et un étau lui étreignit douloureusement la poitrine.

— Il faut que j'achète de nouvelles lunettes, marmonna-t-elle. Ma vue baisse.

Une fraction de seconde plus tard, la gargouille pivota et lui fit face, découvrant de longs crocs hargneux.

— Doux Jésus...

Et voilà que la gargouille traversait la pelouse et, grinçant des dents, claquant des mâchoires, sautillait vers la maison. Vers la fenêtre ouverte. Puis la petite grenouille achetée la semaine précédente suivit, brandissant non plus sa flûte mais un couteau à la lame ébréchée.

— Personne n'y prêtera attention.

Lulu tourna la tête. Sur l'écran, un énorme serpent affublé du beau visage de Mel Gibson ricanait.

— Tout le monde s'en fichera, si tu meurs. Tu n'as personne, hein, Lulu? Pas d'homme, pas d'enfant, pas de famille. Les gens n'en auront rien à secouer.

— Va au diable! cria-t-elle.

Entre-temps, la gargouille et sa compagne étaient arrivées à moins d'un mètre de la maison.

— Tout ça, c'est rien que des conneries, balbutia Lulu.

Les mains tremblantes, elle agrippa le châssis de la fenêtre et tira dessus de toutes ses forces.

Il céda si facilement qu'elle bascula en arrière et atterrit violemment sur le sol.

À bout de souffle, terrorisée, elle demeura étendue là une bonne minute. Puis elle rampa en gémissant jusqu'à son panier à couture et s'arma d'aiguilles à tricoter.

Lorsqu'elle trouva enfin le courage de regagner la fenêtre, la pluie tombait doucement et le brouillard s'était dissipé. La gargouille, inoffensive, se tenait à l'endroit habituel, prête à insulter le prochain visiteur.

Lulu resta immobile tandis qu'une autre fusillade avait lieu dans le téléviseur.

— C'est sûrement cette bouteille de chardonnay, dit-elle à voix haute en passant la main sur son visage moite de sueur.

Mais pour la première fois depuis son emménagement, elle fit le tour de la maison et verrouilla portes et fenêtres.

Un homme, si zélé fût-il, avait le droit de faire une pause de temps à autre, décréta Sam en quittant le village au volant de sa voiture. Il avait passé des heures dans son bureau, à organiser des réunions, à lire ou à rédiger des rapports, à téléphoner. S'il ne s'aérait pas le cerveau, il allait imploser.

En outre, on était dimanche. Le vent avait fini par chasser la pluie et l'île étincelait tel un diamant. Établir le bilan de ce qui avait changé et de ce qui était resté identique sur ce monticule de terre était aussi important pour ses affaires que les registres comptables et les calculs prévisionnels.

Des bateaux de plaisance glissaient sur l'eau, moteurs bourdonnant ou voiles gonflées par la brise. Des bouées bouchonnaient, orange, rouges ou blanches, à la surface de la mer. La terre se dressait en falaise, s'incurvait sur une crique ou encore s'effritait jusqu'à l'eau.

Une famille ramassait des coquillages et un gamin poursuivait les mouettes.

Depuis son départ, de nouvelles maisons avaient été bâties tandis que les murs en cèdre d'autres avaient pris une teinte argentée et que la végétation avait envahi certaines zones jadis dénudées.

Le temps ne restait pas immobile. Pas même sur l'île des Trois Sœurs. Approchant de la pointe nord de l'île, il bifurqua sur une route étroite. Le crissement des pneus lui rappela la dernière fois qu'il avait effectué ce trajet : en Jeep, radio tonitruante et capote baissée.

Ce souvenir le fit sourire. Car, si la Ferrari avait remplacé la Jeep, le toit était ouvert et la stéréo marchait à fond.

Il ralentit puis s'arrêta sur le bas-côté, au pied d'une maison.

Celle-ci n'avait pas changé. Combien de temps encore l'appellerait-on la maison Logan ? se demanda Sam. Surplombant la mer, ses deux étages semblaient s'élancer vers le ciel de leur propre initiative. Les volets avaient été repeints en un bleu sombre qui contrastait avec le bois argenté.

Le porche, que protégeait une moustiquaire, et les terrasses à l'air libre offraient une vue extraordinaire sur la crique et l'océan. Les grandes fenêtres et les portes vitrées étincelaient au soleil. Sa chambre donnait sur la mer et il avait passé des heures à la contempler – son caractère changeant et imprévisible reflétait, trouvait-il, ses propres humeurs.

La mer lui avait toujours parlé.

Pourtant, revoir cette maison n'éveillait en lui ni regrets ni nostalgie. Il n'y voyait qu'une belle demeure, bien située et bien entretenue. Le propriétaire de la Land Rover garée dans l'allée en avait eu pour son argent.

Le Dr MacAllister Booke, des Booke de New York. Un brillant cerveau qui s'intéressait aux phénomènes paranormaux. Fascinant. Dans sa famille, Booke avait dû se sentir tel un chien lâché dans un jeu de quilles. Tout comme lui.

Sam sortit de sa voiture et se dirigea vers la crique. Un voilier jaune était amarré au ponton. Lui aussi avait eu un bateau, et c'était l'une des rares choses dont il avait la nostalgie.

La voile avait été le seul intérêt qu'il avait partagé avec son père, et les heures passées en mer leur avaient permis de communiquer réellement, et pas simplement comme deux personnes que le hasard de la naissance avait réunies.

— Il est joli, n'est-ce pas ? Je l'ai acheté le mois dernier.

Sam se retourna. Et regarda le grand type vêtu d'un jean délavé et d'un polo gris effiloché qui venait dans sa direction. Il avait des traits bien dessinés dans un visage un peu maigre aux joues ombrées d'une barbe naissante. La brise ébouriffait ses cheveux châtains, et ses yeux amicaux se plissaient pour se protéger de l'éclat du soleil. La silhouette à la fois mince et musclée de ce chasseur de fantômes couvert de diplômes surprit Sam. Il s'attendait à un rat de bibliothèque pâle et chétif, et voilà qu'il tombait sur Indiana Jones.

— Comment se comporte-t-il par gros temps ?
— Très bien.

Ils passèrent quelques minutes, les mains fourrées dans les poches, à discuter du bateau.

— Je m'appelle Mac Booke, dit Mac en tendant la main.
— Sam Logan.
— C'est ce que je pensais. Merci pour la maison.
— Elle ne m'appartenait pas, mais je suis content si elle vous plaît.
— Entrez donc boire une bière.

Bien qu'il n'eût pas prévu de faire des mondanités, Sam fut conquis par la spontanéité de l'invitation et se surprit à l'accepter.

— Ripley est dans le coin ?
— Non, elle est de service cet après-midi. Vous vouliez la voir ?
— Sûrement pas.

Mac ne put s'empêcher de rire.

— Je devine que ce sentiment sera réciproque pendant quelque temps, fit-il en précédant son invité.

Ils pénétrèrent dans le salon. Sam se remémora l'ordre qui y régnait jadis, le mobilier guindé, les bibelots fragiles, les pastels et les aquarelles délavées qui ornaient les murs. Ici non plus, le temps n'était pas resté immobile. Tout avait été peint dans des couleurs franches et meublé de façon confortable. Des piles désordonnées de journaux et de livres encombraient la table basse et des chaussures traînaient près de l'entrée.

Dont une qu'un chiot mâchouillait d'un air concentré.
— Bon sang! s'exclama Mac en se précipitant.
Il trébucha sur la deuxième basket qui n'était pas encore déchiquetée. Le chiot s'enfuit sans lâcher sa proie.
— Mulder, donne-moi ça.
L'homme et l'animal luttèrent un instant. Ce dernier perdit la bataille, ce qui ne parut pas l'affecter.
— Mulder? répéta Sam.
— Ouais, vous savez, le type des X-files. Ripley l'a baptisé ainsi en mon honneur. Une petite blague. Elle rira moins quand elle verra sa chaussure.
Sam s'accroupit et le chiot se rua sur lui pour le lécher.
— Joli chien. C'est un golden retriever?
— Oui. Nous ne l'avons que depuis trois semaines. Il est intelligent et propre, mais il mange tout ce qu'il trouve si on ne le surveille pas. Ce que je ne fais pas, évidemment.
Avec un soupir, Mac ramassa le chiot et le tint sous son nez.
— Tu sais qui va se faire enguirlander, hein?
Le chiot frétilla de plaisir et remercia son maître d'un coup de langue sur le nez. Renonçant à son sermon, Mac glissa Mulder sous son bras.
— La bière est dans la cuisine, venez.
Il ouvrit le réfrigérateur et en sortit deux bouteilles. La table était encombrée d'appareils électroniques, dont l'un avait les tripes à l'air.
Intrigué, Sam tendit la main vers l'un d'eux, ce qui déclencha une série de *bips* et de clignotements lumineux.
— Oh, pardon!
— Pas de problème, fit Mac, légèrement surpris. Allons sous le porche. À moins que vous n'ayez envie de vous offrir un petit coup de nostalgie en revisitant la maison de votre enfance.

— Non merci.

Avant de sortir, Sam ne put cependant s'empêcher de jeter un regard vers l'escalier qui menait à son ancienne chambre. Il se revit devant la fenêtre, regardant la mer ou cherchant Mia des yeux.

Un *bip* aigu jaillit de l'étage.

— C'est l'un de mes instruments, commenta Mac d'un ton désinvolte bien qu'il eût très envie de courir lire l'enregistrement. J'ai installé mon laboratoire dans l'une des chambres d'amis.

Une fois dehors, il reposa Mulder sur le sol. Celui-ci dévala le perron et se mit à renifler les abords du jardin.

— Ripley ne m'avait pas dit que vous aviez le don, vous aussi, dit-il en s'accoudant à la rambarde.

— Quoi, je porte une marque ?

— Les *bips*, expliqua Mac en désignant la maison. Et, comme j'ai fait des tas de recherches sur l'île, les premiers insulaires et leurs descendants, c'est une question que je m'étais posée. Vous avez pratiqué, à New York ?

— Tout dépend de ce que vous appelez « pratiquer ».

Se retrouver l'objet d'un examen scientifique était une expérience nouvelle pour Sam, qu'il n'aurait pas tolérée de la part de quelqu'un d'autre. Mais Mac lui étant sympathique, il répondit :

— Je n'ai jamais négligé l'Art, mais je ne fais pas de publicité.

— Je comprends. Que pensez-vous de la légende ?

— Je ne l'ai jamais considérée comme une légende. C'est de l'histoire, ce sont des faits.

— Tout à fait d'accord, acquiesça Mac en levant sa bouteille comme s'il portait un toast. J'ai calculé le temps écoulé et celui qui reste. Selon mes calculs...

— Nous avons jusqu'en septembre, termina Sam à sa place. Pas plus tard que l'équinoxe.

— Exactement. Bienvenue à la maison, Sam.

— Merci.

Sam avala une gorgée de bière.

— Ça fait du bien d'être de retour, avoua-t-il.

— Seriez-vous d'accord pour travailler avec moi ?

— Je serais stupide de refuser la collaboration d'un expert. J'ai lu vos livres.

— Ah, oui ?

— Vous avez l'esprit ouvert et souple.

— Quelqu'un me l'a déjà dit, fit Mac en pensant à Mia. Puis-je vous poser une question personnelle ?

— Allez-y, tant que vous me laissez le droit de vous répondre de vous mêler de vos affaires.

— D'accord. Si vous saviez que septembre était la date limite, pourquoi avez-vous attendu si longtemps pour revenir ?

Sam tourna la tête et fixa la crique.

— Mon heure n'était pas venue. À présent, elle l'est. À mon tour de vous poser une question. Selon vous, suis-je indispensable à l'île des Trois Sœurs ?

— Je suis encore en train d'étudier le sujet. Je sais que vous êtes nécessaire au rôle que doit tenir Mia... dans la troisième étape.

— Elle doit m'accepter.

Fronçant les sourcils, Mac pianota sur la balustrade.

— Vous n'êtes pas d'accord, remarqua Sam, mal à l'aise.

— Son choix dépendra de ses sentiments. Elle devra d'abord les admettre, et ensuite décider de ce qui lui convient. C'est-à-dire – peut-être – soit vous accepter. Soit se résoudre à vous rejeter... sans hargne aucune. La dernière étape concerne l'amour, ajouta Mac en se raclant la gorge.

— J'en suis parfaitement conscient.

— Selon moi, cela ne signifie pas qu'elle est obligée de... de vous aimer maintenant, mais qu'elle doit accepter ce qu'elle a ressenti autrefois. Ne plus éprouver de rancœur et chérir le passé. Bien entendu, ce n'est qu'une théorie.

Une rafale de vent souleva un pan du manteau de Sam.

— Votre théorie ne me plaît pas.

— Moi non plus, à votre place, je ne l'aimerais pas. La troisième sœur s'est suicidée au lieu d'assumer l'abandon de son amant. Son cercle était brisé, et elle était seule.

— Je la connais, cette foutue histoire.

— Laissez-moi finir. Malgré tout, elle a tenu à protéger l'île, sa descendance et celle de ses sœurs. Aussi longtemps qu'elle en avait le pouvoir. Mais elle n'a pas pu, ou n'a pas voulu, se sauver elle-même. Elle n'a pas pu, ou n'a pas voulu, vivre sans l'amour de cet homme. C'était sa faiblesse, et son erreur.

— Mia a très bien vécu sans moi.

— À un certain niveau, admit Mac. Mais à un autre, elle n'a jamais pu accepter ses sentiments et elle ne vous a pas pardonné. Il faudra bien qu'elle y parvienne, et de tout son cœur. Sinon, elle sera très vulnérable et risque d'être vaincue.

— Et si je n'étais pas revenu?

— Logiquement, vous le deviez. Et un peu plus de pouvoir magique sur l'île... eh bien, ça ne peut pas faire de mal.

À sa grande surprise, sa conversation avec Mac avait jeté le doute dans son esprit.

Il était revenu sur l'île sans se poser de questions. Il allait reconquérir Mia et, ceci fait, la malédiction serait levée. Point final.

Pas un instant il n'avait imaginé que Mia puisse ne pas vouloir de lui.

L'entrée de la grotte apparut. Peut-être était-il temps d'affronter ses fantômes. Arrivé sur le seuil, il sentit son cœur s'emballer et dut attendre quelques secondes avant de plonger dans les ténèbres.

Des bruits divers l'assaillirent; il reconnut leurs voix, le rire de Mia, leurs soupirs d'amants.

Et des pleurs.

Elle s'était réfugiée ici pour pleurer. Le remords le transperça tel un coup de poignard.

Il chassa ce brouhaha et n'entendit plus que le bruit des vagues qui s'échouaient sur le sable.

Lorsqu'il était enfant, cette grotte était celle d'Aladin, ou le repaire d'un bandit, ou n'importe quoi d'autre au gré de leur imagination, à Zack, à lui-même et à l'un de leurs amis.

Puis il y avait eu Mia.

Les jambes flageolantes, il se dirigea vers le fond de la cavité, s'agenouilla et chercha l'inscription. À son grand soulagement, il constata qu'elle ne l'avait pas effacée.

Il tendit la main, et les lettres s'emplirent d'une lumière qui parut s'en écouler en larmes dorées. Et il ressentit de nouveau ce qu'il avait ressenti alors.

Le pouvoir était encore présent, ce qui avait forcément une signification.

Ici, ils s'étaient aimés au point que le monde aurait pu s'arrêter de tourner sans qu'ils s'en aperçoivent, ou s'en soucient. Ils avaient tout partagé, corps, cœurs et magie.

Il la revit, avec sa crinière de feu et sa peau dorée, le chevauchant avec passion.

Ou bien pelotonnée contre lui, un sourire de béatitude aux lèvres.

Ou encore assise tout près de lui, discutant avec animation, le visage lumineux. Si jeune.

Avait-il obéi à son destin en l'abandonnant ? Devait-il se résigner à être pardonné, puis oublié ?

L'idée l'ébranla si fort qu'il se mit à trembler tandis qu'il se relevait. Incapable de supporter plus longtemps le poids des souvenirs, il sortit de la grotte.

Et la vit, inondée de soleil, dos à la mer.

5

Durant un long moment, il ne put que la contempler, tandis que les souvenirs, les désirs d'autrefois et ceux d'aujourd'hui se mêlaient. Le temps n'était pas resté immobile. Elle n'avait plus rien de la gamine insouciante qui plongeait audacieusement dans l'eau. La femme qui l'examinait froidement possédait une élégance, une sophistication qui manquaient à la jeune fille.

La brise faisait danser ses cheveux telles des spirales de feu. Cela, au moins, n'avait pas changé.

Elle attendit calmement qu'il la rejoigne, sans cependant manifester de signe de bienvenue.

— Je me demandais combien de temps il te faudrait pour te risquer ici, dit-elle d'une voix posée. Je n'étais pas certaine que tu en aurais le cran.

Les émotions éprouvées dans la grotte le taraudaient encore et Sam dut lutter pour s'exprimer normalement.

— Et toi, ça t'arrive de revenir ici?

— Pourquoi le ferais-je? Si j'ai envie de voir l'océan, il me suffit d'aller sur ma falaise. Quant à la plage, elle n'est pas loin de la librairie. Il n'y a rien ici qui vaille le déplacement.

— Pourtant, tu es là.

— Pure curiosité.

Comme elle inclinait la tête, ses boucles d'oreilles bleu foncé scintillèrent.

— As-tu satisfait la tienne ? reprit-elle.
— Je t'ai sentie, dans la grotte. Je nous ai sentis.

Le sourire de Mia le surprit.

— L'amour dégage beaucoup d'énergie, quand on le fait correctement. Nous n'avons jamais eu de problème de ce côté-là. Quant à moi... Eh bien, une femme ne peut s'empêcher d'être émue lorsqu'elle se souvient de la première fois qu'elle s'est donnée à un homme. Je me rappelle avec tendresse cet événement particulier, même si j'en suis venue, par la suite, à regretter mon choix quant au partenaire.

— Je n'avais pas du tout l'intention...
— De me faire du mal ? Menteur.
— Tu as raison.

Quoi qu'il advienne ensuite, si son destin était de la perdre, il pouvait et devait se montrer d'une honnêteté totale.

— J'ai cherché à te faire du mal, oui. Et j'ai sacrément bien réussi.
— Eh bien, pour le coup, tu me surprends.

Elle se détourna. Le voir là, à l'entrée de la grotte qui avait été jadis la leur, lui était une vraie torture.

— Enfin, la vérité toute nue, murmura-t-elle.
— Admettre mes intentions d'autrefois ne signifie pas que je ne les regrette pas aujourd'hui.
— Je n'ai que faire de tes regrets.
— Bon sang, Mia ! Que veux-tu ?

Elle fixa l'eau qui caressait le rivage en un flirt sans fin. La voix de Sam avait trahi son exaspération. Elle s'en réjouit. Plus il serait perturbé, plus elle pourrait le manœuvrer.

— Vérité pour vérité, voici ce que je veux : que tu souffres. Que tu payes, et que tu retournes à New York, ou en enfer. N'importe où, du moment que ce n'est pas ici.

Elle lui jeta un coup d'œil par-dessus son épaule et sourit froidement.

— Ce n'est pas grand-chose, en fait.

— J'ai l'intention de rester sur l'île.

Elle lui fit face à nouveau. Quelle allure il avait! Le héros d'un drame. Sombre et mélancolique. Partagé entre la colère et le désarroi. Elle s'offrit le luxe de le pousser dans ses retranchements.

— Pour faire quoi? Diriger un hôtel? Ton père s'est débrouillé pour le faire pendant des années sans mettre les pieds ici.

— Je ne suis pas mon père.

Il avait toujours éprouvé le besoin de faire ses preuves, se rappela Mia. Samuel Logan menait une guerre permanente contre lui-même.

— J'imagine que tu en auras vite assez de la vie qu'on mène ici et que tu t'enfuiras. Comme autrefois. Tu te sentais piégé – ce sont tes propres termes. Il me suffit donc d'attendre.

— Il te faudra attendre longtemps, déclara-t-il en enfonçant les mains dans ses poches Que les choses soient bien claires: j'ai mes racines ici, tout autant que toi. Peu importe que tu aies toujours vécu sur l'île et que je m'en sois absenté, cela ne change rien au fait que nous sommes tous deux nés ici. Nos entreprises aussi sont ici, mais surtout, nous avons une mission à accomplir, une mission qui a été fixée il y a des siècles. J'accorde autant d'importance que toi à ce qui arrivera à cette île.

— Voilà un discours intéressant de la part de quelqu'un qui est parti avec autant de désinvolture.

— Mon départ n'avait rien de désinvolte, protesta-t-il.

Mais elle lui avait déjà tourné le dos et s'éloignait à grands pas.

«Laisse-la partir, s'exhorta-t-il. Si c'est le destin, tu n'y peux rien. Pour le bien de tous, tu ne dois pas lutter contre.»

— Au diable tout ça ! grommela-t-il en se ruant à la suite de Mia.

Il l'attrapa par le bras et la fit pivoter si brutalement que leurs corps se heurtèrent.

— Il n'y avait *rien* de désinvolte dans ce que j'ai fait, répéta-t-il. Rien d'impulsif, rien de négligent.

— C'est ainsi que tu te justifies ? rétorqua-t-elle. Tu es parti parce que ça t'arrangeait, et tu es revenu parce que ça t'arrange. Et, puisque tu es là, pourquoi ne pas essayer de ranimer les flammes d'autrefois ?

— J'ai plutôt montré de la retenue de ce côté-là.

Il arracha ses lunettes de soleil et les jeta par terre. Son regard vert était brûlant.

— Jusqu'à présent.

Il écrasa ses lèvres sur celles de Mia, s'abandonnant à la tempête d'émotions qui couvaient en lui depuis sa visite à la grotte. S'il devait être damné, que ce soit pour avoir pris ce dont il avait envie et non pour y avoir renoncé.

La saveur inoubliable de la bouche de Mia lui embrasa les sens. Il l'enveloppa de ses bras, souda son corps au sien. Leurs deux cœurs s'emballèrent à l'unisson.

Son parfum, plus entêtant que dans son souvenir, l'enivra. La jeune fille d'autrefois se confondit avec la femme d'aujourd'hui, pour ne plus former qu'un seul et même être : Mia.

Il murmura son nom tout contre ses lèvres douces. Le souffle court, elle se dégagea et le fixa, ses yeux immenses et indéchiffrables. Il s'attendait à des insultes, et songea que ce ne serait pas cher payer pour avoir goûté au paradis.

Au lieu de quoi, elle noua les bras autour de son cou, se colla contre lui, et lui prit à son tour ce qu'il venait de lui prendre.

La bouche fiévreuse, le corps douloureux, elle l'embrassait avec une sorte de fureur. Il était le seul homme qui l'ait fait souffrir, et le seul qui lui ait vraiment donné du plaisir. Une épée à deux tranchants qui la déchirait de part en part.

C'était délibérément qu'elle l'avait acculé à réagir aussi sauvagement. Car, quel que soit le prix à payer, elle avait besoin de *savoir*.

Elle retrouvait son goût, la texture de sa bouche, les sensations qu'éveillaient ses mains lorsqu'elles remontaient le long de son dos, s'attardaient sur sa nuque, plongeaient dans ses cheveux.

Il lui mordilla la lèvre inférieure puis la caressa de la langue.

L'un des deux se mit à trembler. Qui? Elle l'ignorait, mais cela suffit à lui rappeler qu'un faux pas pouvait conduire à la chute. La chute dans l'abîme.

Bouleversée, elle s'écarta précipitamment.

À présent, elle savait. Sam était toujours le seul homme de sa vie.

— Cela prouve une chose, dit-il d'une voix rauque.

Elle fut rassurée de constater qu'il était aussi déstabilisé qu'elle.

— Ça prouve quoi? Qu'entre nous, le feu n'est pas éteint?

Elle agita la main, et deux petites flammes bleues en jaillirent.

— Allumer un feu est facile.

Elle referma la main, la rouvrit: les flammes avaient disparu.

— Et l'éteindre est tout aussi facile.

— Pas tant que ça, rétorqua-t-il en lui prenant la main.

Une onde de chaleur palpita entre leurs deux paumes.

— Tu vois.

— Le fait que mon corps ait envie du tien signifie si peu.

Retirant sa main, elle tourna le regard vers la grotte.

— Cela m'attriste d'être ici, de me souvenir combien, autrefois, nous attendions l'un de l'autre et de nous-mêmes.

— Tu ne crois pas aux recommencements? s'enquit-il en lui caressant les cheveux. Nous avons changé tous les deux. Pourquoi ne prendrions-nous pas le temps de refaire connaissance?

— Tu as envie de coucher avec moi.

— Bien sûr. Cela va sans dire.

— Quelle franchise! s'esclaffa-t-elle, ce qui les surprit l'un et l'autre. Tu me sidères.

— J'essayerais bien de te séduire, mais...

— La séduction, c'est surfait, l'interrompit-elle. Je ne suis plus une vierge effarouchée. Si je décide de coucher avec toi, je le ferai sans m'embarrasser de préambules démodés.

— Ah bon? Eh bien, j'ai un hôtel entier à ma disposition.

— Le mot clé, c'est *si*. Le jour où le *si* deviendra *quand*, je te préviendrai.

— Je resterai disponible... Quand je parlais de séduction, c'était pour te proposer de dîner avec moi.

— Sortir avec toi ne m'intéresse pas.

Elle lui tourna le dos et s'éloigna en direction de la route. Il ramassa ses lunettes de soleil et la rattrapa.

— Un repas civilisé, une conversation intelligente, l'occasion de refaire connaissance. Si le mot «sortie» te déplaît, on peut appeler ça «réunion des deux plus importants entrepreneurs de l'île».

— Les mots ne changent rien à la réalité... Je vais y réfléchir, ajouta-t-elle en s'arrêtant près de sa voiture.

— Bien.

Il lui ouvrit la portière mais se planta devant.

— Mia...

«Reste avec moi, eut-il envie de lui dire. Tu m'as manqué.»

— Quoi?

Il secoua la tête et s'écarta.

— Sois prudente sur la route.

Elle rentra directement chez elle. Tout en s'efforçant de ne penser à rien, elle enfila des vêtements de jardinage, puis gagna la serre, Isis, son chat noir, sur les talons. Elle dorlota ses plantations, choisit les châssis à installer dehors pour endurcir les plantes en vue de les repiquer un peu plus tard.

Puis elle entreprit de préparer la terre.

Les jonquilles se balançaient dans la brise, les jacinthes embaumaient, les tulipes s'ouvraient timidement.

Elle l'avait manipulé pour le pousser à l'embrasser, admit Mia tout en retournant la terre. Une fois qu'une femme avait découvert sur quel bouton appuyer chez un homme, elle ne l'oubliait plus.

Elle voulait sentir ses bras autour d'elle, sa bouche sur la sienne.

Ce n'était ni un crime ni un péché, pas même une erreur. Elle avait besoin de savoir. Et, maintenant, elle savait.

Entre leur dernier baiser et celui-ci, aucun homme ne l'avait vraiment émue. Au début, elle s'était demandé si quelque chose en elle n'était pas définitivement mort. Puis, les années cicatrisant la plaie, elle avait retrouvé une vie sexuelle, et l'avait appréciée.

Elle avait fréquenté des hommes intéressants, amusants, attirants. Mais aucun n'était parvenu à déclencher en elle ce flot de sentiments et d'émotions.

Elle avait appris à s'en contenter.

Jusqu'à ce jour.

Et à présent ? se demanda-t-elle en examinant la glycine qui commençait à bourgeonner. Eh bien, à présent, elle avait envie de prendre son plaisir à ses propres conditions. En laissant son cœur à l'écart.

Elle n'était qu'un être humain, après tout. Et elle avait le droit de satisfaire les besoins élémentaires de l'espèce, non ?

Cette fois, elle prendrait garde de contrôler la situation. Mieux valait affronter les problèmes plutôt que de leur tourner le dos.

Son carillon tinta et le son lui parut vaguement narquois. Étalé au soleil, Isis l'observait.

— Si je lui laisse la conduite des opérations, j'ignore où cela nous mènera, marmonna Mia. Mais, si c'est moi qui prends les commandes, c'est *moi* qui choisirai quand descendre du train.

Le chat émit un grognement.

— Ça, c'est ton opinion, répliqua-t-elle. Mais je sais exactement ce que je fais. Et je crois que je vais accepter de dîner avec lui. Ici, sur mon terrain.

Elle planta sa bêche dans le sol et ajouta :

— Quand je serai fin prête.

Sceptique, Isis dressa la queue, puis s'en alla d'un pas digne étudier les ébats des poissons dans le bassin.

Les jours qui suivirent, Mia eut trop à faire pour penser aux critiques du chat, au dîner avec Sam et, encore moins à coucher avec lui. Lulu était distraite et grincheuse. Plus que d'habitude. Elles s'étaient chamaillées à deux reprises sur des sujets sans importance.

Ce qui obligea Mia à admettre qu'elle-même était aussi un peu grincheuse. Par chance, les projets d'agrandissement de Nell offraient un exutoire à cette énergie débordante qui courait en elle depuis sa rencontre avec Sam près de la grotte.

Elle consulta un architecte, un entrepreneur, son banquier et passa des heures à chiffrer des simulations. Malheureusement, l'entrepreneur avec qui elle souhaitait travailler s'était déjà engagé à rénover des chambres à *L'Auberge Magique* et il n'avait guère de temps à lui accorder. Elle s'efforça de prendre les choses avec philosophie. Sam s'était décidé le premier, non ? De toute façon, toute rénovation, que ce soit celle de l'hôtel ou celle de sa librairie, ne pouvait que profiter à l'île.

Le temps demeurant clément, elle consacrait ses rares heures de loisir à jardiner chez elle ou à peaufiner les parterres qu'elle avait plantés derrière la librairie.

C'est là que Ripley la trouva.

— C'est super! s'exclama-t-elle en examinant le minuscule jardin.

— Oui, c'est pas mal, admit Mia sans s'interrompre. La lune a été jaune toute la semaine. Il ne gèlera plus.

— Mac a très envie de planter des trucs autour de la maison. Il fait des recherches sur le sol et la flore locale, et tout le toutim. Je lui ai dit qu'il ferait mieux de te demander conseil.

— Qu'il vienne quand il veut.

— Il va bientôt descendre au village pour interroger Lulu. Il en profitera pour passer te voir.

— Très bien.

— J'ai fait un rêve complètement dingue à propos de Lulu, l'autre nuit – avec Mel Gibson et une grenouille.

Mia s'arrêta un instant et leva les yeux.

— Une grenouille?

— Pas de la variété qui vit sur les nénuphars. Une grosse grenouille à faire froid dans le dos.

Fronçant les sourcils, Ripley tenta de se souvenir de son rêve mais ne réussit à ramener à la surface que des bribes décousues.

— Il y avait aussi la gargouille ridicule qui se trouve dans son jardin. Une histoire de dingue, répéta-t-elle.

— Si Mel était à poil, l'histoire pourrait intéresser Lulu.

— Peut-être… Tu sais que Logan est venu chez nous, il y a quelques jours?

Tout en plantant une fleur, Mia prononça mentalement un sortilège.

— Il me semble naturel qu'il ait eu envie de revoir sa maison.

— Ce n'est pas une raison pour que Mac lui offre une bière. Crois-moi, je lui ai passé un sacré savon.

— Ripley, rien n'oblige Mac à être grossier. D'ailleurs, vu son caractère, il n'y parviendrait pas.

— Ouais, marmonna Ripley.

C'était d'ailleurs sur cette constatation que leur dispute avait pris fin, songea-t-elle avant de poursuivre :

— Mais, moi, je ne suis pas obligée d'approuver. Il déverse tout un charabia au sujet du rôle que Sam est censé jouer dans notre destin et dans la mission qui te revient.

L'estomac de Mia se noua.

— Je n'ai jamais considéré les théories de Mac comme du charabia, remarqua-t-elle en prenant un autre plant.

— Tu ne vis pas avec lui.

Avec un soupir, Ripley s'accroupit près de Mia. Ce dont elle aurait été incapable peu de temps auparavant.

— Bon, d'accord, reconnut-elle, Mac est prodigieusement intelligent et rigoureux. Et neuf fois sur dix il a raison, ce qui est vraiment agaçant dans la vie de tous les jours.

— Tu es folle de lui, murmura Mia.

— Aucun doute là-dessus. J'ai mis la main sur le taré le plus sexy de la terre. Mais même l'étonnant Dr Booke peut se tromper. Bref, à mon avis, Sam Logan n'a rien à voir avec nous. Pourquoi diable serait-il concerné, d'ailleurs ? Lui et toi, vous avez eu une histoire quand vous étiez encore gamins, et ça t'a drôlement chamboulée quand il y a mis fin. Mais depuis qu'il est revenu, tu t'es très bien comportée. Tu as continué à bosser et à vivre normalement. Tu l'as viré, et le ciel ne nous est pas tombé sur la tête.

— Je vais coucher avec lui.

— Aussi, j'affirme qu'il n'a rien à voir avec ton rôle dans… Quoi ? *Quoi ?*

Ripley resta bouche bée une fraction de seconde.

— Tu as perdu la tête ? s'écria-t-elle en bondissant sur ses pieds. Coucher avec lui ? Tu vas récompenser ce mec de t'avoir laissé tomber en lui offrant une partie de jambes en l'air ? À quoi tu penses, nom de nom ?

Mia enleva ses gants et se releva à son tour.

— Je pense que je suis une adulte, capable de prendre des décisions. J'ai trente ans, je suis célibataire et en bonne santé. Par conséquent, je suis libre d'avoir une relation physique avec un homme célibataire et en bonne santé.

— Ce n'est pas n'importe quel homme. C'est *Logan*.

— Tu devrais crier un peu plus fort. Je ne suis pas sûre que Mme Bigelow, de l'autre côté de la rue, t'a bien entendue.

— J'ai bien peur de t'avoir surestimée. Je croyais que tu allais lui botter les fesses à ta façon, puis te frotter les mains et t'en aller. Je me demande d'où m'est venue cette idée ! Apparemment, elle ne t'a jamais traversé l'esprit

— Que signifie cette crise ?

— Ceci : si tu veux te remettre avec Sam, très bien, pas de problème. Mais ne compte pas sur moi pour ramasser les pots cassés quand il t'aura de nouveau plaquée.

Mia se pencha et posa son plantoir. Même une femme civilisée devait prendre des précautions lorsqu'elle avait une arme potentielle à la main.

— Ne t'inquiète pas. J'ai de l'expérience dans ce domaine. Tu m'as laissé tomber aussi froidement et totalement que lui. Pendant dix ans, tu as ignoré le don que nous partageons, et refusé ses joies et ses responsabilités. Et, pourtant, j'arrive encore à te prendre la main quand c'est nécessaire.

— Je n'avais pas le choix.

— C'est si commode. Si l'on anéantit quelqu'un, c'est qu'on n'avait pas le choix. Tiens donc !

— Je ne pouvais pas t'aider.

— Tu aurais pu être là. J'avais besoin de toi, répliqua Mia calmement avant de se détourner pour s'éloigner.

Ripley l'attrapa par le bras.

— Je ne pouvais pas. C'est sa faute à lui. Quand il t'a lâchée, tu t'es effondrée et moi...
— Oui ?
— Je ne veux pas entrer dans cette discussion, acheva-t-elle en lâchant Mia.
— C'est toi qui as poussé la porte, shérif adjoint. Aie le cran de la franchir.
— Très bien. Parfait.

Ripley fit quelques pas puis revint se planter devant Mia. La colère lui empourprait encore les joues, mais son regard était triste.

— Durant des semaines, tu as été un véritable zombie. C'est à peine si tu vivais. Comme quelqu'un qui ne se remet pas d'une affreuse maladie et pour qui il n'y a plus d'espoir.
— Sans doute parce que j'avais le cœur en lambeaux.
— Je sais, j'étais dans le même état que toi, s'écria Ripley en se frappant la poitrine. Je n'arrivais plus à dormir, ni à manger. J'arrivais à peine à sortir de mon lit le matin. J'avais l'impression de mourir de l'intérieur.
— Si tu parles d'une complète empathie, je n'ai jamais... balbutia Mia.
— Peu importe comment tu appelles ça, fulmina Ripley. Je ressentais physiquement ce que tu ressentais. C'était insupportable. J'avais envie de faire quelque chose, je voulais que, *toi*, tu fasses quelque chose. Que tu te venges, que tu le fasses souffrir. Et plus ça durait, plus ma colère augmentait. La folie n'aurait pas été pire. Je n'arrivais plus à réfléchir.

Elle inspira profondément et poursuivit :

— Un jour, j'étais dehors. La rage m'a submergée et j'ai pensé à ce que j'avais envie de faire, à ce que je pouvais faire. Je n'ai pas eu le choix. J'ai fait jaillir un éclair du ciel. La foudre est tombée sur le bateau que Zack venait de quitter. Un instant plus tôt, je l'aurais tué.

— Ripley…

Horrifiée, Mia effleura le bras de son amie.

— Tu as dû être terrifiée.

— C'est un euphémisme.

— Je regrette que tu ne m'en aies pas parlé. J'aurais pu t'aider.

— Mia, tu n'arrivais même pas à t'aider toi-même.

Ripley soupira. C'était comme si on venait de lui ôter un énorme fardeau.

— Je ne pouvais plus prendre un tel risque, reprit-elle. Je ne contrôlais plus le lien qui nous unissait, toi et moi. Je savais que si je t'en parlais, tu me persuaderais de ne pas renoncer à l'Art. Je n'ai trouvé qu'une issue, m'écarter de toi, et du reste, avant de commettre l'irréparable.

— Je t'en ai énormément voulu.

— Je sais. Moi aussi, j'étais furieuse, mais, finalement, il m'a été plus facile de me brouiller avec toi que de continuer à être ton amie.

— Peut-être en a-t-il été de même pour moi aussi, fit Mia.

Admettre, après toutes ces années, que leurs dissensions avaient pu contribuer à apaiser sa douleur lui coûtait mais elle s'y résigna.

— Sam était parti, mais toi, tu étais là. Te harceler chaque fois que j'en avais l'occasion me procurait une certaine satisfaction.

— Tu étais particulièrement douée.

— C'est l'un de mes petits talents, dit Mia en riant.

— Je t'ai toujours aimée, même quand je te traitais de tous les noms.

Les larmes menaçaient. Le noyau dur que Mia gardait dans le cœur depuis si longtemps fondit en un instant. Elle franchit les deux pas qui les séparaient, enlaça Ripley et l'étreignit.

— Merci, marmonna-t-elle d'une voix qui se fêla.
Ripley lui tapota le dos.

— Tu m'as tellement manqué.

— Je sais. À moi aussi, tu as manqué, souffla Mia.

Découvrant Nell en pleurs devant la porte, elle se redressa.

— Désolée de vous déranger, dit celle-ci. Mais le temps que je décide si je devais m'annoncer ou m'éclipser, je me suis retrouvée prise au piège. Tenez, poursuivit-elle en distribuant des mouchoirs à la ronde. Je m'excuserais bien pour cette intrusion, mais je suis trop heureuse.

— Quel trio ! marmonna Ripley entre deux reniflements. Je vais devoir terminer ma ronde avec des yeux de lapin russe. C'est gênant.

— Pour l'amour de Dieu, refais-toi une beauté, voilà tout !

Mia s'essuya les yeux, les ferma et murmura une incantation. Lorsqu'elle les rouvrit, ils étaient clairs et brillants.

— Toujours à faire son intéressante, marmonna Ripley.

— Je ne suis pas aussi rapide, confessa Nell. Tu crois que si...

— L'endroit est mal choisi pour tenir un concile de sorcières, s'écria Ripley. Puisque tu es là, Nell, apporte-moi ton soutien. Écoute-ça : Mia a décidé de baiser avec Sam.

— Tu as une façon de dire les choses ! observa Mia. Ça m'impressionne chaque fois.

— Quel que soit le mot, c'est une erreur. Dis-lui, toi, insista Ripley en agrippant le bras de Nell.

— Ça ne me regarde pas.

— Tu te dégonfles.

— Pour t'épargner des injures, je te demande ton avis, fit Mia en s'adressant à Nell. Si tu en as un.

— Mon avis est que ça ne regarde que toi. Et, poursuivit Nell sans tenir compte des grognements de

Ripley, si tu envisages de coucher avec Sam, c'est qu'il t'attire encore suffisamment pour que ce soit un problème. Tu n'agis jamais sur un coup de tête. Il faut, soit que tu te débarrasses du désir qu'il t'inspire, soit que tu acceptes tes sentiments. Tant que tu n'y seras pas parvenue, tu seras en contradiction avec toi-même et mal dans ta peau, il me semble.

— Merci. Maintenant…

— Je n'ai pas tout à fait fini, la coupa Nell. L'intimité physique ne résoudra qu'une partie de ton dilemme, la plus facile, probablement. La suite dépendra de ton état d'esprit. Seras-tu ouverte ou fermée ? Ce sera à toi de choisir, là aussi.

— Pour moi, il s'agit d'achever une vieille histoire. Tant qu'elle n'est qu'interrompue, je ne peux savoir clairement quel pas je suis censée faire ensuite.

— Contente-toi de regarder, intervint Ripley avec impatience. Tu as toujours été la championne des visions.

— Tu crois que je n'ai pas essayé ? Ce qui me concerne reste invisible. C'est mon aïeule que je vois, debout sur la falaise, dans la tempête et le brouillard. Je sens sa force et son désespoir. Et à l'instant précis où elle va sauter, elle me tend la main, mais j'ignore si c'est pour me transmettre quelque chose, ou pour m'entraîner dans sa chute.

Ses yeux se voilèrent et l'air s'épaissit.

— Ensuite, reprit-elle, je me retrouve seule et les ténèbres essayent de m'engloutir. Le froid est tel que la nuit semble se craqueler. Je sais que si je parviens à la clairière, au cœur de l'île, nous formerons le cercle et cette obscurité se dissipera une fois pour toutes. Mais je ne sais comment faire pour y arriver.

— Tu y arriveras, assura Nell en lui prenant la main. Elle était seule. Toi, tu ne l'es pas, et tu ne le seras jamais.

— Nous n'avons pas été si loin pour perdre la dernière manche, ajouta Ripley en lui prenant l'autre main.

— Non, en effet.

Mia puisa des forces dans le cercle qu'elles formaient. Elle en avait besoin. Car, même en cet instant, malgré la lumière du soleil et la présence de ses sœurs, elle se sentait seule dans les ténèbres.

6

La brume recouvrait l'île d'un voile aussi fin et lumineux que la nacre d'une perle. Arbres et rochers émergeaient à peine de toute cette blancheur.

Mia quitta sa maison de bonne heure, s'immobilisa quelques instants sur la pelouse pour s'imprégner de l'atmosphère sereine de cette journée naissante.

Les forsythias se déployaient dans la brume, tels des éventails dorés, tandis que les jonquilles brandissaient leurs trompettes ensoleillées. Le parfum humide et sucré des jacinthes flottait déjà dans l'air. La terre s'éveillait à la vie, s'apprêtait à se débarrasser des dernières traces de l'hiver.

Cette somnolence l'enchantait autant que l'exubérante beauté qui suivrait.

Elle monta dans sa voiture, posa sa serviette sur le siège du passager et démarra.

Elle avait pas mal de choses à faire en arrivant. De même qu'elle aimait l'animation de la boutique, les allers et venues des clients, leurs questions, elle appréciait le calme relatif d'avant l'ouverture, les tâches répétitives, le renouvellement du stock.

Elle adorait être entourée de livres. Les déballer, les feuilleter, les ranger sur les étagères, les disposer dans la vitrine. Elle aimait leur odeur, leur aspect, leur poids dans sa main.

La librairie était pour elle plus qu'une entreprise. C'était une joie de chaque instant. Mais elle n'oubliait jamais qu'il s'agissait d'une affaire, et elle la menait efficacement et avec profit.

Issue d'une famille fortunée, elle ne travaillait pas pour vivre, mais pour des raisons de satisfaction personnelle et d'éthique. Son aisance financière lui avait permis de choisir une profession qui correspondait à ses centres d'intérêts, et sa rigueur morale, son talent et ses efforts avaient fait prospérer l'affaire.

Elle était reconnaissante à sa famille de lui avoir donné de l'argent. Mais, selon elle, en gagner soi-même était plus passionnant et gratifiant.

Le risquer aussi.

Ce qu'elle s'apprêtait à faire en se lançant dans le projet initié par Nell. Si Mia avait le sens de la tradition, de la continuité, elle n'en était pas moins adepte du changement. Dès lors que celui-ci était intelligent, ce qui lui semblait être le cas.

Agrandir le café permettrait d'organiser des événements qui demandaient plus de place. La réunion mensuelle du club de lecture était très appréciée, et le tout nouveau club de cuisine avait déjà suscité beaucoup d'intérêt. L'astuce serait d'accueillir plus de monde tout en préservant cette atmosphère intime qui faisait le charme de la maison.

En ce qui concernait son entreprise, Mia savait exactement où elle allait et comment y aller.

Dommage qu'elle ne soit pas aussi sûre d'elle dans sa vie personnelle.

Elle avait l'impression qu'un rideau avait été baissé devant elle. Elle voyait à la périphérie, mais droit devant, rien. Au-delà de ce rideau se trouvaient des choix. Mais comment faire le bon si elle ignorait ce qui l'attendait.

L'un d'eux concernait Sam Logan. Jusqu'où pouvait-elle se fier à son instinct ? Comment, étant donné leur passé commun, être certaine que le bon sens l'emporterait sur une attirance physique indéniable ?

Elle ne survivrait pas à une deuxième trahison. D'autant moins que le sort de l'île qu'elle aimait et qu'elle avait fait serment de protéger était en jeu.

Jadis, une femme avait préféré la mort à la solitude et au chagrin. Elle s'était jetée dans la mer en tissant les derniers fils du sortilège dont l'île des Trois Sœurs était prisonnière.

En vivant ici et en y trouvant une certaine forme de bonheur, Mia n'avait-elle pas déjà annulé la malédiction ?

Nell avait choisi le courage, Ripley la justice, et elle, la vie.

Peut-être que le sortilège était déjà brisé et les ténèbres définitivement bannies.

Tandis que cet espoir prenait forme, des volutes de brouillard jaillirent soudain de la route et un éclair se planta à côté de la voiture, répandant une forte odeur d'ozone.

Un énorme loup noir bondit au milieu de la chaussée. Mia enfonça la pédale de frein et donna un coup de volant. La voiture fit une embardée. Les rochers et la glissière de sécurité défilèrent devant ses yeux.

Luttant contre la panique, elle contre-braqua brutalement. Les yeux du loup brillaient comme de l'ambre, ses crocs étaient énormes et un pentagramme blanc était nettement visible sur son mufle. Elle reconnut sa propre marque de naissance et son cœur se mit à cogner douloureusement.

Un souffle glacé lui balaya la nuque. Une voix sournoise chuchota dans sa tête :

— Ne résiste pas. Rends-toi et tu ne seras plus seule. C'est si dur d'être seule.

Des larmes lui brouillèrent la vue et ses bras se mirent à trembler. Tout à coup, elle n'avait plus envie de lutter. Une fraction de seconde, elle se vit basculer de la falaise.

Inspirant à fond, elle se ressaisit.

— Va au diable, sale fils de chienne !

Le loup rejeta la tête en arrière et émit un long hurlement, tandis qu'elle redressait, puis accélérait à fond. La voiture fonça, traversa l'apparition.

De l'autre côté, la brume perlée étincelait au-dessus de l'île.

Sous le choc, Mia se gara sur le bas-côté et posa le front sur le volant. Son souffle bruyant emplissait l'habitacle. Elle baissa la vitre en tâtonnant et aspira quelques grandes goulées d'air frais.

— Eh bien, voilà qui répond à ma question, dit-elle à voix haute. Tout n'est pas terminé.

Elle se redressa, jeta un coup d'œil dans le rétroviseur.

Les traces de gomme laissées par les pneus sur la route montraient qu'elle avait frôlé le précipice.

Quant au loup et au brouillard, ils s'étaient évanouis.

— Un stratagème, reprit-elle, pour elle-même autant que pour qui pouvait l'entendre. Un loup noir, des yeux rouges... la ruse est éculée.

« Mais, ajouta-t-elle en son for intérieur, très, très efficace. »

Il portait sa marque, celle qu'elle lui avait infligée l'an passé, alors qu'il arborait une autre forme. Le fait qu'il n'ait pu la camoufler la réconforta quelque peu. Réconfort nécessaire, dut-elle admettre, car le stratagème avait failli réussir.

Elle se remit en route. Ses mains avaient cessé de trembler lorsqu'elle coupa le contact, devant la librairie.

Il l'attendait. Bien qu'elle ne fût pas réglée comme une horloge, il savait qu'elle ouvrirait la librairie entre 8 h 45 et 9 h 15.

Elle portait une longue robe fluide d'un beau bleu doux.

Ses sandales à talons hauts semblaient n'être qu'un entrelacs de lanières de cuir. Il n'aurait jamais imaginé que des chaussures puissent faire saliver. Son seul regret concernait ses cheveux, qu'elle avait attachés sur la nuque. Il les aimait libres et sauvages. Cela étant, la vue de cette cascade flamboyante qui se déployait entre ses omoplates n'était pas déplaisante.

C'était là qu'il aurait aimé poser les lèvres – sous les cheveux, sous la robe – en plein milieu de son dos.

— Bonjour, beauté.

Elle sursauta et se retourna. Le sourire de Sam s'effaça instantanément devant l'expression bouleversée de Mia.

— Qu'y a-t-il ? Que s'est-il passé ?

— Qu'est-ce que tu racontes ? grommela-t-elle en sentant ses mains trembler de nouveau. Tu m'as surprise, c'est tout.

Elle se déplaça légèrement afin de dissimuler ses doigts qui s'affairaient avec une fébrilité inhabituelle sur la serrure.

— Désolée, Sam, je n'ai pas le temps de papoter. J'ai du travail.

— Pas de ça avec moi, répliqua-t-il en la suivant dans la boutique avant qu'elle ait le temps de lui fermer la porte au nez. Je te connais.

— Non, tu ne me connais pas, protesta-t-elle d'une voix qu'elle eut du mal à contrôler.

D'un geste délibérément désinvolte, elle posa sa serviette sur la caisse.

— Je sais quand tu es contrariée. Seigneur, Mia, tu trembles ! Et tes mains sont glacées, ajouta-t-il comme il les lui saisissait.

— Dis-moi ce qui s'est passé.

— Ce n'est rien.

Elle avait cru avoir recouvré son calme. Il n'en était rien. Ses jambes menaçaient de se dérober. Elle se raidit.

— Bon sang, fiche-moi la paix !

— Non. Ça, je l'ai déjà fait. Essayons autre chose, dit-il en la soulevant dans ses bras.
— Mais enfin, qu'est-ce que tu fais ?
— Tu as froid et tu trembles. Tu as besoin de t'asseoir. Dis donc, tu n'aurais pas pris un peu de poids ? En tout cas, ça te va très bien.

Sans tenir compte du regard furieux de Mia, il la déposa sur le canapé et la recouvrit du jeté de lit.
— Et maintenant, raconte-moi tout.
— Ne t'assieds pas sur la...

Elle s'interrompit dans un soupir ; le mal était déjà fait. Sam s'était assis sur la table basse.
— Je constate que tu ne sais toujours pas faire la différence entre une table et une chaise.
— Ils font tous les deux partie de la famille des meubles. Voilà, tu as repris des couleurs. Heureusement que je me suis trouvé là pour t'agacer.
— C'est mon jour de chance.

Il lui prit à nouveau la main et la réchauffa entre les siennes.
— Qu'est-ce qui t'a effrayée, bébé ?
— Ne m'appelle pas ainsi.

Ce terme, il l'utilisait autrefois dans les moments de grande tendresse. Elle appuya la tête sur les coussins.
— C'est seulement que... j'ai failli avoir un accident. Un chien a bondi sur la route. La chaussée était humide à cause du brouillard, et j'ai dérapé.
— Je n'en crois pas un mot.
— Pourquoi mentirais-je ?
— Je ne sais pas, mais je finirais bien par le savoir. Il me suffit d'aller examiner la route.
— Non ! s'écria-t-elle d'une voix étranglée. Ça ne t'est pas destiné mais, au point où il en est, il risque de prendre ce qui se présentera. Lâche-moi la main, et je te raconterai.

Sachant combien ce lien ténu avait de l'importance, il tint bon.

— Raconte, et je la lâcherai ensuite.

— Bon, d'accord, murmura-t-elle après un bref combat intérieur.

Elle lui rapporta son étrange aventure en n'omettant aucun détail, mais d'une voix égale. L'expression de Sam se fit grave.

— Pourquoi ne portes-tu pas de protection ? demanda-t-il.

— J'en ai une, répondit-elle en désignant les trois cristaux accrochés à son pendentif étoilé. Mais elle n'a pas suffi. L'ennemi a eu trois cents ans pour rassembler ses forces. Il n'a pas pu me faire réellement du mal, il est seulement capable de me jouer des sales tours.

— Ce tour-là aurait pu mal se terminer. Tu devais conduire trop vite.

— Arrête, s'il te plaît. Ne m'oblige pas à ressortir de vieilles histoires.

— Je n'ai jamais failli basculer d'une falaise, protesta-t-il, chassant en hâte la vision atroce de Mia tombant dans le vide.

Il se leva et se mit à arpenter la pièce. Cette agression frontale le prenait au dépourvu. Mia aussi, apparemment. Leur confiance dans leurs propres pouvoirs les avait aveuglés.

— J'imagine que tu as protégé ta maison.

— Évidemment.

— Mais tu as oublié d'en faire autant pour ta voiture.

Elle rougit.

— J'utilise les sortilèges habituels…

— Ils ne sont visiblement pas suffisants.

— Dont acte, fit-elle entre ses dents, un peu vexée.

— J'ai envie de lui rendre la monnaie de sa pièce. Rester sur la défensive est insupportable.

— Non ! s'exclama-t-elle en se levant à son tour. Ça ne te concerne pas.

— On ne va pas recommencer à se quereller à ce sujet.

— Tu n'es pas l'une des trois.

— Non, mais je suis *issu* de l'une des trois premières. Mon sang et ton sang, Mia, jaillissent de la même source. Mon pouvoir et ton pouvoir aussi. Cela nous lie, même si tu avais préféré qu'il en soit autrement. Tu as besoin de moi pour clore le cycle.

— Ce dont j'ai besoin n'est pas encore bien clair.

S'approchant d'elle, il lui caressa la joue du doigt. Un geste d'autrefois.

— Et ce que tu veux ?

— Je te désire physiquement, mais ce n'est pas vital, Sam. Ce n'est qu'une vague démangeaison.

— Une vague démangeaison ? répéta-t-il avec un petit sourire tandis que sa main s'enroulait autour de la nuque de Mia.

— Très vague, acquiesça-t-elle.

Elle le laissa effleurer sa bouche de la sienne.

— Je pensais à quelque chose de plus… chronique, souffla-t-il tandis que sa main libre se promenait le long du dos de Mia.

— Le désir n'est qu'une faim, déclara-t-elle en le regardant droit dans les yeux, sans bouger.

— Tu as raison. Eh bien, mangeons.

Il s'empara de ses lèvres avec une telle avidité qu'elle n'eut d'autre choix que d'y céder.

Lui agrippant les hanches, elle se plaqua contre lui. Ses mains remontèrent sur son torse, étreignirent ses épaules. Elle rejeta la tête en arrière, non dans un geste de capitulation, mais comme pour lui dire : « Prends plus, si tu l'oses. » Et, lorsqu'il l'osa, elle se mit à ronronner de plaisir.

Le tintement joyeux des clochettes suspendues au-dessus de la porte leur fit l'effet d'une sirène tonitruante.

— Allez louer une bon sang de chambre ! glapit hargneusement Lulu en claquant la porte.

Ce qui lui procura la satisfaction de les voir se séparer d'un bond.

— Ou planquez-vous sur la banquette arrière d'une voiture si vous tenez à vous comporter comme des ados excités, ajouta-t-elle en posant son énorme sac sur la caisse. Moi, j'ai du boulot.

— Très juste, dit Sam. On va traverser la rue.

Il glissa un bras possessif autour de la taille de Mia. Autrefois, elle aurait réagi en inclinant la tête sur son épaule. Cette fois-ci, elle s'écarta.

— Merci de cette charmante proposition, mais je vais me contenter de l'assurance annulation. Il se trouve que le boulot dont parlait Lulu est aussi le mien. Et nous ouvrons dans... moins d'une heure, acheva-t-elle en consultant sa montre.

— Alors, on va faire vite.

— Encore une délicieuse proposition. Tu ne trouves pas ça gentil, Lu ? Ce n'est pas tous les jours qu'une femme se fait convier à un petit coup vite fait avant de bosser.

— Adorable, fit Lulu d'un ton amer.

Amère, elle l'était, mais préférait l'imputer à Sam plutôt qu'aux insomnies dont elle souffrait depuis les hallucinations du samedi précédent.

— À une autre fois, conclut Mia en tapotant avec désinvolture la joue de Sam.

Il lui prit le menton.

— Tu te joues de moi, murmura-t-il. Mais je te préviens : quand je joue, je ne respecte pas toujours les règles.

— Moi non plus... Ah, voilà notre cuisinière, enchaîna-t-elle en entendant la porte de derrière s'ouvrir. Il va falloir que tu m'excuses, Sam, j'ai du travail. Et je suis sûre que toi aussi.

Repoussant sa main, elle alla accueillir Nell.

— Laisse-moi porter ça, proposa-t-elle en la débarrassant de son carton. Ça sent fabuleusement bon.

Elle gravit les marches, laissant dans son sillage un léger parfum de cannelle.

— Salut, Sam, lança Nell, mal à l'aise.

— Bonjour, Nell.

— Euh... j'ai... d'autres trucs à sortir de la voiture, balbutia-t-elle en s'esquivant.

— Au cas où tu ne l'aurais pas remarqué, la librairie n'est pas encore ouverte, lâcha Lulu en se tournant vers Sam. Alors, dehors.

La saveur de Mia imprégnait encore sa bouche, il n'était pas d'humeur à céder docilement aux injonctions d'un gnome hargneux.

— Je me contrefiche que tu approuves ou désapprouves. Tu ne réussiras pas à m'écarter d'elle.

— Tu n'as eu besoin de personne pour y parvenir, ces dernières années.

— À présent, je suis de retour. Autant te faire une raison.

Il se dirigea à grandes enjambées vers la porte et l'ouvrit.

— Si tu veux jouer les chiens de garde, il y a quelque chose de sacrément plus dangereux que moi à mordre.

Pour Mia, il n'y avait sûrement pas de pire danger que Sam Logan, songea Lulu en le suivant des yeux tandis qu'il traversait la rue.

Pas de famille. L'hallucination due au vin et aux saletés dont Lulu avait l'habitude de se goinfrer s'était trompée. Elle avait une famille, rectifia-t-elle en tournant les yeux vers l'escalier que venait d'emprunter Mia.

Elle avait une fille.

Il annula son premier rendez-vous et remonta la route côtière en s'efforçant de rouler à une vitesse raisonnable.

Mais lorsqu'il découvrit les traces de dérapage, il se retrouva sans défense devant la vague de terreur qui l'assaillit. Quelques centimètres de plus, elle aurait percuté la glissière de sécurité et basculé de la falaise. L'image l'horrifia.

Il observa les marques en humant l'air. Mia aimait

conduire vite, mais elle ne commettait jamais d'imprudence. Or, le tête-à-queue qu'indiquaient les zébrures noires sur la chaussée laissait deviner une vitesse dépassant les cent cinquante.

On l'avait poussée, comprit-il avec horreur.

Et elle n'avait évité le drame que grâce à son intelligence et à sa rapidité.

Une cicatrice pareille à une vieille brûlure suintante se détachait sur le goudron. Il s'accroupit et l'examina. Un filet de sang huileux en suppurait, dégageant une énergie obscure.

Pour avoir laissé cela en l'état, il fallait que Mia ait été plus secouée qu'elle ne s'en était rendu compte.

Il revint à sa voiture, ouvrit le coffre et en sortit les instruments nécessaires. Heureusement, la route était déserte, car la tâche allait lui prendre un peu de temps.

Trois fois de suite, il parsema de sel de mer le contour de la cicatrice, une légère fumée s'en dégagea. Faisant appel à son pouvoir, il poursuivit la purification avec une détermination inébranlable. Et tandis qu'il aspergeait la cicatrice de laurier et de girofle, des bulles en jaillirent en sifflant et, lentement, la cavité se réduisit.

— Quiconque passera n'aura rien à craindre. Tu ne peux plus faire de mal ici. Que l'obscurité retourne à l'obscurité, et la lumière à la lumière. De jour comme de nuit, ce lieu est sûr. Je protégerai ce qui m'est cher. Qu'il en soit ainsi, puisque je le veux.

Les contours de la balafre se soudèrent.

Il remonta dans sa voiture, et roula jusqu'à la maison de Mia. Il ne pouvait plus se permettre d'attendre d'y être invité.

Elle était à la fois semblable à celle dont il se souvenait et différente. Plus en accord avec la femme qu'était devenue Mia, constata-t-il en admirant la superbe architecture.

Des fleurs, des buissons couverts de boutons, de grands arbres. Des gargouilles et des statuettes de fées. Des carillons et des chapelets de cristaux que la brise faisait chanter. La tour immaculée du phare, telle une sentinelle chargée de garder la maison et l'île, au pied de laquelle Mia avait planté des pensées pourpres.

Il emprunta le chemin sinueux qui contournait la maison. Le ressac lui rappela ces jours d'autrefois où il se tenait sur la falaise avec Mia. Et ceux où, de loin, il l'observait, seule face à l'océan.

Il s'immobilisa, profondément remué.

Ses jardins étaient extraordinaires. Un univers d'arches et de charmilles, de collines et de vallées. Des chemins pavés aux interstices remplis de mousse serpentaient entre des rivières de fleurs. Certaines avaient la tendresse de la jeunesse, d'autres s'épanouissaient, déjà mûres.

L'eau des bassins et le cuivre d'un cadran solaire étincelaient. Une fée tournoyait dans un bosquet. Des bancs disposés çà et là, les uns au soleil, d'autres à l'ombre, invitaient le promeneur à s'asseoir.

Incapable de résister à la tentation, il suivit quelques sentiers en essayant de deviner comment elle s'y était prise pour transformer en une telle fête ce qui n'avait été qu'un joli jardin, un carré de pelouse propret, et une terrasse un peu ennuyeuse.

Quel dommage qu'il ne puisse s'asseoir et la regarder soigner l'un de ses parterres !

La maison avait toujours été belle, mais de ce lieu guindé, un peu intimidant, elle avait fait un espace de plaisir et de beauté, chaleureux et accueillant.

Debout au milieu de l'Éden personnel de Mia, environné des parfums fragiles, des trilles des oiseaux, du fracas du ressac, il mit un nom sur ce qu'elle avait créé, et dont lui avait été privé.

Un foyer.

Lui avait eu le luxe et le confort. Mais il avait vainement cherché une vraie maison. Jusqu'à ce jour.

Un sacré constat, songea-t-il, de se rendre compte

qu'elle en construisait une, pour elle et pour lui, depuis le début.

Déconcerté par cette découverte, il retourna à sa voiture pour achever sa tâche, c'est-à-dire ajouter ses propres sortilèges à ceux de Mia afin de renforcer sa sécurité.

Il venait de finir lorsqu'il aperçut la voiture de police qui approchait. La perspective de voir Zack lui fit plaisir. Plaisir qui se mua en irritation quand ce fut Ripley qui en sortit.

— Tiens, tiens, voilà qui est intéressant.

Jubilant, elle enfonça les mains dans ses poches et se dirigea vers lui d'une démarche arrogante. Malgré la visière de sa casquette et ses lunettes de soleil, son expression dure n'échappa pas à Sam.

— Une patrouille de routine, et sur qui je tombe ? Une ordure. En train de rôder dans une propriété privée.

Avec un sourire féroce, elle détacha les menottes de sa ceinture.

— Ce n'est pas que je condamne les pratiques sadomaso, Ripley, mais n'oublie pas que tu es mariée.

Elle montra les dents.

— D'accord, c'est pas terrible comme plaisanterie, admit-il avec un haussement d'épaules. Mais les menottes non plus.

— La loi n'est pas une plaisanterie, monsieur le gros bonnet. Tu as violé une propriété privée, ça mérite une belle amende, déclara-t-elle en faisant cliqueter les menottes. De toute façon, rien que de te la coller me suffira pour la journée.

— Je ne suis pas entré dans cette fichue baraque. Alors si tu crois que je vais me laisser faire...

— Parfait. Je peux ajouter résistance aux forces de l'ordre.

— Lâche-moi, tu veux. Je ne suis pas venu ici pour fouiner. Je m'inquiétais, pour Mia. Comme toi.

— Dommage que mentir ne soit pas une infraction !

— Je n'ai rien à cirer de ce que tu penses de moi, martela-t-il en s'inclinant jusqu'à lui frôler le nez. Après ce qui s'est passé ce matin, je voulais m'assurer que cette maison et la femme qui l'habite seront protégées. Et si tu crois que tu vas me passer ces putains de menottes, mon cœur, tu ferais mieux d'y réfléchir à deux fois.

— Ce n'est pas ton boulot de protéger cette maison. Et si j'ai envie de te passer les menottes, pauvre mec des villes, tu n'auras pas le temps de dire ouf! que tu te retrouveras à plat ventre en train de bouffer de la terre. Et, d'abord, qu'est-ce que tu entends par « après ce qui s'est passé ce matin » ?

Stupéfait, il retint une repartie acide.

— Mia ne t'a rien dit? Autrefois, elle te racontait tout.

Ripley rougit.

— Je ne l'ai pas encore vue. Que s'est-il passé?

Elle blêmit, puis reprit vivement:

— Elle est blessée?

— Non, non, mais il s'en est fallu de peu, avoua Sam dont la colère cédait la place à la frustration.

Il lui raconta l'histoire, et eut la satisfaction de l'entendre déverser un torrent de jurons tandis qu'elle arpentait le jardin avec fureur en cherchant dans quoi décocher un coup de pied.

— Je n'ai pas vu de traces de dérapage.

— J'ai purifié l'endroit et je les ai fait disparaître. J'ai pensé que les revoir risquait de la bouleverser. Moi, ça m'a mis sens dessus dessous.

— Ouais. Bon, tu as eu raison, marmonna-t-elle.

— Pardon? Tu peux répéter.

— J'ai dit que tu avais eu raison. Ne me pompe pas l'air. Tu as fait le nécessaire ici?

— Oui. J'ai juste ajouté un truc ou deux à ce qu'elle-même avait fait. Elle est plus forte qu'autrefois. Et plus minutieuse.

— Manifestement pas assez. Je vais en parler à Mac. Il a toutes sortes d'idées.

— Ça, des idées, il en a, acquiesça Sam d'un ton aigre. Mais je le trouve sympa, ajouta-t-il devant le regard ulcéré de Ripley. Et je vous félicite, et vous adresse tous mes vœux de bonheur, et tout et tout. Je suis content que vous ayez acheté la maison, Mac et toi. Le site est magnifique.
— Ouais, c'est notre avis. Tu ne regrettes pas que ton père l'ait vendue sans te la proposer?
— Ça n'a jamais été ma maison.
Un bref instant, elle retrouva le garçon perdu et insatisfait d'autrefois.
— Tu as démoli Mia, Sam. Tu l'as complètement démolie.
— Je sais.
— Et ensuite, c'est moi qui l'ai démolie.
— Je ne comprends pas, fit-il, sidéré.
— Si elle ne m'a pas raconté ce qu'il lui est arrivé ce matin, c'est parce que nous sortons tout juste de dix ans de silence. Moi aussi, je l'ai laissé tomber. Aussi... je n'ai pas le droit de te tirer dessus à boulets rouges. Tu lui as retiré le sol de sous les pieds. Mais, moi, je ne suis pas restée à côté d'elle pour amortir le choc.
— Tu as envie de me dire pourquoi?
Elle le regarda droit dans les yeux.
— Et, toi, tu veux me raconter pourquoi tu es parti?
— Non, fit-il en secouant la tête. Occupons-nous plutôt du présent. Cette histoire me concerne et, cette fois-ci, je ne bougerai pas d'ici.
— Bon, d'accord. On n'aura pas de trop de toute l'aide possible, d'où qu'elle vienne.
— Je vais essayer de convaincre Mia de me laisser revenir dans sa vie.
— Je te souhaite de la chance... mais tant que je ne me serai pas fait d'opinion sur toi, je ne peux dire si c'est bonne chance ou mauvaise chance, ajouta-t-elle avec un petit sourire en coin.
— C'est raisonnable.

Il lui tendit la main, et après une courte hésitation, elle la serra. Des étincelles jaillirent.

— Zut, grommela-t-elle. Bon, il faut que je finisse ma patrouille. Et, toi, tâche de maintenir ce symbole phallique à roulettes en dessous de la vitesse limite autorisée, ajouta-t-elle en désignant la Ferrari du pouce.

— Oh, mais bien sûr, sergent Aimable... Juste une chose. Pas un mot à Mia de ma petite visite. Elle risquerait de s'irriter que j'aie osé douter de ses compétences.

Ripley répondit par un grognement et monta dans sa voiture. Elle devait admettre que Sam connaissait encore bien sa bonne femme.

7

Ripley ne dirait rien à Mia, promis, mais elle ne considérait pas que sa discrétion s'étendait à Mac. Dans la loi sur la confidentialité, il existait sûrement une dispense s'appliquant aux époux.

À son avis, si on aimait suffisamment quelqu'un pour promettre de rester avec jusqu'à la fin de ses jours, il fallait lui déballer tous ses trucs et écouter tous les siens. Cela compensait l'inconvénient d'avoir à cohabiter dans un espace restreint.

Non seulement ils vivaient ensemble, couchaient ensemble, se réveillaient ensemble, mais ils se retrouvaient aussi plusieurs fois par semaine pour déjeuner au *Café Librairie*. Lorsque Mac n'était pas absorbé par son travail au point d'oublier l'heure.

Elle avait eu très envie d'en parler à Nell, mais après un débat interne fort complexe, celle-ci lui avait paru trop proche de Mia, et donc exclue de la dispense.

Il lui faudrait se contenter de Mac.

— Donc, il était là, poursuivit-elle en mangeant sa salade d'avocat. Superbe, comme d'habitude, mais morose, dans son grand manteau noir. L'allure du parfait héros à l'âme torturée. Planté sur la pelouse de Mia, dans le brouillard qui se levait, et pas du tout décidé à en bouger jusqu'à ce que je le pousse dans sa bagnole.

— Il a fait disparaître les traces sur la route ?

— Oui – pouf, terminé ! Ce qui, selon la virulence du mal, demande un sortilège assez puissant. Mais je n'ai strictement rien vu et, pourtant, sur le chemin du retour, je me suis arrêtée et j'ai examiné la chaussée. Il ne restait même pas une petite vibration égarée. Il a tout nettoyé.

— J'aurais préféré qu'il m'en parle d'abord, soupira Mac. J'aurais fait quelques enregistrements sur place et prélevé un échantillon pour le faire analyser.

— Ouais, c'est précisément là-dedans que j'ai envie de voir mon mec tremper les doigts, un méchant suintement noir !

— C'est mon boulot, protesta-t-il.

Il décida aussitôt d'y faire un saut avec le plus performant de ses instruments afin de s'assurer qu'il ne restait vraiment rien à capter.

— Bon, revenons en arrière, reprit-il. Il t'a dit que Mia avait vu un loup noir avec une marque en forme de pentagramme sur le museau ?

— Oui. Un loup noir, avec des yeux rouges, de grandes dents. Et sa marque. Pour bouleverser la reine de la sorcellerie, la vision a dû être terrifiante.

— C'était effectivement une vision, pas un vrai loup. Mais suffisamment impressionnante pour la faire déraper. C'est intéressant.

— Un sacré dérapage, si j'en juge par la réaction de Sam. Je vais te dire ce qu'il y a d'autre d'intéressant.

Se penchant en avant, elle baissa la voix.

— Ce type balaye derrière Mia et contemple sa maison, comme Heathcliff, le héros des *Hauts de Hurlevent*, contemplait la lande à la recherche de Catherine...

— Bravo.

— Hé, il m'arrive d'ouvrir un bouquin. Quoi qu'il en soit, son comportement est intéressant.

— D'après ce que tu m'as dit, ils ont eu une relation passionnelle.

— En effet, confirma Ripley. À la rigueur, je comprendrais qu'il ait l'air paumé si c'était elle qui l'avait plaqué. Mais c'est lui qui s'est tiré.

— Ça ne signifie pas qu'il l'a oubliée pour autant.

— Les mecs ne restent pas amoureux toute une décennie.

Avec un sourire, il lui caressa le dos de la main.

— Moi, j'en serais capable, murmura-t-il.

— Arrête, fit-elle tout en nouant ses doigts à ceux de Mac. En tout cas, il ne veut pas qu'elle sache qu'il est allé chez elle. Selon lui, elle serait furieuse qu'il ait ajouté ses sortilèges aux siens. Il a sans doute raison. Mais, si tu veux mon avis, il y a autre chose. Il ne veut pas qu'elle sache qu'il en pince pour elle. Ce serait marrant si ce n'était pas aussi compliqué, et si l'enjeu n'était pas aussi important.

— Ce qu'il y a eu entre eux, ce qu'il y a encore, ce qu'il n'y a plus, tout cela aura une influence sur la suite des événements. J'ai une théorie…

— Tu as toujours des théories.

Il sourit et se rapprocha d'elle.

— Il faut qu'on se réunisse, murmura-t-il. Tous les gens concernés.

— C'est ce que j'allais suggérer, dit-elle à mi-voix.

Pour un observateur non averti, ils avaient l'air de flirter, ou de comploter une insurrection.

— Retrouvons-nous chez Zack. Nell préparera le dîner. Et nous apporterons de quoi boire.

— Bonne idée. Et comment gère-t-on ce qu'on sait, et qui nous a dit ce qu'on n'est pas censés savoir, et pourquoi…

— Ça va, j'ai tout compris. Ce doit être un effet de l'amour.

— Tiens, tiens, nos tourtereaux ! s'écria Mia en les rejoignant. Ils sont vraiment adorables.

Elle posa une main amicale sur l'épaule de Mac.

— Oui. Nous songeons nous inscrire à un concours, répliqua Ripley en examinant discrètement le visage de Mia.

D'une beauté immuable, constata-t-elle, admirative.
— Alors, quoi de neuf ?
— Oh, ci et ça, fit Mia.
Elle marqua une pause avant de reprendre :
— En fait, il y a une chose dont je voudrais vous parler, ainsi qu'à Nell. Mais il va falloir attendre un peu. Elle a trop de clients, en ce moment.

Ripley hésita puis se jeta à l'eau.
— Si c'est à propos de ta danse avec les loups, je suis au courant.

Elle ne sut déterminer qui de Mac ou de Mia eut l'air le plus stupéfait. En tout cas, le coup de pied ne vint pas de Mia. Elle le rendit à son auteur tout en tirant une troisième chaise.
— Assieds-toi une minute.
— Je pense que... bon, d'accord.

S'efforçant de se ressaisir, Mia se laissa tomber sur la chaise et croisa les mains.
— Je ne me doutais pas que Sam et toi, vous vous confiiez autant de choses.
— J'ai buté sur lui, sur la route. Il était occupé à nettoyer les saletés que tu avais laissées derrière toi.
— Les...

Elle s'interrompit et pâlit. Bon sang ! comment avait-elle pu se montrer aussi négligente ?
— Du calme, murmura Mac. Tu devais être sacrément secouée.
— Peu importe. J'aurais dû purifier les lieux.
— Tu n'as pas compris, professeur, intervint Ripley en mordant dans l'éclair au café que Mac avait commandé. Mlle Parfaite, ici présente, n'a pas le droit de commettre d'erreur comme nous autres, êtres inférieurs.
— J'aurais dû purifier la zone, répéta Mia.
L'absence de riposte accrut l'inquiétude de Ripley.

— Tant pis ! Puisque Sam l'a fait, tout va bien. Bref, je le taquinais en menaçant de l'arrêter pour une raison bidon, histoire d'égayer ma matinée, et c'est ainsi qu'il m'a mise au parfum. Je viens de tout raconter à Mac ; du coup, il ne te reste plus qu'à demander à Nell de nous rejoindre à la fin de son service.
— D'accord.
Mia se frotta les tempes. Migraine et nausées. Il lui faudrait trouver le temps d'une séance de yoga, sinon elle ne parviendrait jamais à réfléchir sérieusement.
— J'aimerais étudier la question avec toi, Mac. À mon avis, ce n'était qu'une tactique destinée à m'effrayer. Mais je ne voudrais pas passer à côté de quelque chose de crucial.
— Tu as raison. Ripley et moi pensions justement que nous devrions nous réunir. Si possible, dès ce soir, chez Nell et Zack.
— À l'heure du dîner, précisa Ripley, ce qui arracha un sourire à Mia.
— Oui. Pourquoi perdre du temps et se priver d'un festin gratuit ? Je vais en parler à Nell... Je comptais te mettre au courant, ajouta-t-elle à l'adresse de Ripley. J'avais seulement besoin de m'éclaircir un peu les idées auparavant. Le temps des secrets entre nous est révolu.
Songeant à Sam, Ripley eut une bouffée de remords, qu'elle refoula aussitôt. Un contrat était un contrat.
— Ne te fais pas de mouron. D'ailleurs, ça m'a donné l'occasion d'asticoter un beau garçon.
— C'est toujours ça de pris. À tout à l'heure.
Lorsque Mia fut hors de portée de voix, Mac se pencha vers Ripley.
— Tu n'es pas mauvaise, shérif adjoint.
— Tu en doutais ? À présent, il faut mettre la main sur Sam et lui faire savoir ce que j'ai dit et ce que je n'ai pas dit, sinon tout sera fichu.
— Je m'en charge. De toute façon, il faut que je lui parle. Qu'il me précise ce qu'il a vu et fait.

— Parfait.

Elle enfourna le reste de gâteau qu'il avait poussé devant elle.

— Et, toi, tu payes le déjeuner.

— On n'a rien sans rien, marmonna-t-elle, la bouche pleine.

Mac avait réussi à extorquer une heure de son temps à Lulu. C'était peu mais, puisqu'il lui fallait ensuite rentrer chez lui, retrouver Ripley, puis aller chez les Todd, il s'en contenterait.

— Je vous suis vraiment reconnaissant, Lulu, assura-t-il.

— Ouais, ouais.

Elle buvait un café, tout en grignotant l'un des chocolats qu'il lui avait offerts. Côté vin, depuis peu, elle faisait une pause.

— Je n'aime pas beaucoup ces conneries d'interview. Ça me rappelle le jour où les flics m'ont arrêtée lors d'une manif.

— C'était à quel sujet, la manif?

Elle lui jeta un regard apitoyé.

— Dans les années soixante, tout était bon pour manifester.

— Vous viviez dans une communauté?

— Pendant un temps.

Autant en finir, se dit-elle en haussant les épaules.

— Je créchais ici et là. Je dormais dans des parcs publics, sur des plages, n'importe où. J'ai vu des endroits que ne voient jamais les gens qui voyagent dans le minibus familial et qui descendent au *Holiday Inn*.

— Et comment vous êtes-vous retrouvée ici? Sur l'île des Trois Sœurs?

— J'ai pris la direction de l'est.

— Lulu... plaida-t-il.

— Bon, d'accord, mais ne prends pas cet air de chiot malheureux.

Elle s'installa plus confortablement dans le canapé et poursuivit :

— Je suis partie sur la route vers seize ans. Je ne m'entendais pas avec ma famille.

Elle se pencha pour attraper un autre chocolat.

— Il y avait une raison particulière ?

— Ah, ça, oui ! Mon vieux avait l'esprit étroit et la main leste. Ma mère lui obéissait au doigt et à l'œil mais, moi, je ne le supportais pas. J'ai fichu le camp à la première occasion, et comme ils me considéraient comme une plaie, ils ne se sont pas donné beaucoup de mal pour me retrouver.

Mac trouva tristement révélatrice la désinvolture avec laquelle elle parlait de l'indifférence de ses parents. Mais, connaissant Lulu, il savait que lui manifester sa sympathie pouvait être dangereux.

— Où vouliez-vous aller ?

— N'importe où, du moment que c'était ailleurs. D'abord à San Francisco, où je suis restée un moment. J'ai abandonné ma virginité dans un sympathique brouillard de marijuana à un beau garçon qui s'appelait Bobby.

Elle sourit car, en dépit des circonstances, c'était un bon souvenir.

— Je fabriquais des colliers que je vendais pour m'acheter de quoi manger. J'écoutais beaucoup de musique et je résolvais tous les problèmes du monde. J'ai fumé un tas de joints et goûté au LSD. J'ai sillonné le Nouveau-Mexique et le Nevada sur la Harley d'un type du nom de Spike.

— À seize ans ?

— J'en avais peut-être dix-sept, à ce moment-là. On n'a seize ans que pendant un an. Les pieds me démangeaient et j'aimais bien vivre comme une bohémienne.

Elle fit jouer ses orteils dans ses sandales et enchaîna :

— De temps en temps, je faisais une pause. Dans une communauté du Colorado, entre autres. J'y ai appris à jardiner et à cuisiner ce que je faisais pousser. J'ai aussi appris à tricoter. Mais…

Son regard se fit plus intense.

— Tu veux les trucs bizarres, c'est ça ? Pas les souvenirs d'une hippie.

— Je prendrai ce que vous me donnerez.

— J'avais des rêves. Pas au sens d'objectifs, précisa-t-elle. Je n'avais pas d'ambitions personnelles, à cette époque. Mais j'ai rêvé de cette île. De la maison sur la falaise et de la femme aux longs cheveux roux.

Mac, qui était en train de croquer le visage de Lulu sur son bloc-notes, s'arrêta et la regarda.

— Mia ?
— Non.

En souvenir du bon vieux temps, Lulu se leva et alla allumer un cône d'encens.

— Dans mes rêves, elle pleurait et me demandait de veiller sur ses enfants.

Mac nota. *La sorcière qui s'appelait Terre avait confié ses enfants à une nurse avant de se jeter de la falaise.*

Une réincarnation ? griffonna-t-il. *Un lien à l'intérieur du cercle ?*

— Chaque fois que je faisais un rêve de ce genre, il fallait que je reparte. J'étais véritablement obligée de quitter l'endroit où je séjournais et de reprendre la route. Finalement, je suis arrivée à Boston, complètement fauchée. Ça ne me dérangeait pas d'être fauchée. Il y avait toujours quelqu'un qui connaissait quelqu'un qui avait un paddock à me prêter. Un jour, une fille qui prétendait s'appeler Bouton d'Or – Seigneur ! – a suggéré qu'on aille faire un tour sur l'île des Trois Sœurs. Elle se prenait pour une sorcière mais, si je me souviens bien, son père était un riche avocat et elle claquait son fric à l'université. Elle avait de quoi payer les billets de toute la bande, alors, j'ai suivi le mouvement, parce qu'un voyage gratuit, ça ne se refuse pas. Ils ont fait l'aller et retour. Moi, je suis restée.

— Pourquoi ?

Elle garda le silence une seconde. Malgré tout ce qui la liait à Mia, à Ripley et à Nell, et à l'île elle-même, Lulu évitait de parler de ses propres relations avec la sorcellerie, sujet qui la faisait toujours se sentir un peu idiote.

Mais le regard tranquille de Mac, en qui elle avait confiance, l'incita à poursuivre.

— Dès que j'ai vu l'île, j'ai su que là était ma place. J'étais défoncée. On l'était tous. Bouton d'Or était une imbécile, mais elle avait toujours de l'herbe de première. L'île m'a paru superbe, je n'avais jamais rien vu d'aussi beau. J'ai levé les yeux, j'ai aperçu la maison sur la falaise, et je me suis dit : « Eh bien, merde, la voilà. C'est là que je suis censée vivre. » Dès qu'on a accosté, j'ai quitté la bande, et je ne leur ai plus accordé une seule pensée. Je me demande ce qu'ils sont devenus.

— Ensuite, vous avez travaillé chez la grand-mère de Mia.

— Pas tout de suite. Je n'étais pas à la recherche d'un travail rémunéré. Ça faisait trop bourgeois pour moi, expliqua-t-elle en ôtant ses lunettes pour les nettoyer. J'ai campé dans les bois durant un certain temps, en mangeant des baies ou ce que je réussissais à piquer dans les potagers. Il faut dire que j'étais en pleine période végétarienne.

Regarder en arrière et se voir, jeune et insouciante, était déconcertant.

— Ça n'a pas duré longtemps. Je suis née carnivore et je mourrai carnivore. Donc… un jour que je faisais du stop, une femme s'est arrêtée. Elle m'a examinée de la tête aux pieds. Je suppose qu'elle n'avait pas soixante ans mais, à ce moment-là, pour moi, trente ans, c'était déjà vieux.

Lulu éclata de rire et remit ses lunettes.

— Oh, bon sang, j'ai envie d'un verre de vin. Tu en veux un aussi ?

— Non, merci, je conduis.

— T'es vraiment un type droit, hein, Mac ?

Elle disparut dans la cuisine d'où elle poursuivit en élevant la voix :

— Je n'ai jamais été une beauté et, après avoir campé pendant deux semaines, je ne devais pas sentir la rose. J'avais des cheveux longs, crasseux, que je tortillais en vagues nattes. La femme avait beau me paraître vieille, elle était rudement belle. Des cheveux roux sombre, bien coiffés, un tailleur chic comme si elle revenait de prendre le thé. Des yeux noirs pénétrants. Et, à ce moment-là, je te jure que j'ai entendu le bruit de vagues qui déferlaient sur des rochers, et que j'ai senti des rafales de vent juste au-dessus de ma tête. Alors que c'était une journée chaude et calme. Un bébé s'est mis à crier.

Son verre de vin à la main, Lulu revint s'asseoir sur le canapé.

— Elle m'a dit de monter, juste comme ça. Et c'est ce que j'ai fait, juste comme ça. Sans y réfléchir à deux fois. Elle m'a emmenée dans la maison sur la falaise et m'y a installée... Je l'adorais, je la respectais et je l'admirais. Elle est devenue ma vraie famille. Mes parents ne s'étaient jamais souciés de moi et je m'étais habituée à cette indifférence. Avec Mme Devlin, tout a changé. Elle m'a fait confiance et m'a transmis son amour de la lecture. Mais je devais mériter mon salaire et bosser dur.

— Vous ne saviez pas que c'était une sorcière ?

— Je l'ai compris progressivement, répondit Lulu après une courte hésitation. Et ça ne m'a pas trop surprise. Il faut dire que d'avoir longtemps baigné dans le milieu hippie m'avait sans doute préparée à accepter ce genre de choses.

— Quand avez-vous appris la légende ?

— Ça aussi, ça s'est passé peu à peu. J'ai entendu des bribes par-ci, par-là. En travaillant pour Mme Devlin, j'ai intégré toute l'histoire sans même m'en rendre compte.

— Et, lorsque Mia est arrivée, il vous a semblé aller de soi qu'elle possède le même pouvoir que sa grand-mère.

— Si je devais l'analyser, je dirais que Mme Devlin avait veillé à ce que les choses les plus étranges se passent le plus naturellement du monde. Lorsque Mia est née, son fils et sa belle-fille ont emménagé dans la maison, dans le seul but d'avoir à leur disposition deux gardes d'enfant. Les imbéciles égoïstes !

Elle s'interrompit, le temps d'avaler une gorgée de vin.

— Le soir de leur emménagement, ils sont allés dîner au restaurant et Mme Devlin m'a emmenée dans la nursery. Mia était un beau bébé – des cheveux roux, les yeux vifs, des membres longs et fins. Sa grand-mère l'a prise, l'a bercée une minute, puis elle me l'a tendue. J'étais terrorisée. Pas seulement parce que je n'avais jamais tenu de bébé de ma vie, ni parce que ce bébé-là était d'une beauté rare. Mais parce que je savais qu'elle me la confiait et que plus rien dans ma vie ne serait comme avant. Tu as déjà eu follement envie de quelque chose tout en craignant d'y goûter ?

— Oui, admit Mac en reposant son bloc-notes. Ça m'est arrivé.

— Eh bien, c'est ce qui s'est passé. On était debout dans la chambre, elle me tendait Mia et, moi, je gardais les bras croisés tandis que mon cœur battait la chamade. Et tout à coup, l'orage s'est déchaîné, sans préambule, exactement comme dans mes rêves. Le vent fouettait les carreaux, les éclairs zébraient le ciel. C'est l'unique fois que j'ai vu Mme Devlin pleurer. Elle m'a dit : « Prends-la, elle a besoin d'amour et de soins, et d'être guidée d'une main ferme. Ils ne lui donneront rien de tout cela, ils en sont incapables. Lorsque je ne serai plus là, elle n'aura plus que toi. » Je lui ai rétorqué que je ne savais pas m'occuper d'un bébé. Elle m'a souri sans cesser de me tendre Mia qui s'est mise à se tortiller, à agiter ses petits poings, si bien que, sans plus réfléchir, je l'ai prise. Mme Devlin a reculé d'un pas et a murmuré : « Elle est à toi, maintenant. » Ça, je ne l'oublierai jamais. « Elle est à toi et tu es à elle. » Et elle m'a laissée bercer Mia jusqu'à ce qu'elle s'endorme… Désolée, acheva Lulu en reniflant, le vin me rend sentimentale.

Touché, Mac lui prit la main et la serra.

— Moi aussi.

Le shérif Zachariah Todd vidait le lave-vaisselle – l'une des rares tâches qu'il avait le droit d'effectuer dans sa cuisine.

— Bon, dit-il, je résume, pour voir si j'ai bien compris. Mia a raconté à Sam ce qu'il lui était arrivé sur la route. Ripley est tombée sur Sam devant chez Mia et il l'a mise au courant. Elle lui a promis de ne pas dire à Mia qu'il était passé renforcer la protection de sa maison. Alors que Mia allait la mettre au courant, Ripley – Seigneur, quel embrouillamini ! – Ripley, donc, a expliqué qu'elle avait croisé Sam sur la route alors qu'il était en train de purifier la zone. Ouf !

— Bravo, fit Nell tout en vérifiant la cuisson des lasagnes.

— Ne me distrais pas. Ensuite, Mac a dit à Sam ce que Ripley avait dit à Mia, tandis que Mia te racontait ce qui s'était passé ce matin. Après quoi, Ripley t'a donné la version complète de l'histoire, et tu me l'as racontée. Pour des raisons qui m'échappent.

— Parce que je t'aime, Zack.

— Bien, mais il vaut mieux que je me taise, parce que je crains fort de m'emmêler les pinceaux.

— Ce n'est pas une mauvaise idée.

Lucy aboya joyeusement.

— Nos invités sont là, annonça Nell. Vas-y, prends ce plateau. Ce sont des canapés que j'expérimente pour le mariage Rodger qui a lieu le mois prochain. Mets-les là où Lucy ne pourra pas les chiper, cria-t-elle comme Zack s'éloignait. Les hommes et les chiens, il faut les surveiller tout le temps, ajouta-t-elle à l'adresse de Diego, le chat.

Sur ce, elle rangea les ustensiles que Zack avait laissés en vrac sur la table. Puis elle attrapa une bouteille de vin et alla accueillir ses invités.

Mac et Ripley avaient amené leur chiot, ce qui provoqua chez Lucy des spasmes de joie et de terreur mêlées, et vexa Diego qui préféra se retirer dignement à l'étage pour bouder.

Mia arriva avec un bouquet de jonquilles fraîchement cueillies et s'agenouilla pour jouer avec Mulder à qui tirera le plus fort sur une ficelle.

— De temps en temps, j'ai envie d'avoir un chien. Puis, je pense à mes jardins… Tu adorerais déterrer mes fleurs, n'est-ce pas ? fit-elle à l'adresse du chiot.

— Et mâchouiller tes chaussures, ajouta Ripley d'un ton acide. Dont tu dois avoir une centaine de paires.

— Les chaussures sont une forme d'expression.

— Les chaussures sont faites pour marcher.

— Qu'est-ce qu'elle en sait ? commenta Mia en soulevant Mulder pour frotter son nez contre sa truffe.

C'est ainsi que Sam la découvrit lorsqu'il approcha de la porte. Son ventre se noua et sa gorge devint sèche.

Avec sa robe déployée autour d'elle sur le tapis, ses cheveux qui flottaient librement sur ses épaules et ses yeux brillant de plaisir, elle offrait l'image du bonheur et de l'insouciance.

Il retrouva dans cette femme outrageusement belle le chatoiement de la jeune fille qu'il avait quittée.

Puis Lucy aboya, Mulder bondit et le rire de Mia s'éteignit tandis que son regard se fixait sur la porte.

— Lucy ! cria Zack en attrapant sa chienne par son collier avant d'ouvrir la moustiquaire. On ne saute pas… Ni l'un ni l'autre, ajouta-t-il à mi-voix, troublé par l'expression affamée du nouveau venu.

— Ça va, assura Sam en flattant la tête de Lucy qui, roulant sur le dos, lui offrit aussitôt son ventre.

Il tendit la bouteille de vin qu'il avait apportée à Zack, et s'accroupit pour caresser Lucy. Réclamant sa part, le chiot se mit à gambader autour de lui.

— Qu'est-ce que tu fais là ? lâcha Mia d'un ton sec qui le décontenança.

— C'est moi qui lui ai demandé de venir, intervint Mac.

Le coup d'œil accusateur de Mia le mit mal à l'aise. Il poursuivit néanmoins :

— Nous sommes tous partie prenante dans cette histoire, et chacun a quelque chose à apporter. Nous devons travailler en étroite collaboration, Mia.

— Tu as raison, bien sûr, reconnut-elle.

L'insouciance avait cédé la place à une politesse glaciale.

— Pardonne-moi ma grossièreté, Sam. Nous formions un petit club privé et je ne m'attendais pas à l'arrivée d'un nouveau membre.

— Pas de problème.

Il ramassa la ficelle que Mulder, plein d'espoir, avait déposée à ses pieds.

— Le dîner sera prêt dans quelques minutes, annonça Nell. Tu veux un verre de vin, Sam ?

— Volontiers, merci. Votre club impose-t-il un rite d'initiation que je devrais connaître ?

— Juste un petit truc : on te rase la tête et le corps, répondit Mia. Mais ça peut attendre après le dîner. Je vais me laver les mains.

Sam se redressa et lui tendit la main pour l'aider à se relever.

Ignorant s'il s'agissait d'un test ou d'une offre de paix, Mia bloqua son énergie si bien que le contact de leurs paumes ne donna lieu à aucune étincelle.

— Merci.

Dédaignant la salle de bains du rez-de-chaussée, elle emprunta l'escalier.

Elle se glissa dans la pièce et s'adossa à la porte. L'effet que cet homme produisait sur elle était absurde.

Lorsqu'elle était préparée à le rencontrer, elle s'en défendait à peu près. Mais quand il surgissait alors qu'elle était détendue et réceptive, il s'engouffrait en elle et occupait toute la place.

Elle étudia son visage dans le miroir. Elle avait les traits tirés et le teint pâle de quelqu'un qui est épuisé. La journée avait été dure. Heureusement, la façade était aisément réparable.

Elle se lava les mains et s'aspergea la figure d'eau froide. D'ordinaire, elle aimait à se maquiller. Jouer avec des crayons et des pinceaux était à la fois amusant et rassurant.

Ce soir, cependant, elle utiliserait une méthode plus rapide.

Tout en se tamponnant le visage, elle récita le sortilège de la séduction. Puis s'examina à nouveau. C'était beaucoup mieux. Elle avait l'air reposé, ses joues étaient d'un joli rose velouté et ses lèvres d'une teinte un peu plus soutenue.

Elle passa ensuite le doigt sur ses paupières dont le contour s'accentua aussitôt.

Satisfaite, elle descendit rejoindre les autres.

Le groupe était soudé, nota Sam tout en dégustant les succulentes lasagnes de Nell. Le langage des gestes et des regards, les pensées inachevées que l'un ou l'autre complétait, tout prouvait l'étroite communion de ces cinq personnes.

Nell était arrivée sur l'île un peu moins d'un an auparavant, et Mac l'hiver dernier. Néanmoins, ils étaient totalement intégrés.

L'existence d'un ennemi commun expliquait cette cohésion, mais en partie seulement.

Le visage de Mia, lorsqu'elle parlait à Mac ou l'écoutait, exprimait une réelle et profonde affection. Nell le resservait sans qu'il le demande. Zack passait un morceau de pain à Mia tout en discutant de base-ball avec sa sœur. Et Nell et Mia échangeaient des regards complices avant d'éclater de rire.

Sam comprit qu'il lui faudrait du temps pour abolir ses années d'absence.

— Il me semble que nos pères ont joué ensemble lors d'un tournoi de golf organisé pour une œuvre de charité, dit Mac. Le mois dernier, à Palm Spring, ou à Palm Beach… enfin, un Palm quelconque.

— Vraiment ? fit Sam.

Les activités pseudo-charitables de son père ne l'intéressaient guère. Lui-même refusait d'y participer depuis des années.

— À New York, j'ai rencontré tes parents dans différentes réceptions, reprit-il.

— Nos familles fréquentent les mêmes cercles.

— Plus ou moins, acquiesça Sam. Mais je ne me rappelle pas t'avoir rencontré.

— Hé non ! se contenta de répondre Mac en souriant. Et donc… tu joues au golf ?

— Non, fit Sam en lui rendant son sourire. Et toi ?

— Mac est plutôt maladroit, intervint Ripley. Il serait capable de s'arracher un orteil.

— C'est triste, mais vrai, reconnut l'intéressé.

— La semaine dernière, il a raté une marche du porche. Six agrafes.

— C'est le chien qui m'a bousculé, se défendit Mac. Et je n'ai eu que quatre agrafes.

— Que tu aurais pu éviter en venant me voir au lieu d'aller à la clinique.

— Elle me met en boîte chaque fois que je me fais un bleu ou une bosse.

— Ce qui arrive quotidiennement. Pendant notre voyage de noces…

— On ne va pas raconter ça, protesta Mac dont la nuque rougit.

— On prenait une douche, histoire de batifoler, et…

— Arrête, s'écria-t-il en plaquant la main sur la bouche de sa femme. Le porte-serviettes était mal fixé.

— Il l'a littéralement arraché du mur, acheva-t-elle en battant des cils. Mon héros !

— Bref, conclut Mac avec un profond soupir, toi qui es dans l'hôtellerie, Sam, tu ferais bien de t'assurer que tes porte-serviettes sont solidement fixés.

— J'en prends bonne note, surtout si vous décidez de passer un week-end à *L'Auberge Magique*.

— Si Nell et Zack font une réservation, poursuivit Ripley, vérifie la stabilité des lavabos. Ils ont fichu en l'air celui de l'étage en...

— Ripley ! s'exclama Nell, horrifiée.

— Tu es vraiment obligée de tout raconter à ma sœur ? observa Zack.

— Ça ne m'arrivera plus, promit Nell en se levant. Je vais chercher le dessert.

— Je ne m'étais pas rendu compte que les salles de bains étaient devenues des lieux de plaisir, commenta Mia qui entreprit de débarrasser la table.

— Je serai ravi de te montrer la mienne, dit Sam, ce qui lui valut un haussement d'épaules méprisant. Elle n'a rien mangé, ajouta-t-il lorsqu'elle eut disparu dans la cuisine.

— Elle est très tendue, expliqua Mac.

— Si ma présence l'isole un peu plus du monde, il était inutile que je vienne.

— Le monde ne se résume pas à toi, répliqua Ripley qui prit son verre et le vida d'un coup.

— Rip ! l'avertit Zack d'une voix calme. Ne gaspillons pas nos forces.

— Elle a confiance en toi, remarqua Sam en se tournant vers Mac. Peut-être que ça rétablit l'équilibre.

Lorsqu'ils retournèrent dans le salon, Sam aussi était à cran. Il n'avait jamais remis en question son don, mais il en parlait rarement, et ne s'était jamais associé à ses semblables. Cette réunion était pour lui une première.

— Vous connaissez tous la légende, commença Mac.
« Voici l'historien, songea Sam. Le scientifique. »
— Lors des procès des sorcières de Salem, celles qui portaient les noms de Feu, Terre et Air ont créé l'île des Trois Sœurs pour fuir les persécutions.
— Et, pendant ce temps-là, on pourchassait et on assassinait des innocents, ajouta Ripley.
« Le soldat, la catalogua Sam en caressant le chat, qui avait daigné le rejoindre sur le canapé. Une femme courageuse. La terre. »
— Elles ne pouvaient s'y opposer. Si elles avaient essayé, d'autres innocents auraient péri, intervint Zack.
Ainsi parlaient la raison et l'autorité, pensa Sam.
— Celle qui s'appelait Air tomba amoureuse d'un marchand qui l'épousa et la ramena sur le continent, poursuivit Mac. Elle tint sa maison, porta ses enfants. Mais, exaspéré d'être l'époux d'une sorcière, il la maltraita et finit par la tuer.
— Je pense qu'elle se reprochait de ne pas être conforme à l'idée qu'il se faisait de l'épouse idéale. De s'être menti à elle-même et d'avoir fait un mauvais choix.
Nell, la nourricière, songea Sam. Le chat s'étira sous sa main, comme s'il acquiesçait. L'élément de Nell était l'air.
— Elle a sauvé ses enfants en les envoyant chez ses sœurs, enchaîna Mac. Mais le cercle était affaibli. Et celle qui portait le nom de Terre n'a plus eu qu'une idée en tête : venger la disparue.
— Je comprends ce qu'elle ressentait, dit Ripley, mais elle a eu tort. Elle a utilisé son pouvoir pour anéantir l'assassin de sa sœur, et l'a payé très cher : elle a perdu son mari, elle n'a jamais pu revoir ses enfants. Et par sa faute, ce qui restait du cercle a volé en éclats.
— Il y avait encore une sorcière, intervint Mia d'une voix claire. Une seule pour sauver l'île.
L'intelligence, la fierté, la passion. Inutile de se

demander pourquoi elle le bouleversait à ce point, pensa Sam. Elle était le feu.

— Les âmes les plus fortes ne sont pas à l'abri du désespoir, murmura Nell en posant sa main sur celle de Mia. Mais en dépit de sa solitude et de son cœur brisé, elle a tissé une protection. Si solide qu'elle a tenu trois cents ans.

— Elle a confié ses enfants à quelqu'un, rappela Mac en songeant à Lulu. Ce qui nous amène à aujourd'hui. Au cercle encore intact.

— Tu crains que je ne flanche quand mon tour viendra, n'est-ce pas ? demanda Mia. Nell et Ripley ont affronté leurs démons. De nous trois, c'est moi qui ai la plus grande pratique de l'Art.

— Certes, mais je me demande si tu n'auras pas à affronter quelque chose de plus insidieux. L'ennemi de Nell était Evan Remington, un homme.

— Une véritable ordure, corrigea Ripley.

— Appelle-le comme tu voudras, c'était un être humain. Je ne prétends pas que lutter contre lui a ressemblé à une promenade sur la plage, mais c'était un adversaire en chair et en os. Et le combat a été physique. Vous comprenez ce que je veux dire ?

— Un psychopathe armé d'un couteau, intervint Sam. Et le combat a eu lieu de nuit, en plein bois. Non, ça n'a pas été une promenade sur la plage. Nell a fait preuve d'un grand courage et d'une foi profonde en son pouvoir. Mais c'était un ennemi dont elle connaissait le visage.

— Exactement, approuva Mac dont le visage rayonnait comme si Sam était l'un de ses meilleurs étudiants. Dans le cas de Ripley...

— Dans le cas de Ripley, répéta celle-ci, il a fallu accepter un pouvoir que j'avais rejeté, et respecter des règles que j'avais une furieuse envie d'enfreindre.

— Tu étais en plein désarroi émotionnel, expliqua Sam. Créé pour toi sur mesure, tandis que l'épreuve de Nell avait pris l'aspect d'une arme. Avec...

Il s'interrompit et regarda Mac.

— Non, vas-y, continue, fit celui-ci avec un signe de la main. C'est intéressant d'entendre le point de vue d'autrui.

— Très bien. La force libérée il y a trois siècles a d'abord utilisé Remington comme vecteur, puis elle s'est glissée dans le corps du reporter qui a suivi la piste de Nell jusqu'ici.

— Je vois que tu t'es tenu au courant, remarqua Mia.

— En effet. Tenir bon, opposer le pouvoir au pouvoir, sans enfreindre les règles n'est pas chose facile. Cela demande de la conviction, de la compassion, de la force. Néanmoins, l'adversaire de Ripley, tout comme celui de Nell, avait figure humaine. Peu importe ce qu'il y avait à l'intérieur, il était fait de chair et de sang.

— On dirait que Sam et moi avons élaboré la même théorie, dit Mac.

— Va droit au but! grommela Ripley.

— D'accord. L'agresseur qui s'en est pris à Mia aujourd'hui n'était pas un être vivant, mais une manifestation. Ce qui signifie peut-être que, le cercle étant intact alors qu'il a été attaqué par deux fois et que par deux fois l'ennemi a été vaincu, le pouvoir de ce dernier est affaibli. Il ne peut plus que duper.

— À moins qu'il ne se retienne en attendant son heure, risqua Sam.

— C'est possible, acquiesça Mac. Il attend l'occasion idéale. Il lui reste peu de temps pour agir. Il va continuer à exercer une pression, à essayer d'affaiblir le cercle en s'en prenant plus particulièrement à toi, Mia. Il va se servir de tes craintes, de tes doutes, de la moindre de tes faiblesses. Tu es sa future proie.

— J'en suis consciente, admit-elle. Mais je ne suis pas seule, et mon cercle est solide.

— Oui, mais... je ne suis pas certain que le cercle puisse être considéré comme complet tant que tu n'auras pas effectué ta propre démarche.

Le terrain étant glissant, Mac prit le temps de peser ses mots.

— Jusque-là, tu seras vulnérable. Et il en profitera pour exercer une pression plus forte sur toi. Il ne cherchait qu'à effrayer Nell, et il n'a pas réussi. À pousser Ripley à la vengeance, et il a échoué. Toi...

— Il veut que je meure, acheva Mia calmement. Oui, je le sais. Je l'ai toujours su.

Alors que Mia s'apprêtait à partir, Nell la retint par le bras.

— Ne t'inquiète pas, petite sœur, murmura Mia en appuyant la joue sur les cheveux de Nell. Je sais comment me protéger.

— Ça peut paraître stupide, mais je voudrais que tu habites chez l'un d'entre nous jusqu'à ce que tout soit vraiment terminé.

— J'ai besoin de ma falaise. Ça va aller, je te le promets... Sois bénie, ajouta-t-elle en pressant la main de Nell.

Elle s'était attardée dans l'espoir d'éviter les autres. Mais lorsqu'elle sortit, Sam l'attendait, appuyé contre sa voiture.

— Je suis venu à pied, dit-il. Tu peux me déposer ?

— C'est une belle nuit pour une promenade.

— Emmène-moi, Mia. Il faut que je te parle, ne serait-ce qu'une minute. En tête à tête.

— Je suppose que je te dois une faveur, fit-elle en se glissant derrière le volant. Pour avoir purifié les cochonneries que j'avais laissées sur la route ce matin, ajouta-t-elle tandis qu'il s'installait à côté d'elle. Merci.

— De rien.

— Bon, de quoi voulais-tu me parler ? s'enquit-elle en faisant demi-tour.

— De toi et de Mac. Il y a quelque chose...

— Vraiment ? fit-elle en lui jetant un bref regard. Tu crois que j'essaye de séduire le mari de ma sœur ?

137

— Si c'était le cas, il serait déjà à tes pieds.
Elle rit.
— Voilà un joli compliment, même si tu te trompes. Il est délicieusement, follement amoureux de sa femme. Mais tu as raison sur un point, il y a quelque chose entre nous.
— De quoi s'agit-il ?.
— Nous sommes cousins.
— Cousins ?
— Il se trouve que la petite-fille de la première des Sœurs a épousé un MacAllister – dont descend la mère de Mac.
— Ah, il est donc du même sang, fit Sam en tentant vainement d'allonger les jambes dans la minuscule voiture. Ça explique un certain nombre de choses. Dès que je l'ai vu, j'ai senti un lien diffus. De même qu'avec Nell, alors qu'elle rêvait de me suspendre par les orteils au-dessus d'une bonne flambée. J'aime bien tes amis.
— Ouf, quel soulagement !
— Pas de piques, Mia. Je suis sincère.
Sachant que c'était vrai, elle soupira.
— Je suis fatiguée, et ça me met toujours de mauvaise humeur.
— Ils s'inquiètent pour toi. La façon dont tu vas affronter ton épreuve.
— Je sais. Je suis désolée.
— Moi, je ne suis pas inquiet.
Il marqua une pause le temps que Mia se gare devant le cottage, puis reprit :
— Je n'ai jamais connu personne, femme ou sorcière, qui possède plus de vitalité que toi. Tu n'abandonneras pas.
— Non, en effet. Et j'apprécie ta confiance, surtout après une longue et pénible journée. Bonne nuit, Sam.
— Entre un moment.
— Non.
— Allez, viens, Mia, insista-t-il en glissant la main

sous la crinière rousse pour lui caresser la nuque. Et reste avec moi. .

— Je reconnais que j'aimerais passer la nuit avec un homme qui me réconforterait et me rassurerait. Qui me caresserait et me ferait l'amour. Mais je ne viendrai pas.

— Pourquoi ?

— Parce que cela ne me rendrait pas heureuse. Bonne nuit, Sam.

Il vit à son expression qu'elle était épuisée et se résigna.

— Bonne nuit, Mia.

Il sortit de la voiture, et la regarda s'éloigner dans la nuit. Il garda son image en tête jusqu'à ce qu'il la sache en sécurité dans la maison sur la falaise.

8

Tout n'était qu'une question de stratégie, se disait Sam. Dans les affaires comme dans les relations. Et parfois même simplement pour survivre jusqu'à la fin de la journée. Il vérifia l'avancement des travaux, et fut heureux de constater qu'ils n'avaient pas pris de retard.

Il s'y connaissait un peu dans le domaine du bâtiment. Des années auparavant, il avait songé à bâtir son propre hôtel. Il avait pris des cours d'architecture et travaillé sur un chantier durant tout un été.

Il avait ainsi acquis les compétences de base, et un sain respect pour le travail manuel.

Mais il avait renoncé à construire son hôtel parce que chaque projet se transformait inévitablement en un clone de *L'Auberge Magique*.

Pourquoi faire une réplique de ce qui existait déjà ?

Une fois qu'il avait réalisé qu'il voulait cet hôtel-là et pas un autre, le reste n'avait été qu'une question de patience et de ruse. Le plus difficile avait été de cacher à son père que *L'Auberge Magique* était le seul bien familial qu'il convoitait.

Sam en aurait hérité un jour ou l'autre. Mais si Thaddeus Logan s'était rendu compte que son fils y voyait une sorte de Saint-Graal, il l'aurait mis hors de sa portée et aurait fait pression sur lui pour qu'il s'intéresse avec plus d'ardeur aux autres domaines de l'empire familial.

La carotte aurait pendillé au bout d'un long bâton plein de nœuds jusqu'à la mort de son père. Car telle était la méthode de Logan senior. Il n'était pas homme à récompenser, mais à retenir et à contraindre. Une philosophie qui donnait des résultats sans s'embarrasser d'affection.

Sam avait refusé d'attendre la mort de son père, pareil à un vautour perché sur une branche.

Pendant près de six ans, il avait dissimulé son désir. Il avait travaillé, étudié, et chaque fois que l'occasion s'était présentée, il avait mis en pratique telle ou telle de ses idées.

Il avait finalement réussi à détourner l'attention de son père, et s'était emparé de l'affaire convoitée.

L'idée qu'on n'a rien sans rien étant un principe de base du clan Logan, il avait payé l'hôtel au prix du marché.

Pour obtenir ce qu'il voulait, Sam ne regardait pas à la dépense.

Pour conquérir Mia, il procéderait de la même façon. Il ferait preuve de patience et de ruse, et il ne lésinerait pas sur les moyens.

L'approche directe – « Chérie, me voilà de retour ! » – n'avait pas marché. Il ne comprenait d'ailleurs pas comment il avait pu être assez bête pour seulement l'espérer. « Embrassons-nous et faisons la paix » n'avait pas été plus efficace. Sans lui tourner systématiquement le dos, elle ne lui ouvrirait pas non plus les bras.

Il avait trois objectifs : la sécurité de Mia, celle de l'île et que Mia lui revienne.

Mac n'avait pas profité de leur réunion chez les Todd pour exposer sa théorie. Sans doute l'avait-il fait en privé avec Mia – ou allait-il le faire. Et la réaction de celle-ci pourrait être de le rejeter, lui, Sam.

Mais se résigner n'était pas dans sa nature.

Il lui fallait élaborer une stratégie, conclut-il tout en examinant la suite qu'on venait de tapisser d'une soie moirée vert pâle.

La seconde chambre à coucher avait été sacrifiée afin de créer un dressing et d'agrandir la salle de bains. Il restait encore à installer l'équipement sanitaire. Il avait choisi lui-même la grande baignoire Jacuzzi, le verre dépoli de la douche multijets et les meubles de rangement.

Un mélange de tradition, de confort et d'efficacité.

Exactement ce qui plaisait à Mia.

Il sourit et sortit son portable. Pour le remettre aussitôt dans sa poche. Téléphoner en personne n'était pas la bonne façon d'amorcer une discussion d'affaires.

Il descendit dans son bureau et demanda à son assistante d'appeler Mlle Devlin.

Le coup de fil intrigua Mia. Un dîner à *L'Auberge Magique*, pour discuter d'une proposition qui profiterait à leurs deux établissements.

Qu'est-ce que ce type pouvait bien cacher dans sa manche ?

La curiosité l'avait poussée à accepter, mais elle avait prétendu ne pas être libre le soir même. Elle avait daigné cependant modifier son emploi du temps pour caser ce rendez-vous le lendemain.

Mieux valait se préparer, décida-t-elle en prenant sa boule de cristal.

Posant les mains sur la sphère, elle se concentra. Le verre se réchauffa, des volutes de brume l'emplirent et mille lumières apparurent.

Des visions tourbillonnèrent sous ses yeux.

Elle se vit, jeune fille, allongée dans la grotte, nue dans les bras de Sam.

— Pas hier, murmura-t-elle. Demain. Séparez le futur du passé que je voie ce qui va être.

La senteur vanillée de l'héliotrope et celle, épicée, des œillets se répandirent dans la pièce, et son jardin luxuriant apparut. Elle s'y tenait, drapée de blanc sous la lune.

Lui aussi était là, au milieu de cet océan de fleurs, et il lui tendait la main. Dans sa paume, une étoile palpitait.

Il la lança. Une pluie de lumière et de couleurs explosa au-dessus de leurs têtes. Mia ressentit la même joie exquise que la jeune fille apparue précédemment.

Puis elle se retrouva seule sur la falaise. La tempête faisait rage. Telles des flèches enflammées, des éclairs se plantaient dans le sol tout autour d'elle. L'île était enveloppée d'un brouillard fétide et glacé qu'elle percevait jusque dans son petit bureau.

Le loup noir jaillit soudain des ténèbres. Il planta ses crocs dans sa gorge et tous deux basculèrent dans la mer.

— Assez, ordonna-t-elle en passant la main sur le globe qui redevint une sphère limpide et innocente.

Elle le rangea et se rassit. Ses mains ne tremblaient pas, sa respiration restait régulière. Lire l'avenir, c'était risquer d'assister à sa propre mort ou, pire, à celle d'un être cher. Elle l'avait toujours su. Tel était le prix du pouvoir. L'Art n'exigeait pas de sang mais, parfois, il meurtrissait sauvagement le cœur.

À quoi devait-elle s'attendre ? À l'amour ou à la mort ?

Elle verrait bien. En trente ans, elle avait beaucoup appris. Une chose en particulier : on devait faire son possible pour respecter la vie, avec ses joies et ses peines. Mais au bout du compte, il nous fallait accepter notre destin.

— Je croyais que ce n'était pas un rendez-vous galant.

— Ce n'en est pas un, c'est un dîner d'affaires, dit Mia en fixant une boucle d'oreille.

Lulu renifla bruyamment.
— Dans ce cas, pourquoi mettre cette robe ?
— Parce que je l'aime.

Elle avait apporté ses vêtements de rechange à la librairie afin de gagner du temps, et de l'énergie. Elle n'aurait sans doute pas dû, mais au fond, quel mal y avait-il à porter cette petite, toute petite robe noire ?

— Quand une femme choisit ce genre de robe, c'est qu'elle veut qu'un homme pense à ce qu'il y a dessous.

— Tu m'en diras tant, répliqua Mia en battant des cils.

— Ne joue pas à la plus maligne avec moi. Je suis encore capable de te flanquer une correction, si nécessaire.

— Lu, je n'ai plus dix ans.

— Si tu veux mon avis, tu as moins de bon sens que lorsque tu avais cet âge.

Mia réfléchit. Un soupir de martyr n'aurait aucun effet. Lui faire remarquer qu'elle ne lui avait *pas* demandé son avis aboutirait à une dispute. Feindre de l'ignorer était impossible. Mia essaya donc une autre stratégie.

— J'ai fini mes devoirs et j'ai rangé ma chambre. S'il te plaît, est-ce que je peux aller jouer dehors ?

L'esquisse d'un sourire fit frémir les lèvres de Lulu, qui s'efforça de les garder pincées.

— Je n'ai jamais été obligée de te harceler pour que tu ranges ta chambre. Je te trouvais plutôt trop ordonnée pour une enfant.

— Tu n'es pas obligée de me harceler pour ça non plus. Je sais m'y prendre avec Sam Logan.

— Parce que tu crois que de porter une robe moulante avec un décolleté pareil, c'est bien t'y prendre ?

Mia baissa les yeux. Sa robe était élégante, elle mettait sa poitrine en valeur et dévoilait juste ce qu'il fallait de ses jambes.

— Oui, parfaitement.

— Tu as des sous-vêtements ?

— Oh, pour l'amour de Dieu ! s'exclama Mia en arrachant une veste noire d'un cintre.
— Je t'ai posé une question.
Tout en s'efforçant de rassembler ce qui lui restait de patience, Mia enfila la veste dont le bord s'arrêtait à deux centimètres du bas de la robe, transformant la séduisante petite robe en séduisant petit tailleur.
— Venant d'une ancienne hippie, c'est une drôle de question. De 1963 à 1972, tu ne possédais même pas de sous-vêtements.
— Si. J'avais une très jolie culotte en Liberty, pour les occasions spéciales.
Abasourdie, Mia éclata de rire.
— Oh, Lu ! Tu peux me dire à quel genre d'occasion spéciale était réservée cette ravissante culotte en Liberty ?
— Ne change pas de sujet et réponds à ma question.
— Eh bien, je ne possède rien d'aussi festif, mais je porte des dessous, ça se fait en ce moment. Si j'ai un accident, l'honneur sera sauf.
— Ce n'est pas d'un accident dont j'ai peur. C'est du but de cette soirée.
Mia se pencha sur Lulu et prit le visage familier entre ses mains. Il lui suffisait de penser à l'amour sincère que lui portait son cerbère pour que son irritation s'évanouisse.
— Tu n'as pas à t'inquiéter. Promis.
— C'est mon boulot de m'inquiéter, marmonna Lulu.
— Fais une pause. Je vais dîner dans un endroit luxueux, découvrir ce que Sam mijote, et, de surcroît, j'aurai le plaisir de le rendre fou.
— Tu as toujours le béguin pour lui.
— Je n'ai jamais eu le béguin pour lui. Je l'aimais.
Lulu se voûta.
— Oh, ma chérie, j'aurais tellement voulu qu'il ne remette jamais les pieds ici !
— Eh bien, il l'a fait. J'ignore si ce que je ressens aujourd'hui n'est qu'un vestige de mes sentiments d'au-

trefois ou si les années écoulées n'ont fait que renforcer ce qui existait. Mais il faut que je le découvre, non ?

— Telle que je te connais, tu n'as pas le choix. Mais j'aimerais bien que tu commences par lui botter les fesses.

Mia choisit un collier en or martelé, orné d'un rang de perles qui venait se nicher entre ses seins.

— Si cette robe ne le terrasse pas, c'est à désespérer.

— Tu n'es pas si bête que je le pensais, finalement, remarqua Lulu.

— J'ai été à bonne école.

Mia peignit ses lèvres d'un rouge assassin, rejeta en arrière sa crinière flamboyante et se retourna :

— Alors, de quoi j'ai l'air ?

— D'une croqueuse d'hommes.

— Parfait.

L'entrée en scène de Mia, à 7 heures pile, fut tout aussi parfaite. Le jeune réceptionniste de *L'Auberge Magique* ouvrit des yeux ronds et laissa tomber la liasse de papiers qu'il feuilletait. Ravie, elle lui décocha un sourire meurtrier, puis se dirigea vers la salle à manger.

Le décor avait été considérablement modifié. Sam avait bien travaillé, constata-t-elle avec un sentiment de fierté inattendu.

Les classiques nappes blanches avaient été remplacées par de belles nappes bleu nuit sur lesquelles se détachaient les couverts étincelants. Les vases en cristal avaient disparu au profit de jarres en cuivre où s'épanouissaient des lys blancs.

Chaque table était décorée d'un petit chandelier orné d'étoiles et de croissants de lune. Impressionnée, Mia fit quelques pas, et s'arrêta net.

Là, sur le mur, était accroché un tableau représentant trois femmes grandeur nature. Sur fond de forêt et de ciel nocturne, les trois sœurs la regardaient.

Leurs longues robes blanches et leurs chevelures semblaient frémir sous la caresse d'une brise invisible.

Elle reconnut les yeux bleus de Nell, ceux, verts, de Ripley, et son propre visage.

— Ça te plaît ? fit derrière elle la voix de Sam.
— C'est stupéfiant.
— Je l'ai commandé il y a près d'un an. Il est arrivé aujourd'hui.
— C'est du très beau travail. Les modèles...
— Il n'y a pas eu de modèle. L'artiste a travaillé d'après mes descriptions. D'après mes rêves.
— Je vois, murmura Mia en se retournant. Il ou elle a beaucoup de talent.
— Elle. Elle habite Soho. Je crois qu'elle a saisi...

Il s'interrompit. Son regard passa du tableau à Mia. Et toutes ses pensées se muèrent en désir.

— Tu es superbe.
— Merci. J'aime beaucoup la façon dont tu as transformé le restaurant.
— Ce n'est qu'un début.

Il voulut lui prendre le bras mais, se rendant compte que ses mains étaient moites, il se ravisa.

— Il y aura de nouveaux éclairages, en cuivre, dans le genre lanterne. Et je voudrais... euh, asseyons-nous avant que je ne commence à t'ennuyer avec tous mes projets.
— Ça ne m'ennuie pas du tout.

Elle se laissa guider vers une table sur laquelle trônait un seau à champagne.

Elle s'assit et ôta sa veste. Le regard de Sam se voila, mais il s'efforça de ne pas quitter son visage des yeux. Ce qui était tout à son honneur.

Le maître d'hôtel s'approcha et remplit les flûtes.

— À quoi buvons-nous ? s'enquit-elle.
— Une petite question auparavant. Tu es venue avec l'intention de me tuer ?
— Non, seulement de te terrasser.
— Eh bien, c'est fait. Aucune femme ne m'a rendu

les mains moites depuis, eh bien... depuis toi. Il faut que je reprenne mes esprits, dit-il en heurtant sa flûte contre celle de Mia. À nos affaires communes.

— Nous en avons?

— C'est pour cela que je t'ai invitée. Mais voyons d'abord le dîner. Je l'ai déjà commandé. Je crois me souvenir de tes goûts. Si ça ne te convient pas, nous demanderons la carte.

«Habile, reconnut-elle. Très habile. Il a appris à polir les angles. Quand cela l'arrange.»

— Je ne déteste pas les surprises, de temps en temps.

Elle s'adossa à son siège et laissa son regard errer dans la pièce.

— Les affaires ont l'air de marcher.

— Oui. Et mon intention est de continuer dans ce sens. La rénovation du rez-de-chaussée devrait être terminée dans deux semaines, à peu près. La suite présidentielle est formidable.

— C'est ce que j'ai entendu dire. Nous avons le même entrepreneur.

— C'est ce que *j'ai* entendu dire. Quand as-tu l'intention d'agrandir ton café?

— Bientôt.

Elle étudia les petits-fours que des serveurs discrets venaient de poser sur la table, et choisit un canapé au homard.

— J'espère que cela occasionnera le moins de gêne possible pour mes clients. Cependant, pendant le gros des travaux, j'imagine que tu me prendras une partie de ma clientèle... Temporairement.

— L'amélioration de tes affaires ne peut que profiter aux miennes, et réciproquement.

— Je suis d'accord.

— Pourquoi ne pas l'exploiter? J'aimerais mettre à la disposition de mes clients quelques livres sur l'île, et deux ou trois best-sellers du moment. Une carte discrète ou un marque-page pourrait faire de la publicité pour ta librairie.

— Et ? fit-elle, attendant le piège.
— Parmi tes clients, il y en a beaucoup qui ne viennent du continent que pour la journée. Tu pourrais sélectionner un livre – sur l'histoire de l'île, par exemple – et ceux qui l'achèteraient y trouveraient un formulaire à remplir pour participer à un concours. Nous organiserions un tirage mensuel et le gagnant aurait droit à un week-end gratuit à l'hôtel.
— Et nous aurions ainsi un tas de noms à ajouter à notre fichier clientèle.
— Je savais que tu me suivrais, dit-il en complétant leurs flûtes. Tu vends plus de livres. Je remplis mes chambres. Notre clientèle potentielle s'accroît. Les vacances, les séjours à l'hôtel, la lecture sur la plage, tout cela va de pair, poursuivit-il en prenant un feuilleté au crabe. Et puis, il y a les séminaires. Même topo. Je suis en train de travailler sur cette clientèle spécifique. Comme cadeau de bienvenue, je peux offrir un coupon de réduction pour le *Café Librairie*.
— Et, en remplissant le formulaire, quelques-uns d'entre eux se retrouvent chez toi pour un week-end de vacances.
— En plein dans le mille.
Elle réfléchit pendant qu'on leur déposait des assiettes de salade, et reprit :
— Le coût serait négligeable. Un peu de paperasserie. C'est assez simple. Beaucoup trop simple pour justifier un dîner d'affaires.
— Il y a autre chose. J'ai remarqué que tu n'organisais pas de signatures.
— Une ou deux par an, pour les livres d'intérêt local, répondit-elle en haussant les épaules. L'île des Trois Sœurs et le *Café Librairie* sont en dehors du circuit des tournées littéraires. Les éditeurs n'envoient pas leurs auteurs au large des côtes de la Nouvelle-Angleterre, et la plupart des écrivains n'ont pas les moyens de s'offrir le séjour.

— On peut changer ça.

Il avait piqué sa curiosité. Elle accepta le morceau de pain qu'il venait de beurrer, sans s'apercevoir qu'il n'arrêtait pas de la servir depuis le début du repas.

— Tu crois ?

— J'ai pris un certain nombre de contacts à New York. Il me reste quelques boutons à presser et, bientôt, deux ou trois personnages clés seront convaincus qu'inclure l'île des Trois Sœurs dans une tournée vaut largement d'y consacrer du temps et de l'argent. D'autant que *L'Auberge Magique* proposera des tarifs préférentiels et des chambres de premier ordre. À toi de rédiger une proposition détaillant les modalités d'accueil de l'auteur, et comment le *Café Librairie* compte attirer une foule de lecteurs. Très vite, le ferry sera rempli d'écrivains.

Elle sentit un bref pincement d'excitation à cette idée, qu'elle voulut néanmoins examiner sous tous ses angles.

— Louer une chambre trois ou quatre fois par an à un tarif réduit ne te sera guère bénéfique.

— Peut-être que j'essaye seulement d'aider ma voisine.

— Alors, sache que ta voisine n'est ni crédule ni naïve.

— Non. C'est seulement la plus belle femme que je connaisse.

— Merci. À présent, dis-moi quel est ton intérêt ?

— Bon, au temps pour le charme. Si je parviens à attirer l'attention d'un éditeur et que la signature se révèle un succès, les séminaires importants afflueront. Ça fera boule de neige. Pour toi comme pour moi.

— Organiser une signature ne me fait pas peur, déclara-t-elle en mangeant machinalement, le cerveau en ébullition. Si tu arrives à presser ces fameux boutons pour, disons juillet, août ou septembre, j'aurai rassemblé une foule de lecteurs passionnés. Trouve-moi un bon roman, policier ou espionnage, et je t'en vends une centaine le premier jour, et moitié autant au cours de la semaine suivante.

— Fais-moi une proposition écrite.
— Tu l'auras demain, avant la fermeture.
— Bien, fit-il en picorant dans sa salade. Que dirais-tu de John Grisham ?

Enchantée de leur projet, elle leva sa flûte.

— Ne me fais pas marcher. Il ne fait pas de tournée, et ses livres sortent en février, pas en été. Et puis, il n'a pas besoin de nous.
— D'accord, c'était juste un test. Et Caroline Trump ?

Mia sourit.

— Excellent. J'ai lu ses trois premiers livres. Ce sont de bons suspenses avec du sentiment. Son éditeur la met bien en valeur et il va la publier en collection reliée en juillet... Tu peux m'avoir Caroline Trump ? ajouta-t-elle en le scrutant.
— Fais-moi ta proposition.

Elle se renversa contre sa chaise.

— Je t'ai mal jugé. Je pensais que les affaires n'étaient qu'un prétexte pour m'attirer ici et me séduire. Je n'imaginais pas que tu avais en tête un véritable projet professionnel.
— Si je n'en avais pas eu, j'aurais quand même trouvé un moyen pour te faire venir, dit-il en lui caressant le dos de la main. Ne serait-ce que pour te contempler pendant une heure ou deux.
— Et moi qui pensais que tu allais me rappeler à un moment quelconque de la conversation que tu avais un certain nombre de chambres à disposition.
— J'y ai songé... Mais cela ne t'aurait pas rendue heureuse, ajouta-t-il en la citant.

Elle soupira.

— Oh, que j'aimerais savoir si tu es sincère, ou seulement très malin !
— Mia...
— Non. J'ignore ce qu'il y a entre nous, et ce n'est pas faute d'avoir essayé de comprendre. Comment se

fait-il qu'en dépit de notre expérience, nous réussissons à nous persuader que tout irait bien si seulement nous connaissions l'avenir?

— Je ne sais pas. J'ai toujours été moins doué que toi pour lire l'avenir.

Elle tourna les yeux vers le tableau représentant les trois sœurs.

— La seule chose de sûre, c'est le passé. Je peux te promettre que je ne laisserai pas détruire ce que ces femmes ont bâti. Tout ce qui compte pour moi se trouve sur cette île. Je suis plus forte que lorsque tu es parti, mais moins que lorsque tout sera fini. Ça, c'est une certitude.

— Penses-tu que ma présence t'affaiblit?

— Si je le pensais, je ne serais pas ici en ce moment... J'étais prête à coucher avec toi, ajouta-t-elle en souriant comme on leur apportait les plats principaux.

Sam se frappa la poitrine du poing.

— Seigneur, qu'on appelle un médecin!

Elle rit à mi-voix.

— J'imagine d'ailleurs que je le ferai avant que nous en ayons terminé. Mais, puisque nous discutons si amicalement, sache que je tiens d'abord à te faire souffrir.

— S'il te plaît, revenons aux affaires avant que je ne me mette à gémir devant mon personnel.

— Très bien. Expose-moi tes autres projets concernant l'hôtel.

— Je veux que les gens qui en repartent se souviennent de leur séjour. J'ai passé six mois en Europe, il y a quelques années, à faire du tourisme et à visiter les hôtels, des plus grands aux plus petits. Le service est essentiel, évidemment, mais le sens du détail l'est tout autant. L'assortiment des couleurs, la finesse des draps. Pouvoir attraper le téléphone sans sortir de son lit. Commander un sandwich à 2 heures du matin. Faire nettoyer une cravate avant la réunion de l'après-midi.

— L'épaisseur des serviettes, ajouta Mia. La fermeté du matelas.

— Et tout et tout. Des fax dans les chambres et l'accès à Internet. Du champagne gratuit et un bouquet de roses pour les couples en voyage de noces. Un personnel qui accueille les clients par leurs noms. Je vais engager un maître d'étage, pour veiller au service des suites de luxe.

— Eh bien, dis donc...

— À son arrivée, chaque client aura droit à un cadeau. De la corbeille de fruits au caviar et au champagne, selon le prix de la chambre. Chaque pièce sera personnalisée et portera un nom, la chambre Rose ou la suite Trinité, etc.

— Ça, c'est une touche délicate, approuva-t-elle.

— Exactement. Nous avons une banque de données qui nous permettra de loger les habitués dans leur chambre préférée et, plus ils viendront, plus leurs cadeaux seront beaux. Et au club de gym... Qu'y a-t-il ?

— Rien, fit-elle sans pouvoir retenir un sourire. Continue.

— Non, dit-il en riant. Je me laisse emporter.

— Tu sais ce que tu veux, et comment l'obtenir. C'est très séduisant.

— J'ai mis le temps. Toi, tu l'as toujours su.

— Peut-être. Mais les désirs et les intentions changent.

— Parfois, elles reviennent à leur point de départ.

Il posa la main sur celle de Mia qui se libéra doucement.

— Et d'autres fois, elles changent, tout simplement.

Après le départ de Mia, il tenta de se remettre au travail mais, incapable de se concentrer, il décida de rentrer chez lui. Il ne parvint toutefois pas à trouver le repos.

Être avec elle tenait à la fois de la torture et du plaisir. Et contempler son visage lorsqu'elle devenait réceptive le fascinait. Le désir qu'il avait d'elle agissait comme une drogue dans son sang.

Il finit par se rhabiller et alla marcher dans le bois. Arrivé au cercle, il sentit vibrer sa magie, ainsi que celles de Nell et de Ripley.

Rassemblant ses forces, il pénétra dans le cercle et laissa leur pouvoir et le sien l'inonder entièrement.

— Que mes forces s'ajoutent aux vôtres. Le pouvoir partagé fortifie le lien.

La lumière s'accrut et des flammes jaillirent du sol, entourant le cercle.

— Pour gagner ton cœur, j'affronterai le feu et toutes les conspirations du destin. Par la terre et l'air, par le feu et l'eau, je soutiendrai la fille des Sœurs. Mais j'attendrai qu'elle vienne à moi afin que nous puissions bâtir notre destinée.

Inspirant profondément, il étendit les bras.

— Cette nuit, tandis que la lune vogue, elle est en sécurité dans ses rêves. Que vienne à moi celui qui se nourrit de douleur et de destruction. Sache que je me joins aux trois Sœurs. Montre-toi ! Je t'en défie.

La terre se mit à trembler et le vent à souffler. Mais les flammes continuèrent à monter, droites et pures.

Au-delà du cercle, un brouillard sombre s'éleva du sol et, lentement, prit la forme d'un loup. Une cicatrice en forme de pentagramme lui barrait le museau.

« Bien, songea Sam. Mettons les choses au point, tous les deux. »

— Toi qui cherches à prendre sa vie, écoute ce vœu ; grâce au pouvoir qui vit en moi, de ta main elle sera délivrée. J'emploierai tous les moyens, honnêtes ou répugnants, pour t'écraser.

Le loup fit le tour du cercle en grognant.

— Crois-tu que je te crains ? Tu n'es que fumée et pestilence.

Sam agita la main et les flammes baissèrent. Il les enjamba.

— Pouvoir contre pouvoir, murmura-t-il tandis que l'air se mettait à tourbillonner, sale et fétide.

Le loup bondit sur Sam qui chancela. Il sentit ses crocs se planter dans son épaule. Une douleur aiguë le transperça. Rassemblant ses forces, physiques et magiques, il repoussa la bête et tira de sa ceinture son poignard rituel.

— Finissons-en.

Lorsque le loup chargea à nouveau, Sam fit un pas de côté et lui déchira le flanc de la pointe de son arme. Un hurlement jaillit dans la nuit. Un filet de sang noir tomba sur le sol où il grésilla comme de l'huile brûlante. Et loup et brouillard s'évanouirent.

Sam examina la cicatrice toute fraîche sur la terre, puis sa lame noircie. Il passa ensuite la main sur son épaule.

Ainsi, ils avaient saigné tous les deux. Mais un seul avait hurlé et fui.

— J'ai remporté le premier round, murmura-t-il avant d'entreprendre de purifier la zone.

9

À 10 heures, le lendemain matin, Mia fignolait sa proposition de signatures d'écrivains. La veille, elle avait travaillé à ce projet jusqu'à minuit passé, histoire d'oublier sa frustration sexuelle.

Puis, afin d'attirer le succès, elle avait aspergé le brouillon de gingembre et de poussière de soucis. Une branche de romarin glissée sous son oreiller lui avait permis de chasser le désir qui la taraudait et de s'endormir.

Elle avait toujours su canaliser ses énergies pour se concentrer sur les tâches essentielles. Après avoir pleuré le départ de Sam, cette force l'avait aidée à achever ses études et à entrer dans le monde des affaires. Et dans la vie.

Elle avait cependant rêvé. De Sam, de leur liaison d'autrefois. De son retour. De ce qu'elle en espérait malgré elle. Au point qu'un sommeil agité l'avait fait se retourner vingt fois dans son lit et s'emberlificoter dans les draps.

Elle avait rêvé du loup marqué du pentagramme rôdant dans le bois. Hurlant sur la falaise. Elle l'avait entendu pousser un cri de douleur et de rage. Et dans son sommeil, elle avait psalmodié le nom de Sam.

Elle s'était réveillée à l'aube. Les rayons rasants du soleil promettaient une journée parfaite.

Ses premiers soins furent pour ses fleurs. Elle rendit grâce à la nature pour la beauté de son jardin et le don reçu de ses aïeules.

Puis elle se prépara du thé à la menthe, censé octroyer argent et chance, et le but sur sa falaise, face à la mer qui déferlait sur les rochers.

C'était là qu'elle se sentait le plus proche de son ancêtre, qu'elle percevait à la fois sa force et sa déchirante solitude.

Lorsqu'elle était très jeune, il lui était arrivé de contempler longuement la mer dans l'espoir d'apercevoir la tête lisse et brillante d'un silkie bouchonner sur les vagues. L'amant de Feu reviendrait et lui vouerait un amour éternel.

Elle n'y croyait plus, hélas! En revanche, elle avait appris que certaines pertes pouvaient vous briser, et réduire à néant votre esprit. Et que, pourtant, il était possible de recoller les morceaux. De continuer à vivre. De connaître sinon le bonheur, du moins un bien-être satisfaisant.

C'était sur cette falaise qu'elle avait juré de protéger ce qui lui avait été confié. Elle avait alors huit ans, et elle était très fière de ce qu'elle était. Et, chaque année, lors des nuits des solstices d'été et d'hiver, elle renouvelait ce vœu sur cette même falaise.

Alors qu'elle relisait sa proposition, à la recherche d'erreurs ou d'omissions, on frappa à la porte. Ripley entra sans attendre qu'elle réponde.

— Je suis occupée. Reviens plus tard.

— Il se passe de drôles de choses, annonça Ripley qui, n'étant pas femme à se laisser décourager par un accueil aussi peu chaleureux, se laissa tomber dans un fauteuil.

Contrariée, Mia leva les yeux et vit Nell, debout sur le seuil.

— Nell... Ce n'est pas ton jour de congé?

— Tu crois que je l'aurais traînée ici un jour de congé si ce n'était pas important? s'écria Ripley.

— Très bien. Entre, Nell, et ferme la porte, dit Mia en repoussant à contrecœur son travail. Tu as eu une vision ?

Ripley fit une grimace.

— J'essaye de ne pas en avoir, et ceci n'a rien à voir avec un truc de ce genre. En tout cas pas directement. Mac était au téléphone, ce matin, et, manifestement, il ne voulait pas que j'entende.

— Ripley, je ne peux pas me mêler de tes disputes conjugales pendant mes heures de travail.

— Il parlait avec Sam... Tiens, ça a l'air de t'intéresser.

— Il n'y a rien de surprenant à ce qu'ils se parlent.

Mia reprit sa feuille, relut les points principaux puis, renonçant à travailler, la reposa.

— Très bien. De quoi parlaient-ils ?

— Je ne sais pas exactement, mais ça m'a paru bizarre. Mac a paru très intéressé puis il a emporté le téléphone dehors, en feignant une grande désinvolture. Mais je sais bien que c'était pour que je n'entende pas.

— Comment sais-tu que c'était Sam au bout du fil ?

— Parce que je l'ai entendu dire : « Je passerai au cottage ce matin. »

— Oui, et alors ? Tu ne peux pas en venir au fait ?

— J'y arrive. Ensuite, il m'a bousculée pour que je parte au boulot, en essayant de cacher sa hâte. Un baiser, une caresse, et pousse-toi de là. Ce que j'ai fait en me promettant d'arriver au cottage avant lui. Mais il fallait d'abord que je passe au poste de police, où je suis tombée sur Zack en pleine conversation téléphonique. Il s'est interrompu au milieu d'une phrase et m'a dit bonjour en m'appelant par mon prénom.

Elle se renfrogna à ce souvenir.

— J'en ai déduit qu'il parlait à Mac ou à Sam. Après quoi, il m'a chargée d'un tas de petites tâches stupides destinées à me retenir au moins deux ou trois heures sur place. Là-dessus, il est sorti en prétextant des trucs à faire. J'ai attendu d'être certaine qu'il était bien parti, j'ai foncé jusqu'au cottage et sur quoi crois-tu que je suis tombée ?

— J'espère, dit Mia, que tu vas bientôt en venir au fait sans tout me détailler par le menu. Sur quoi es-tu donc tombée ?

— Sur la voiture de patrouille et la Rover de Mac, annonça Ripley. Du coup, j'ai couru chercher Nell, et puis toi, parce que, crois-moi, ils ne sont pas en train de jouer au poker ni de visionner un film cochon.

— Non, ils sont en train de combiner quelque chose sans nous, concéda Mia. Quelque chose de trop viril pour les trois petites bonnes femmes que nous sommes.

— Si c'est vrai, Zack va le regretter, intervint Nell.

— Le mieux est d'aller voir, décréta Mia en prenant les clefs de sa voiture. Je préviens Lulu et je vous suis.

Mac s'accroupit et passa son scanner portable au-dessus du sol.

— Il n'y a que de l'énergie positive, marmonna-t-il. Toute l'énergie négative a été soigneusement nettoyée. La prochaine fois, appelle-moi d'abord ; un échantillon m'aurait bien rendu service.

— Il était un peu tard pour procéder à des expériences scientifiques, répliqua Sam.

— Il n'est jamais trop tard pour la science. Tu peux me faire un croquis de ce que tu as vu ?

— Je suis incapable de dessiner quoi que ce soit, mais cela correspondait à la description de Mia. Un loup noir, de grande taille, avec le pentagramme sur le museau.

— Ç'a été une bonne idée de le marquer, l'hiver dernier, murmura Mac. Ça simplifie l'identification, et diminue son pouvoir.

— En tout cas, ce n'était pas un gentil petit chiot.

— Il a dû profiter d'un flux d'énergie supplémentaire, venant probablement de toi. Je parie que tu étais en colère ?

— Il y avait de quoi ! Ce salaud a essayé de balancer Mia du haut de la falaise. Qu'en penses-tu ?

— Je pense que le bouleversement émotionnel dont nous avons parlé l'autre soir est un élément primordial. Si tu voulais bien...

— Moi, ce que je pense, c'est que Sam devrait montrer son épaule à un toubib, intervint Zack. Et que, ceci fait, nous devrions arrêter de ressasser des théories et retrouver ce salaud. S'il a blessé Sam, il peut blesser n'importe qui d'autre. Je ne veux pas le voir en liberté sur mon île.

— Tu ne pourras pas le traquer et le descendre d'un coup de fusil comme un chien enragé, prévint Mac.

— En tout cas, je peux essayer.

— Il ne s'attaquera qu'aux personnes impliquées, dit Sam qui avait passé une grande partie de la nuit à réfléchir. En fait, je crois qu'il ne peut pas s'en prendre aux autres.

— Je suis d'accord, approuva Mac en se redressant. Il a besoin de se nourrir du pouvoir et des émotions de ceux qui sont liés au cercle originel.

— C'est le cas de nombreux habitants de l'île, même s'il s'agit d'un lien ancien et lâche, remarqua Zack.

— Oui, mais ceux-là ne l'intéressent pas.

— Mac a raison, déclara Sam. Le loup, ou quel que soit le mal qu'il incarne, n'a qu'un seul objectif, à présent, et il n'a plus de temps ni d'énergie à gaspiller. Sa magie est limitée, mais elle est rusée. Il s'est nourri des émotions de Ripley, puis des miennes. Cela ne se reproduira plus.

— Toi, si calme d'habitude, tu l'as provoqué, marmonna Zack.

— Ç'a marché. Je l'ai à peine blessé, et pourtant, il s'est enfui. S'il était revenu à l'assaut, j'aurais pu l'entraîner à l'intérieur du cercle et l'y faire prisonnier.

— Il ne t'est pas destiné, répliqua Mac.

— Je m'en contrefiche ! Il n'est pas question que j'attende tranquillement qu'il saute à la gorge de Mia ! Il faudra qu'il me tue d'abord. Mais ça n'arrivera pas. Elle peut faire tous les choix qu'elle veut, entre-temps, j'aurai arraché le cœur de cette ordure !

— Tu vois comme tu sais garder ton calme, commenta Zack.

— Fous-moi la paix !

Mac s'interposa entre les deux hommes et leur tapota l'épaule.

— Essayons de garder la tête froide.

— Quel charmant spectacle ! s'écria Mia d'une voix suave. Les gentils garçons sont allés jouer dans le bois.

— Merde, grommela Zack en croisant le regard irrité de sa femme.

Coinçant les pouces dans sa ceinture, Ripley se planta devant Mac.

— Tu as quelque chose à me raconter ?

— Ne les harcèle pas, c'est moi qui leur ai demandé de venir, lança Sam.

— Oh, ne t'en fais pas, ton tour va venir ! promit Ripley. Mais il y a un ordre à respecter.

Mia fit quelques pas et s'arrêta net.

— Que s'est-il passé, ici ?

— Tu peux aussi bien cracher le morceau, dit Zack à l'adresse de Sam. Crois-moi, j'ai déjà eu affaire à ces trois-là. Inutile de résister.

— Rentrons à l'intérieur et...

— Que s'est-il passé ici ? insista Mia en posant la paume sur la poitrine de Sam pour l'empêcher de la contourner.

— Je suis allé me promener.

Elle baissa les yeux et fixa le sol.

— Tu t'es servi du cercle.

— Il était là.

Qu'il ait utilisé quelque chose leur appartenant rendait indiscutable son lien avec Nell, Ripley et elle-même, et cela lui déplaisait.

— D'accord. Et que s'est-il passé ?
— Je suis tombé sur ton loup démon sorti de l'enfer.
— Tu...

Elle s'interrompit. La peur lui nouait les tripes. Faisant appel à toute sa volonté, elle la refoula. Mais ce fut la colère qui lui succéda.

— Tu l'as provoqué ! Tu es sorti au milieu de la nuit et tu as joué les tueurs à gages !
— Je me voyais plutôt en cow-boy chevaleresque.
— Pour toi, ce n'est qu'une plaisanterie, *une plaisanterie* ? rugit Mia. Tu invoques ce qui m'est destiné ? Tu te dresses devant moi, en espérant que je reste à l'écart en me tordant les mains d'impuissance ?
— Je ferais tout pour...
— Tu n'es ni mon bouclier ni mon sauveur. Mon pouvoir n'est pas moins grand que le tien.

Elle le repoussa et poursuivit :
— Je ne tolérerai pas d'ingérence de ta part. Tu te mêles de ce qui ne te regarde pas afin de te sentir un héros et...
— Calme-toi, Mia, fit Zack.

Le regard acéré de Mia le transperça. Reconnaissant l'expression d'une femme prête à arracher de ses dents le cœur d'un homme, il leva les mains, paumes en avant, et s'écarta.

Après tout, Sam était assez grand pour se défendre tout seul.

— Tu crois que j'ai besoin de ton aide ? reprit-elle en martelant la poitrine de Sam de l'index.
— Arrête de me taper dessus.
— Tu crois que, parce que je n'ai pas de pénis, je ne suis pas capable de défendre ce qui m'appartient ? Alors, tu appelles tes stupides copains pour discuter de la façon de protéger les faibles femmes.

— Je ne l'ai jamais vue comme ça, chuchota Nell, fascinée.

— C'est rare, admit Ripley. Mais, quand ça arrive, c'est vraiment balaise.

Levant les yeux vers les nuages noirs qui s'amoncelaient au-dessus de leurs têtes, elle ajouta :

— Dis donc, elle est sacrément en rogne !

— Arrête ! fit Sam en agrippant la main de Mia. Si tu as fini ta crise...

— Espèce d'imbécile arrogant qui ose m'insulter... Je vais t'en donner, de la crise !

Elle le frappa de sa main libre. Son poing atterrit sur l'épaule de Sam qui grimaça de douleur.

— Que t'arrive-t-il ?

— Je viens de le raconter. Inutile de revenir là-dessus.

— Enlève ta chemise.

— Si tu veux clore notre querelle de cette façon, ce sera avec plaisir, fit-il avec un sourire résolument grivois. Mais nous ne sommes pas seuls.

Elle résolut la question en déchirant la chemise.

Les crocs avaient laissé leur empreinte sanglante. Nell émit un petit cri de détresse et fit un pas en avant.

— T'inquiète, murmura Ripley en la retenant. Elle va arranger ça.

— Tu es sorti du cercle, dit Mia dont la peur ressurgit. Tu t'es délibérément exposé à une attaque.

— C'était un test, expliqua Sam en remettant en place ce qui restait de sa chemise.

— Et ç'a marché.

Elle se détourna de lui et se planta devant Zack.

— Tu as oublié que c'est Nell qui a mis à genoux le psychopathe qui maintenait un couteau sur sa gorge ?

— Non, répondit Zack. Je ne risque pas de l'oublier.

— Et toi, dit-elle en s'adressant à Mac, tu t'es contenté de regarder Ripley guerroyer et triompher. C'est faux ?

— C'est vrai, admit-il en fourrant dans sa poche le détecteur d'énergie que la colère de Mia avait grillé. Aucun de nous ne vous sous-estime.

— Ah oui ?

Elle les fusilla du regard l'un après l'autre, puis s'approcha de Nell et de Ripley.

— Nous sommes les Trois.

Elle tendit les bras et l'extrémité de ses doigts se couronna de petites lumières étincelantes.

— Et notre pouvoir est bien supérieur à tout ce que vous pourriez manigancer, acheva-t-elle avant de tourner les talons et de s'éloigner à grandes enjambées.

— Eh bien, dites donc, souffla Mac.

— Ça, c'était une performance de premier ordre, commenta Ripley. C'est toi qui l'as mise dans cet état, Sam, alors à toi de l'apaiser. Si tu as été assez bête pour faire le zouave la nuit dernière, tu dois l'être assez pour la rattraper, même si elle te tire dessus à balles réelles.

— Je suppose que tu as raison.

Mia avait presque atteint la lisière du bois lorsqu'il la rejoignit.

— Attends une seconde, bon sang ! s'écria-t-il en lui saisissant le bras.

Un choc électrique lui brûla les doigts.

— Arrête !

— Ne me touche pas.

— Je vais faire beaucoup plus que te toucher, d'ici une minute.

Il la suivit jusqu'à sa voiture dont elle ouvrit brutalement la portière. Il la referma.

— Fiche le camp ne résoudra rien.

— Tu as raison. C'est ta solution habituelle.

Bien que touché au vif, il acquiesça.

— Tu viens tout juste de démontrer que tu étais beaucoup plus intelligente et plus mûre. Alors réglons ça loin des yeux de passants innocents. Allons faire un tour.

— Tu veux faire un tour ? Très bien, monte.

Elle rouvrit la portière et se glissa derrière le volant. Dès qu'il fut assis, elle démarra.

Tant qu'ils furent dans le village, elle roula à une allure raisonnable mais, à peine sur la route, elle enfonça l'accélérateur.

Elle avait besoin de vitesse, de vent, et de frôler le danger. Ces sensations l'aidaient à relâcher la pression et à se recentrer.

Les pneus crissaient dans les virages. Sentant la tension de Sam, elle accéléra encore. Un coup de volant fit vibrer la voiture qui s'accrocha à la chaussée en évitant de peu la glissière de sécurité.

Sam se racla la gorge. Elle lui jeta un regard glacial.

— Un problème ?
— Non.

Aucun problème, acheva-t-il en son for intérieur, à condition de trouver amusant de rouler à cent cinquante sur une route sinueuse bordée de précipices, avec une sorcière furieuse au volant.

La maison en pierre apparut. Sam la fixa, espérant vivre assez vieux pour y parvenir.

Lorsque Mia braqua dans l'allée, il lui fallut inspirer à fond plusieurs fois avant de remettre en service la totalité de ses poumons.

— Viens à l'intérieur, ordonna-t-elle. Il faut soigner cette blessure.

Bien que confier sa chair à ses mains en ce moment précis ne lui parût pas très raisonnable, il la suivit.

— Quel site splendide !
— Le baratin ne m'intéresse pas.
— Alors, n'y réponds pas, suggéra-t-il.

Il entra derrière elle. Les couleurs étaient riches, les boiseries cirées, et l'atmosphère chaleureuse.

Mia se dirigea directement vers la cuisine, tandis que Sam s'attardait un instant. Peut-être que cela leur donnerait le temps de se calmer.

Elle avait conservé le mobilier massif de ses ancêtres mais y avait ajouté des tissus riches et moelleux. Des tapis qu'il ne reconnaissait pas avaient dû être exhumés du grenier quand la maison était devenue la propriété de Mia.

Il y avait abondance de fleurs et de chandelles, ainsi que des bols remplis de cailloux colorés, de morceaux de cristal et de figurines étranges. Et des livres. Chacune des pièces qu'il traversait en regorgeait.

Lorsqu'il entra dans la cuisine, Mia sortait des pots d'un placard. Il remarqua les écheveaux d'herbes qui séchaient et, à côté de la porte, un très vieux balai suspendu à côté d'une demi-douzaine d'autres, tout neufs.

— Tu as apporté pas mal de changements dans la maison, dit-il en pianotant sur le plan de travail.

— Oui. Assieds-toi et enlève ta chemise.

Au lieu d'obtempérer, il se planta devant la fenêtre et observa le jardin.

— On dirait une illustration de conte de fées.

— J'aime beaucoup les fleurs. Assieds-toi, s'il te plaît. Nous avons tous les deux des tas de choses à faire. Montre-moi ta blessure.

— Je me suis débrouillé comme j'ai pu hier. Il faut juste que ça cicatrise.

Elle attendit en silence, un pot couleur coquelicot à la main.

— Bon, d'accord, soupira-t-il. J'espère que tu vas déchirer ton jupon pour me faire un pansement.

Il se débarrassa des lambeaux de sa chemise et s'assit.

À la vue de la plaie, l'estomac de Mia se noua.

— Qu'as-tu mis dessus ? s'enquit-elle en se penchant pour renifler. De l'ail. Normal.

— J'ai fait ce qu'il fallait.

Il se serait coupé la langue plutôt que d'admettre que son épaule lui faisait un mal de chien.

— Apparemment pas. Ne bouge pas, détends-toi. J'ai promis de te faire souffrir, mais j'attendrai la guérison de ce truc. Ouvre-toi.

Il obéit et sentit la magie de Mia s'introduire en lui tandis que ses doigts, imprégnés d'un baume apaisant, glissaient sur sa chair meurtrie.

Il vit apparaître son énergie, d'un rouge chaleureux dont le goût acidulé emplit sa bouche et le parfum capiteux l'enivra. Elle récita une incantation. Instinctivement, il tourna la tête et frotta sa joue contre le bras de Mia.

— Je te vois dans mon sommeil. J'entends ta voix dans ma tête, dit-il en gaélique, la langue de ses ancêtres. Même quand je suis avec toi, je souffre tant je t'aime.

Sentant sa magie le déserter, il s'efforça de la retenir. En vain. Il se retrouva assis sur sa chaise, clignant des yeux, désorienté.

— Chut, murmura-t-elle en lui caressant les cheveux. Attends un peu.

Le cerveau de Sam s'éclaircit enfin. Il serra les poings.

— Tu m'as hypnotisé, protesta-t-il. Tu n'avais pas le droit...

— Sinon, tu aurais souffert.

Se détournant, elle referma le pot avec soin. Soulager Sam avait ravivé sa propre douleur, et les paroles qu'il avait prononcées lui avaient serré le cœur.

— Tu n'es pas vraiment en position de me parler de droits. Je n'ai pas réussi à effacer totalement la cicatrice. C'est au-delà de mes moyens. Mais, d'ici peu, on n'y verra plus rien.

Il regarda son épaule. Les marques étaient à peine visibles, et la douleur avait disparu.

— Tu as fait d'immenses progrès, observa-t-il, abasourdi.

— J'ai passé beaucoup de temps à explorer et à affiner mon don, expliqua-t-elle en rangeant ses ingrédients. Bon, tu m'as mise en colère, j'ai besoin de prendre l'air.

Elle sortit, traversa le jardin et s'arrêta devant le bassin. Telles des flèches dorées, les poissons filèrent se cacher sous les feuilles des nénuphars. Entendant Sam approcher, elle croisa étroitement les bras sur sa poitrine.

— Allez, ne te gêne pas, dit-il. Mets-toi carrément en colère. Injurie-moi autant que tu veux. Mais ça ne changera rien. Cette histoire est aussi la mienne, Mia. Que ça te plaise ou non.

— Les impulsions et le machisme n'ont pas leur place ici. Que ça te plaise ou non.

— J'ai saisi une occasion, et j'ai pris un risque calculé.

Elle fit volte-face.

— C'est à moi de prendre des risques. Pas à toi.

— Quelle assurance ! Tu as toujours été sûre de toi et de ce que tu faisais. Tu ne t'es jamais dit qu'il existait peut-être d'autres façons de procéder ?

— Je ne remets pas en doute ce que je sais ici, rétorqua-t-elle en pressant le poing sur son ventre. Et là, ajouta-t-elle en désignant son cœur. Tu ne peux pas accomplir à ma place la tâche qui me revient. Et même si tu le pouvais, je ne le permettrais pas. C'est mon droit.

— C'est le mien aussi, riposta-t-il. Si j'avais pu en finir la nuit dernière, Mia, la malédiction serait définitivement annulée.

— Tu sais bien que non, répliqua-t-elle, soudain en proie à une grande lassitude.

Elle déambula entre deux rangées d'iris qui attendaient l'heure de fleurir.

— Modifier une chose risque de modifier l'ensemble, reprit-elle. Il y a des règles, Sam, qui sont le plus souvent justifiées.

— En ce qui concerne les règles, tu as toujours été plus vigilante que moi, reconnut-il avec une pointe d'amertume. Mais comment peux-tu espérer que je me tienne à l'écart ? Je vois bien que tu ne dors plus et que tu as perdu l'appétit. Tu luttes contre la peur, et cela me rend malade.

Elle s'était retournée et le contemplait. En cet instant, il lui rappelait le garçon dont le caractère passionné l'avait tant attirée jadis.

— Si je n'avais pas peur, je serais stupide, remarqua-t-elle. Et je ne suis pas stupide. Ne fais plus rien à mon insu. Ne provoque plus ce qui m'est destiné. Donne-moi ta parole.

— Je ne peux pas.

— Essayons d'être raisonnables.

— Non, dit-il en l'attirant brusquement à lui. Essayons plutôt autre chose.

Il l'embrassa avec ardeur. En soignant sa plaie, elle avait avivé ses sentiments, s'était introduite en lui, l'avait envahi puis l'avait déserté. Le vide en lui était insupportable. Il lui fallait le combler immédiatement.

Immobilisant les bras de Mia, il la dévorait avec une sorte de fureur d'où le cœur était absent. L'excitation et le plaisir qu'elle éprouva la choquèrent et lui firent honte.

— Je n'en peux plus, souffla-t-il en lâchant sa bouche pour couvrir son visage de baisers. Sois avec moi, ou maudis-moi, mais décide-toi. Maintenant.

Elle leva la tête et leurs regards se croisèrent.

— Et si je te demandais de partir ? De me lâcher et de t'en aller ?

— Ne fais pas ça, supplia-t-il en enfouissant les mains dans sa chevelure.

Elle avait cru vouloir le voir souffrir. Mais elle s'était trompée. C'était intolérable. Pour l'un comme pour l'autre.

— Alors, viens.

10

Ils eurent toutes les peines du monde à regagner la cuisine où, la porte refermée, ils se soudèrent à nouveau l'un à l'autre dans une étreinte brutale.

Oh! se livrer à nouveau aux caresses de ces mains à la fois étrangères et familières... Les inquiétudes et les doutes de Mia se volatilisèrent.

Écartant les lambeaux de la chemise de Sam, elle pétrit sa chair chaude et ferme. Affamée, elle le mordit en chuchotant de folles exigences tandis qu'ils quittaient la cuisine.

Ils heurtèrent la table de l'entrée et quelque chose tomba avec un tintement cristallin. Les pieds de Sam écrasèrent les ailes d'une statuette de fée.

Le souffle court, Mia promena les lèvres sur l'épaule de Sam. Ni l'un ni l'autre ne remarquèrent que les cicatrices avaient disparu.

— Caresse-moi, ne t'arrête pas, gémit-elle.

S'arrêter? Il lui eût été plus facile de mourir.

Ses mains tentaient vainement de se rassasier du corps de Mia, et lorsqu'elle trembla, une excitation primitive l'envahit.

Il lui caressa les cuisses, remonta plus haut. Sans ménagement, il arracha la fine barrière de soie qui s'opposait encore à ses explorations.

— J'en ai tant besoin, murmura-t-il en plongeant les doigts en elle.

Elle sursauta, se cambra et gémit.

— Encore, encore, encore.

Il l'embrassa à pleine bouche sans cesser de la caresser. Une série de spasmes la secouèrent. Elle était si brûlante et si douce et si merveilleusement humide.

Ils tentèrent de gravir l'escalier. À tâtons, il s'en prit sauvagement aux boutons qui fermaient le dos de la robe. Les fils cédèrent et la chair apparut.

— Je veux te voir.

La robe glissa à ses pieds, et demeura là où elle était. Arrivé sur le palier, il l'entraîna vers la droite.

— Non, non, dit-elle, sanglotant presque d'impatience tout en déboutonnant son jean. Par là.

L'agrafe de son soutien-gorge se brisa sous les doigts fébriles de Sam dont la bouche s'empara aussitôt de l'un de ses seins.

— S'il te plaît... Je t'en supplie...

Il la plaqua contre le mur, lui cloua les bras au-dessus de la tête pour mieux se repaître d'elle.

Les paupières closes, Mia savoura la volupté de la reddition. Vivante – jamais elle ne s'était sentie aussi vivante. Et, tandis que son cœur battait la chamade sous la bouche goulue de Sam, son corps réclamait désespérément plus.

Lorsqu'il lui empoigna les hanches, ses bras se nouèrent autour de lui, possessifs. Le lit n'était qu'à deux pas, mais il aurait tout aussi bien pu se trouver à des kilomètres. Les yeux verts de Sam plongèrent dans ceux de Mia. L'espace d'un instant, le monde cessa de tourner.

— Oui, murmura-t-elle. *Oui.*

D'une seule poussée, il entra en elle.

La course effrénée vers l'extase leur ôta souffle et raison tandis qu'ils s'accouplaient avec une violence délibérée. Elle lui griffa le dos et, leurs bouches unies dans un festin de fauves, ils guerroyèrent.

L'orgasme la balaya d'un coup, l'ébranla tout entière. Il la suivit de près.

En sueur, ils demeurèrent cramponnés l'un à l'autre, se soutenant l'un l'autre. Hors d'haleine, Sam appuya son front contre celui de Mia. Il avait l'impression d'avoir chuté du haut d'une montagne et atterri dans un bassin d'or fondu.

— J'ai la tête qui tourne, balbutia-t-elle.
— Moi aussi. Essayons d'aller jusqu'au lit.

Ils titubèrent jusqu'au lit à baldaquin et s'y affalèrent lourdement. Allongés sur le dos, immobiles, ils demeurèrent un moment silencieux.

Ce n'était pas du tout les retrouvailles délicates et romantiques dont il avait rêvé.

— J'étais un peu pressé, s'excusa-t-il.
— Ce n'est pas grave.
— Tu te souviens, je t'ai dit que tu avais pris un peu de poids ?
— Hum, marmonna-t-elle, méfiante.
— Eh bien, c'est super, déclara-t-il en lui frôlant un sein. Je veux dire : ça me plaît vraiment.
— Toi aussi, tu t'es un peu enrobé.

S'abandonnant à une douce béatitude, il examina le décor du ciel de lit : des étoiles et des fées sur fond de ciel nocturne.

— Tu as changé de chambre.
— Oui.
— Heureusement que je n'ai pas suivi mon impulsion, l'autre soir, et escaladé le treillis.

Aussitôt, Mia se remémora ces nuits d'autrefois où il la rejoignait de cette façon.

Elle laissa échapper un soupir. Il y avait bien longtemps qu'elle ne s'était pas sentie aussi détendue et délicieusement épuisée. Elle eut envie de se pelotonner comme un chat et de ronronner.

Encore un souvenir. Autrefois, après leurs ébats, ils se tournaient l'un vers l'autre, enchevêtraient bras et jambes, et sombraient dans le sommeil tels des chatons repus.

Époque révolue, songea-t-elle. Mais quant aux ébats, il n'y avait rien à regretter.

— Il faut que je retourne travailler, annonça-t-elle.
— Moi aussi.

Ils se regardèrent et échangèrent un sourire.

— Tu vois comme c'est intéressant d'être son propre patron ?

— Oui, répondit-il, sa bouche à un souffle de celle de Mia. Personne ne peut nous retenir une partie de notre salaire.

Ce qui n'impliquait pas l'impunité.

Un coup d'œil suffit à Lulu pour deviner ce qui s'était passé.

— Tu as couché avec lui.
— Lulu ! s'écria Mia en vérifiant que personne ne traînait dans les parages.
— Si tu crois que ça ne se voit pas, c'est que le sexe t'a ramolli le cerveau.
— Peu importe, je n'ai pas l'intention de discuter de ça ici.

La tête haute, elle se dirigea vers l'escalier. Gladys Macey l'intercepta avant la première marche.

— Bonjour, Mia. Tu es drôlement jolie, aujourd'hui.
— Bonjour, madame Macey.

Elle inclina la tête et jeta un coup d'œil aux livres que Gladys avait choisis.

— Vous me direz ce que vous pensez de celui-là, dit-elle en tapotant la couverture d'un best-seller. Je ne l'ai pas encore lu.

— Je n'y manquerai pas. J'ai entendu dire que tu avais dîné à l'hôtel, enchaîna Gladys avec un large sourire. Il paraît que Sam Logan s'est lancé dans de grands travaux. La cuisine y est toujours aussi bonne ?

— Oui, le dîner était excellent.

Étant donné la voix puissante de Lulu et l'ouïe fine de Gladys, le commentaire qui avait accueilli Mia avait été forcément entendu et assimilé.

— Vous aimeriez savoir si Sam et moi avons fait l'amour ? demanda-t-elle aimablement.

— Voyons, chérie, fit Gladys en tapotant affectueusement la joue de Mia. Ne te fâche pas. Du reste, il suffit de te regarder pour constater que tu irradies. C'est un beau garçon, en tout cas.

— Un emmerdeur ! marmonna Lulu.

— Oh, dis donc, Lu ! protesta Gladys dont, décidément, l'ouïe était exceptionnelle. Ce garçon n'a pas causé plus de problème que d'autres, et plutôt moins que certains.

— Les autres ne sont pas venus renifler autour de ma fille.

— Mais si, voyons, répliqua Gladys. Il n'y avait pas un seul garçon de l'île qui ne lui tournait pas autour. Le fait est que Sam a été le seul qu'elle ait daigné regarder. J'ai toujours trouvé qu'ils formaient un beau couple.

— Excusez-moi, intervint Mia en levant le doigt. Je voudrais vous rappeler à toutes les deux que ce garçon et cette fille sont à présent deux adultes.

— N'empêche que vous formez toujours un beau couple, insista Gladys.

Renonçant à discuter, Mia embrassa la vieille dame sur la joue.

— Vous avez un cœur d'artichaut.

« Et une langue agile », acheva-t-elle intérieurement tandis qu'elle regagnait son bureau. La nouvelle des retrouvailles de Sam Logan et de Mia Devlin allait se répandre comme une traînée de poudre.

Ne sachant qu'en penser et, surtout, comment l'empêcher, Mia relégua le problème dans un coin de sa tête et se remit au travail.

À 4 heures, ignorant les regards curieux, elle traversa la rue, déposa le texte définitif à la réception de l'hôtel, à l'attention de M. Logan, et ressortit aussi vite qu'elle était entrée.

Puis elle s'enferma dans l'arrière-boutique et procéda à l'inventaire du stock. Le solstice amenait toujours un flot de touristes. Autant être prête à les recevoir.

Armée de la liste des ouvrages à commander, elle se leva. Et se rassit aussitôt, prise de vertige. Quelle idiote ! Elle n'avait mangé en tout et pour tout que la moitié d'un muffin. Un bol de soupe lui ferait du bien. Elle se levait à nouveau lorsqu'une image s'insinua dans son cerveau.

Evan Remington se tenait debout devant une fenêtre obstruée de barreaux. Il souriait, mais son regard était aussi vide que celui d'une poupée. Puis, comme il tournait lentement la tête, ses yeux se mirent à rougeoyer d'une lueur inhumaine.

Faisant appel à toute sa volonté, elle se retint de s'enfuir et s'efforça de demeurer sereine. L'image s'estompa. Mia quitta la pièce.

— J'ai une course à faire, lança-t-elle à Lulu en passant devant la caisse. Je rentre dès que possible.

— Tu ne tiens pas en place, marmonna Lulu.

En route, Mia dut s'arrêter trois fois pour échanger quelques mots avec des connaissances. Les rues grouillaient déjà de touristes qui déambulaient, achetaient des souvenirs, cherchaient le meilleur endroit pour pique-niquer ou prendre des photos. Le soir venu, ils rempliraient les restaurants ou regagneraient leurs locations pour cuisiner les poissons achetés sur le quai.

Les boutiques proposaient les soldes de printemps et la pizzeria offrait deux pizzas pour le prix d'une. Pete Stahr passa dans sa camionnette, son chien bien-aimé bien droit sur le siège du passager.

Sur le trottoir d'en face, Dennis, le jeune cousin de Ripley, dévalait la rue sur sa planche à roulettes, son maillot des Red Socks flottant tel un drapeau autour de son corps fluet.

Tout était si paisible et charmant. Mia se jura de faire tout ce qui était en son pouvoir pour que cela dure.

Lorsqu'elle pénétra dans le poste de police, Zack était assis à son bureau.

— Écoute, Mia, s'écria-t-il en bondissant sur ses pieds.

— Je ne suis pas venue te faire la leçon.

— Ouf! Nell s'en est déjà chargée. Sache que nous n'avions aucunement l'intention d'agir à votre insu. Nous nous contentions d'étudier la situation. C'est mon boulot de régler les problèmes de l'île.

— On parlera de ça plus tard. Tu peux vérifier où se trouve Evan Remington?

— Vérifier *quoi*?

— Vérifier qu'il est bien là où il est censé être, quel traitement on lui administre et comment il s'est comporté ces derniers temps.

Vu l'expression de Mia, Zack comprit qu'il valait mieux répondre d'abord, et poser des questions ensuite.

— Eh bien, je peux te dire qu'il est toujours sous les verrous et qu'il n'est pas près d'en sortir. Je connais deux personnes là-bas, que j'appelle régulièrement. Mais, pour obtenir des renseignements médicaux, il me faudrait un mandat. Quel est le problème?

— Il fait toujours partie de notre histoire, cellule capitonnée ou pas.

En deux enjambées, Zack fut près d'elle. Il lui agrippa le bras.

— Nell court un danger?

— Non.

Que ressentait-on lorsqu'on était aimé aussi profondément? se demanda-t-elle. Autrefois, elle croyait le savoir.

— Pas directement. Pas comme l'autre fois. Mais on se sert de Remington. Peut-être l'ignore-t-il. Où est Ripley?

— En patrouille, dit-il la lâchant. C'est elle qui est en danger?

— Non. Mais j'ai besoin de lui parler, ainsi qu'à Nell. Tu peux leur demander de passer chez moi ce soir ? Vers 7 heures.

— C'est toi qui es dans le collimateur, cette fois-ci, fit-il en posant la main sur l'épaule de Mia.

— J'ai la situation bien en main.

Certitude capitale : les doutes et la peur ne pouvaient qu'amoindrir son pouvoir, au moment où elle en avait le plus besoin.

La vision avait surgi sans qu'elle la sollicite, profitant d'une faiblesse physique passagère. C'était à prendre très au sérieux.

L'instant étant grave, elle se prépara avec soin. Grâce à ce qu'elle avait vécu ce jour-là, colère, jeûne et amour, son corps s'était débarrassé des frustrations physiques et psychologiques ; elle n'en serait que plus forte.

Elle parfuma son bain rituel : la rose pour amplifier son pouvoir de divination, l'œillet pour accroître la protection, l'iris pour l'aider à comprendre ce qu'elle percevrait.

Puis, à la lumière des chandelles, elle se lava le corps et les cheveux, s'enduisit de crèmes de sa fabrication et enfila une longue robe blanche.

L'étape suivante consistait à choisir ses bijoux : une agate qui la protégerait durant son voyage, une améthyste pour améliorer la vue de son troisième œil et des boucles d'oreilles en malachite afin d'affiner son ouïe.

Après quoi, elle rassembla ses instruments : sa baguette sertie d'une pierre de lune, des bâtons d'encens, des chandelles, des coupes remplies de cristaux et un pot de sel de mer. Et, à titre de précaution, un breuvage tonifiant pour se restaurer au retour.

Enfin prête, elle gagna le jardin pour y attendre ses sœurs.

Celles-ci la trouvèrent assise sur un banc de pierre, à côté d'un parterre d'ancolies qui dodelinaient de la tête.

— J'ai besoin de votre aide, annonça Mia. Je vais tout vous raconter pendant que nous nous rendrons à la clairière.

— Ce n'est pas à toi de faire ça, protesta Ripley. Un vol te rendra trop vulnérable.
— C'est la raison pour laquelle j'ai besoin du cercle, riposta Mia.
— Je vais y aller, proposa Nell. C'est avec moi qu'Evan est connecté le plus étroitement.
— C'est justement pour cette raison que ce n'est pas à toi de le faire, déclara Ripley. Laissez-moi y aller. Je l'ai déjà fait, je peux recommencer.
— Tu as volé sans préparation, sans protection, et tu es revenue dans un sale état, rappelle-toi, dit Mia. La vision m'est venue sans que je la suscite. C'est donc à moi d'agir, et je m'y suis bien préparée. Tu n'as pas encore acquis assez de maîtrise, ajouta-t-elle à l'adresse de Ripley. Et toi, Nell, tu manques d'expérience. En outre, cette épreuve est la mienne. Ne perdons pas de temps.
— Je n'aime pas ça, surtout après ce qui est arrivé à Sam, grommela Ripley.
— Contrairement à certains hommes, l'héroïsme ne me tente pas. Mon corps restera à l'intérieur du cercle.
Elle posa son sac et entreprit de tracer le cercle, tandis que Nell allumait les chandelles.
— Dis-moi ce que je dois faire en cas de problème, demanda celle-ci.
— Tout ira bien, assura Mia. Mais, au cas où, tu me rappelles. Ça suffira.
Levant les yeux, elle vit la lune effleurer la crête des arbres.
— C'est le moment.
Après s'être débarrassée de sa robe, elle confia sa nudité à la nuit, puis saisit les mains de ses sœurs.

— Ouvrez-vous, portes. Ouvrez-vous, fenêtres. Je cherche à voir, je cherche à m'envoler au-dessus de la mer. Mon esprit s'élève, mes sens s'épanouissent. Il est en mon pouvoir d'effectuer ce voyage aérien et de découvrir la vérité sans que cette découverte nuise à quiconque. Qu'il en soit ainsi, puisque je le veux.

Une délicieuse sensation d'apesanteur s'empara d'elle. Ce fut comme si elle sortait de son corps et prenait son envol.

Un tel don était précieux, mais la moindre négligence risquait de déchirer les liens ténus qui la rattachaient à la terre. Et elle n'était pas prête à troquer son existence terrestre pour le plaisir d'un vol magique.

La lumière des étoiles se reflétait sur la mer tels des débris de verre éparpillés sur du velours noir. Le chant d'une baleine jaillit des profondeurs et cette musique l'accompagna jusqu'à l'autre rive.

Elle y retrouva la vie : le bourdonnement de la circulation, le brouhaha des conversations, le parfum des arbres et l'odeur des repas qui cuisaient. Le cri outré d'un nouveau-né et le râle d'un mourant. Des âmes la frôlèrent en passant près d'elle. Elle s'écarta de leur lumière, et sonda l'obscurité.

Elle découvrit enfin la haine. Des couches épaisses de haine dont toutes ne provenaient pas d'Evan Remington. La sienne dégageait une odeur fétide qui lui souleva le cœur. Mais, curieusement, le personnel médical et les gardiens qui s'affairaient dans l'établissement ne semblaient pas la sentir.

Ignorant leurs voix et leurs pensées, elle se concentra sur Remington.

Il était enfermé dans une cellule qui ne ressemblait en rien au monde luxueux sur lequel il avait régné. Son aspect physique avait considérablement changé.

Ses cheveux se faisaient rares, son visage s'était épaissi et un fin réseau de rides sillonnait ses bajoues. Ce qu'il avait dissimulé durant des années sous une façade lisse et brillante apparaissait enfin au grand jour.

Vêtu d'un ample survêtement orange, il arpentait frénétiquement l'étroite cellule.

— Ils ne peuvent pas me garder ici. J'ai du travail. Je vais rater mon avion. Où est-elle, cette salope ?

Il se retourna et examina la pièce minuscule.

— Elle est encore en retard. Il va falloir que je la punisse. Elle ne me laisse pas le choix.

De l'extérieur, quelqu'un lui cria de la fermer, ce qui ne l'empêcha pas de reprendre sa ronde tout en fulminant.

— Elle ne comprend donc pas que j'ai du boulot ? Des responsabilités ? Elle ne va pas s'en tirer comme ça. Pour qui se prend-elle ? Une garce comme les autres. Ce sont toutes des garces.

Soudain, tel un pantin actionné d'en haut, il redressa brusquement la tête. Ses yeux rougeoyèrent.

— Ah, je te vois, sale sorcière ! Je te tuerai avant que tout ça soit fini.

Le pouvoir qui se dégageait de Remington lui fit l'effet d'un coup de poing dans l'estomac.

— Tu es pathétique, riposta-t-elle. Tu t'abrites dans la dépouille d'un fou. Je me suffis à moi-même.

— Ta mort sera lente et douloureuse. Ton agonie se prolongera suffisamment longtemps pour que tu assistes à l'anéantissement de ton univers bien-aimé.

— Nous t'avons déjà vaincu deux fois.

Sentant un autre coup la viser, elle parvint à le parer. Le lien qui la rattachait au cercle frémit lorsque la tête de Remington se transforma en celle d'un loup qui claquait des mâchoires.

— Et la troisième fois sera définitive, acheva-t-elle en reprenant son envol.

Le retour fut bref. Lorsqu'elle rentra dans son corps, Nell et Ripley se précipitèrent pour la soutenir.

— Tu es blessée ? s'écria Nell.

— Non.

— Tu es restée beaucoup trop longtemps, grommela Ripley.

— Le temps nécessaire.
— C'est toi qui le dis... Regarde, on a de la compagnie.

L'esprit encore confus, Mia aperçut Sam à l'extérieur du cercle. Son long manteau noir voletait dans la nuit.

— Ferme le cercle, avant que tu ne t'évanouisses, ordonna-t-il d'un ton autoritaire.
— Je sais ce que j'ai à faire.

Elle prit le breuvage tonifiant que Nell lui tendait et but longuement jusqu'à ce que son corps reprenne consistance et force.

— Ferme le cercle, répéta Sam. Sinon, j'y entre.

Mia rendit grâce pour le voyage sans accident et, avec l'aide de ses sœurs, ferma le cercle.

— Il continue à se servir de Remington, expliqua-t-elle tout en se rhabillant. Il l'a rempli de haine envers les femmes et leur pouvoir, et il en nourrit sa propre énergie. Il est puissant, mais pas invulnérable.

Elle se baissa pour ramasser son sac et chancela.

— Ça suffit, s'écria Sam en la prenant dans ses bras. Il faut qu'elle dorme, à présent. Je sais ce dont elle a besoin.

— Il a raison, laissons-les, dit Ripley à Nell tandis que Sam emportait Mia hors de la clairière.

— J'ai seulement besoin de recouvrer mon équilibre, protesta celle-ci, furieuse. Et je n'y arriverai pas si tu me portes.

— À une époque, avoir besoin d'aide ne te portait pas à ce point sur les nerfs.

— Je n'ai pas besoin que tu...

Elle s'interrompit et posa la tête sur l'épaule de Sam.

— Excuse-moi.
— Oh, dis donc, ça ne doit pas aller fort.
— J'ai mal au cœur.
— Je sais, bébé. On va arranger ça. Tu as mal à la tête aussi ?

— Ça va. Je serais revenue en meilleur état, si je n'avais pas dû me dépêcher. Zut, Sam, ces vertiges, c'est...

Sa vue se brouilla et elle perdit connaissance.

Il lui passerait un savon plus tard, lorsqu'elle serait à même de se défendre, décida-t-il en la déposant sur son lit.

Elle était livide et semblait à peine respirer. Heureusement, il savait quoi faire.

Elle avait toujours été très organisée, se rappela-t-il tandis qu'il examinait les étagères de la chambre de la tour. Pour se rafraîchir la mémoire, il consulta un traité sur les charmes guérisseurs.

Puis il descendit à la cuisine, y rassembla les ingrédients nécessaires et prépara une infusion destinée à activer la purification spirituelle de Mia.

Elle dormait profondément quand il revint dans la chambre. Après avoir allumé les chandelles et l'encens, il s'assit et s'insinua dans l'esprit de Mia.

— Il faut que tu boives, ensuite, tu pourras te reposer.

Il lui caressa les joues et déposa un léger baiser sur ses lèvres. Elle souleva les paupières et le regarda sans le voir. Glissant la main sous sa nuque, il approcha la coupe de sa bouche.

— Bois et guéris dans ton sommeil. Tes rêves te conduiront au-delà des ténèbres, jusqu'à la lumière.

Il la reposa sur l'oreiller et écarta ses cheveux de son visage.

— Veux-tu que je t'accompagne ?
— Non. Je suis seule.
— Tu ne l'es pas, murmura-t-il en portant sa main à ses lèvres tandis qu'elle fermait les yeux. Je t'attendrai.

Elle s'éloigna et les rêves la happèrent.

Elle se vit.

Enfant, assise dans la roseraie mal entretenue, des papillons voletant au-dessus de ses mains comme si ses doigts étaient des pétales.

Dans la clairière où Ripley et elle allumaient le feu de Beltane.

Allongée devant la cheminée pendant que Lulu tricotait dans son fauteuil.

Marchant au côté de Sam, sur la plage, par une chaude nuit d'été avec, en bruit de fond, le martèlement sourd de son cœur. L'instant magique qui avait précédé leur premier baiser.

Pleurant lorsqu'il lui avait dit adieu.

— *Je ne reviendrai pas.*

Les visions se succédaient, l'entraînant dans une farandole vertigineuse. Elle revit le jour où elle avait appris à Nell à agiter l'air, puis celui où, s'emparant des mains de ses sœurs, elle avait eu la joie de reformer le cercle.

Le mariage de Nell déploya ses couleurs tendres, celui de Ripley étincela. Puis, ainsi que l'avait prévu la malédiction, elle se retrouva seule.

— Le destin propose, à nous de choisir.

À présent, elle se tenait sur la falaise avec celle dont le nom était Feu. Mia contempla le visage qui ressemblait tant au sien.

— Je ne regrette aucun des choix que j'ai faits, déclara-t-elle.

— Moi non plus.

— Mourir d'amour est un triste choix.

Celle qu'on appelait Feu haussa les sourcils avec arrogance.

— Pourtant, ce fut le mien. Si j'en avais fait un autre, ma fille, tu ne serais peut-être pas là en ce moment, tu ne serais peut-être pas celle que tu es. Je ne regrette rien. Pourras-tu en dire autant à la fin de ton temps ?

— Je chéris mon don et ne nuis à personne. Je vis ma vie, et je la vis bien.

— Comme moi jadis, répliqua Feu qui leva les bras. Nous maintenons ce lieu, mais le temps se fait court. Regarde.

Elle désigna les volutes de brouillard qui léchaient le pied de la falaise.

— Il désire ce qu'il ne peut obtenir, et ce qu'il ne peut obtenir finira par le vaincre.

— Que me reste-t-il à faire ? demanda Mia.

— Tout.

Sur cet ultime mot, Feu disparut.

Lulu dormait profondément. Elle n'avait pas conscience de ce sombre brouillard qui s'était amassé autour de sa maison et s'insinuait dans les fissures.

Le froid la fit se recroqueviller sous sa couette.

Un bébé se mit à pleurer. Aussitôt, Lulu se leva et sortit de la chambre.

— Ça va, ça va, j'arrive.

Dans son rêve, elle longeait le couloir de la maison des Devlin. Ce n'était pas l'herbe drue de sa pelouse qu'elle sentait sous ses pieds, mais le bois lisse du parquet.

Un loup noir la suivait à son insu.

Elle tendit la main, ouvrit une porte qui n'existait pas et prit la direction de la plage.

Le berceau était vide, et les pleurs du bébé s'étaient mués en hurlements de terreur.

— Mia, où es-tu ?

Elle s'élança et, croyant parcourir un labyrinthe de corridors, dévala High Street. Affolée, haletante, elle frappait aux portes closes, cherchant son bébé égaré.

Arrivée sur la plage, elle tomba et s'écorcha les doigts sur le sable qu'elle prit pour un tapis rugueux. Les joues sillonnées de larmes, elle se releva, courut en appelant l'enfant, et plongea dans la mer.

Une vague la repoussa. Elle s'obstina, fendit de nouveau les eaux et, alors même que celles-ci se refermaient sur elle, elle ne cessait d'entendre les vagissements déchirants.

Un poids lui écrasait la poitrine et un goût aigre lui emplissait la bouche. Elle eut un haut-le-cœur et vomit.

— Elle respire. Bravo, Lulu! Ça va aller.

Malgré le sel qui lui brûlait les yeux, elle reconnut Zack. Ses cheveux dégoulinaient et ses vêtements trempés lui collaient au corps.

— Que se passe-t-il? coassa-t-elle.

— Merci, Seigneur, murmura Nell qui, agenouillée près d'elle, lui prit la main.

— Elle est encore en état de choc, dit Ripley en la recouvrant d'une couverture.

— Tu parles d'un choc, marmonna Lulu.

Elle s'assit tant bien que mal et toussa si violemment qu'elle crut sa dernière heure arrivée. La quinte apaisée, elle jeta un regard circulaire aux visages qui l'entouraient. Nell sanglotait. Mac, dégoulinant, était accroupi à côté d'elle. Ripley et son frère tentaient de maintenir la couverture sur ses épaules.

— Où est Mia? demanda-t-elle.

— Chez elle, avec Sam, répondit Nell. En sécurité.

— Bien, fit-elle en respirant précautionneusement. Qu'est-ce que je fiche ici, trempée, au beau milieu de la nuit?

— Bonne question, fit Zack qui réfléchit un instant et choisit de lui dire la vérité. Nell s'est réveillée en sursaut avec la certitude que tu étais en danger.

— Moi aussi, intervint Ripley. Je venais de m'endormir quand je t'ai entendue dans ma tête. Tu pleurais et tu appelais Mia. Ensuite, une vision m'est tombée dessus: Nell sortait de chez elle et le brouillard montait.

— Et un chien noir te suivait, murmura Nell. J'ai eu peur de ne pas te rejoindre à temps.

— Je me suis jetée à l'eau? Bon sang de bois! grommela Lulu.

— C'est lui qui vous a poussée à le faire, expliqua Mac. Vous rappelez-vous comment il s'y est pris?

— J'ai eu un cauchemar et une crise de somnambulisme.

— Ramenons-la chez elle, au chaud, suggéra Nell.
— Pas encore, décréta Ripley. Son récit ne me suffit pas. Tu as bien failli te noyer, Lulu. Alors ne cherche pas à nous embobiner. Si Nell et moi n'avions pas eu de vision, c'est ton cadavre qu'on aurait retrouvé ce matin sur la plage. Tu dois la vie à mon frère et à mon homme. Zach a dû...

Sa voix se brisa, l'obligeant à s'interrompre.

— Ne pleure pas, supplia Lulu en lui secouant le bras. Une crise de somnambulisme, ça arrive à tout le monde. Pas de quoi en faire une montagne.

— Le loup noir vous a attirée ici, répéta Mac.

— En voilà des âneries ! Pourquoi, diable, ce truc ou cet animal pourrait bien vouloir me nuire ? Je n'ai aucun pouvoir.

— Si vous souffrez, Mia souffre, répondit Mac. Vous faites partie de l'histoire de cet endroit, Lulu. Que serait-il arrivé à l'île, aux enfants que les sœurs ont laissés derrière elles, sans nurse pour s'occuper d'eux ? Nous aurions dû y penser. Nous avons péché par négligence.

— Nous ne serons plus négligents, dit Nell en entourant les épaules de Lulu. Elle a froid. Il faut la ramener chez elle.

Lulu se laissa porter, dorloter, et même mettre au lit. Elle sentait bien qu'elle n'avait plus vingt ans. Mais elle n'était pas encore fichue.

— Je ne veux pas que Mia sache.

— Quoi ? s'écria Ripley. Frôler la noyade t'aurait-il lessivé le cerveau ?

— Pense à ce que ton homme a dit. Elle souffre de ce que je souffre. Toute inquiétude à mon sujet risque de la distraire.

Elle remit ses lunettes et se tourna vers Mac.

— Elle a besoin de toutes ses forces, de toute sa concentration pour venir à bout de son épreuve. Je me trompe ?

— Elle a besoin d'être forte, certes, mais...

— Alors, pourquoi l'inquiéter ? Après tout, cet incident avait peut-être pour but de la bouleverser afin de la rendre plus vulnérable. Tout s'est bien terminé. La mettre au courant ne servirait à rien.

— Elle pourrait te protéger, risqua Nell.

— Je suis capable de prendre soin de moi-même toute seule. Je l'ai toujours fait. En outre, je dispose de l'aide d'un bon shérif, d'un brillant savant et de deux sorcières.

— Elle a peut-être raison, murmura Ripley en se remémorant le visage livide de Mia au retour de son vol. Je propose qu'on se taise, pour le moment. Nell et moi entourerons la maison d'un cordon de protection.

— Bonne idée, approuva Lulu.

— Je peux installer un détecteur qui vous préviendra en cas de modification d'énergie, renchérit Mac.

— Le plan m'a l'air bon, dit Lulu. L'essentiel, c'est Mia. Rien ni personne ne se servira de moi pour lui nuire. J'en fais le serment.

11

Les chandelles étaient presque entièrement consumées lorsqu'elle se réveilla. La lumière était douce, et un parfum apaisant emplissait la pièce. Une main chaude pressait la sienne. Les années s'évanouirent et elle sentit son cœur se gonfler d'amour. Non, se dit-elle aussitôt. Cela appartient au passé.

— Tiens, bois ça, fit Sam en lui tendant une coupe.

Elle huma le liquide et hocha la tête.

— De l'hysope. C'est parfait.
— Comment te sens-tu ?
— Assez bien. Mieux que toi, sans doute. Tu n'avais pas besoin de me veiller toute la nuit.

Le chat, pelotonné contre elle, se glissa sous sa main pour quémander une caresse.

— Quelle heure est-il ?
— Le soleil se lève tout juste, dit-il en éteignant les chandelles. Tu n'as dormi que neuf heures. Tu devrais te rendormir.
— Non.

Elle s'assit et repoussa sa chevelure.

— Je suis bien réveillée. Et affamée.

Il aurait aimé s'allonger près d'elle. Et la tenir dans ses bras, tout simplement.

— Je vais te préparer quelque chose.
— Tu sais cuisiner ?

— Je devrais être capable de préparer des œufs et des tartines grillées, répondit-il en quittant la chambre d'un air digne.
— Il semble agacé, confia Mia à Isis.
Le chat agita sa queue, puis sauta du lit pour suivre Sam.

Il commença par le café dans l'espoir qu'une dose de caféine lui éclaircirait les idées et améliorerait son humeur. Les tendres sentiments et l'inquiétude qui l'avaient maintenu éveillé la nuit durant s'étaient mués en agacement à l'instant où Mia s'était réveillée et l'avait regardé.
Rien de plus normal. Un homme se défendait comme il pouvait.
Après avoir mis la cafetière électrique en marche, il fit couler l'eau froide et se passa la tête sous le jet. Il se cogna au robinet lorsque le chat vint se frotter à ses jambes, vit trente-six chandelles et lâcha un juron.
Lorsque Mia pénétra dans la cuisine, il se tenait au milieu d'une flaque d'eau et fusillait le chat du regard. Elle prit un torchon propre et le lui tendit.
— Tu peux utiliser la douche, si tu désires te mouiller un peu plus que le crâne.
Elle échangea un regard complice avec Isis et lui ouvrit la porte.
Sans un mot, Sam sortit une boîte d'œufs du réfrigérateur.
— Laisse, je vais m'en occuper, proposa Mia en décrochant une poêle.
— J'ai dit que je préparerais ces fichus œufs.
— Très bien.
Elle posa la poêle sur la cuisinière, puis sortit deux grandes tasses qu'elle remplit tout en se retenant de sourire. La première gorgée de café lui fit venir les larmes aux yeux.
— Bon sang, il est corsé ! De quoi réveiller un mort.

— Tu as d'autres sujets de plainte ? grommela Sam qui cassait un œuf contre le bord d'un bol.
— Non.
Bien décidée à se montrer tolérante, elle choisit de ne pas mentionner les morceaux de coquille qui étaient tombés dans le bol et alla ouvrir la porte de derrière.
— Il va pleuvoir, annonça-t-elle.
Pieds nus, elle sortit dans le jardin, laissant Sam bouder. Le vent agitait doucement les carillons. Il y avait sans cesse des surprises, constata-t-elle. Une fleur qui s'ouvrait, un bouton qui se formait. Ce mélange de continuité et de changement constituait l'un des charmes du jardin.
Elle jeta un coup d'œil dans la cuisine. Le garçon qu'elle avait aimé était devenu un homme qui lui préparait son petit-déjeuner. Continuité et changement, là encore, songea-t-elle avec un soupir.
Elle coupa un bouton de pivoine et, l'effleurant de la main, le fit s'épanouir avant de rentrer dans la maison.
Armé d'une spatule en bois, Sam observait les œufs qui carbonisaient docilement. Émue, elle s'approcha et éteignit le feu.
— Merci d'avoir veillé sur moi, souffla-t-elle en l'embrassant sur la joue.
— De rien.
Il appuya le front contre la porte vitrée du placard.
— Bon sang, Mia ! Pourquoi ne m'as-tu pas parlé de ce que tu projetais de faire ? Pourquoi ne m'as-tu pas appelé ?
— J'ai perdu l'habitude de t'appeler.
Il se crispa.
— Je n'ai pas dit cela pour te blesser, reprit-elle. C'est un fait. J'ai pris l'habitude de faire les choses à ma façon, et seule.
— Bien, bien, ronchonna-t-il en sortant bruyamment les assiettes du placard. Quand c'est toi, c'est parce que tu es habituée à te débrouiller seule. Et

quand c'est moi, tu appelles ça comploter dans ton dos.

— Tu as raison, admit-elle après réflexion. Cependant, toi, tu as empiété sur mon territoire, et tu as pris des risques.

— Ton territoire n'est pas exclusif. Et, toi aussi, tu as pris des risques.

— On peut en débattre, répliqua-t-elle en posant sur la table les tartines, froides au centre et brûlées sur les bords. Une chose est sûre : tu es meilleur sorcier que cuisinier.

— Tu es sacrément plus effrontée qu'autrefois, riposta-t-il. Et pourtant, tu l'étais déjà.

— J'étais et je suis sûre de moi, corrigea-t-elle. C'est *toi* qui étais effronté.

— Subtile distinction.

Il s'assit, versa une moitié des œufs dans l'assiette de Mia et l'autre dans la sienne. La pivoine rose reposait entre eux.

— Ils sont épouvantables, déclara-t-il après la première bouchée.

Elle goûta au mélange d'omelette brûlée et de coquilles écrasées.

— Oui, en effet.

Il lui sourit. Elle éclata de rire et continua à manger.

Prenant Mia au mot, il se doucha longuement. Le jet chaud détendit ses muscles raidis par la nuit de veille

Les œufs ratés et les tartines froides avaient été comme le signal d'une sorte de trêve. Peut-être fallait-il y voir le premier pas vers la renaissance de leur amitié.

Celle-ci lui avait manqué. Les silences paisibles, les rires partagés. Ils avaient été intimement liés longtemps avant de devenir amants. Comment lui expliquer que ce lien trop étroit avait été la cause de sa fuite ?

Elle ne l'avait pas interrogé à ce sujet, et il n'avait pas tenté de se justifier. Mieux valait attendre qu'ils redeviennent amis.

Il sursauta. Mia l'avait rejoint dans la douche et se pressait contre son dos.

— Tu partages ? murmura-t-elle en lui mordillant l'épaule.

Apparemment, le processus s'était inversé. L'amour précédait l'amitié.

Se retournant, il l'attira sous le jet.

— C'est trop chaud, protesta-t-elle.

— C'est ce dont j'avais besoin.

Elle attrapa une bouteille et répandit un liquide vert pâle sur leurs têtes.

— Attends ! Qu'est-ce que c'est ? Un truc de filles ?

Amusée, elle fit mousser ses cheveux. Une crinière noire, épaisse et indomptée, dans laquelle autrefois elle aimait à plonger les doigts.

— C'est mon mélange personnel. À base de romarin pour faire pousser les cheveux. Tu n'en as pas besoin, mais ça sent bon. Et tout le monde a le droit de sentir bon, même les hommes les plus virils.

— Il n'y a pas que du romarin, remarqua-t-il en frottant les cheveux de Mia.

— Il y a aussi du souci, des fleurs de tilleul et des capucines.

— C'est bien ce que je disais : un truc de filles.

La mousse dégoulinait sur leurs corps et les rendait glissants.

— Tu sens bon.

— Toi aussi, dit-elle juste avant qu'il ne la fasse taire d'un baiser.

Entourés de vapeur odorante, ils se lavèrent mutuellement en longues caresses paresseuses qui leur faisaient battre le cœur et suscitaient des rafales de gémissements sourds.

Leurs bouches avides ne cessaient de se prendre, de se perdre pour se rassasier ailleurs avant de se souder à nouveau. Il la fit pivoter et lui embrassa le dos tout en s'emparant de ses seins. Lorsque ses mains s'aventurèrent plus bas, elle leva les bras, les noua autour du cou de Sam. L'orgasme la foudroya presque instantanément.

— Maintenant, haleta-t-elle en se tournant face à lui. Comble-moi maintenant.

Il la pénétra avec une lenteur douloureuse. Lui agrippant les épaules, elle s'ouvrit à lui, s'abandonna totalement, tandis que leurs deux corps ondulaient en rythme.

Un rythme lent, destiné à prolonger le plaisir le plus possible. Lorsqu'il atteignit son point culminant, Mia pressa sa bouche contre celle de Sam, et la déferlante de la jouissance les emporta.

Ils terminèrent de nouveau sur le lit, allongés sur le dos.

— Apparemment, nous n'arrivons jamais jusqu'ici pour le premier round, commenta Sam.

— En tout cas, il va falloir retarder le deuxième pour aller gagner notre vie.

— Oui. J'ai un rendez-vous à 11 heures.

— Tu as le temps de dormir un peu, dit-elle. Je vais mettre le réveil à sonner pour 10 heures.

Il émit un vague grognement.

Et ne cilla même pas quand, une demi-heure plus tard, habillée et pomponnée, elle rabattit le drap sur lui.

Elle se tint un instant près du lit et le contempla.

— Comment t'es-tu débrouillé pour dormir dans mon lit ? se demanda-t-elle à voix haute. Suis-je faible, stupide, ou simplement humaine ?

Elle quitta la chambre sans avoir obtenu de réponse.

Nell bondit dès qu'elle franchit la porte.

— Tu vas bien ? Je m'inquiétais.

— Je vais très bien.

— Tu n'as pas l'air pire qu'avant, décréta Lulu après un examen attentif.

— J'ai tout raconté à Lu, expliqua Nell, bourrelée de remords à l'idée de ce qu'elle taisait à son amie. Je... Ça m'a paru nécessaire.

— Bien sûr. Il y a du café frais ? J'en meurs d'envie. Montons et je vous épargnerai l'effort de me tirer les vers du nez.

— Ripley et moi étions sur le point de te ramener lorsque tu es revenue. Tu étais blanche comme un linge, expliqua Nell en les précédant dans l'escalier. Cela faisait presque une heure que tu étais partie.

Elle se hâta de servir le café.

— Une heure ? s'étonna Mia. Je ne m'en suis pas rendu compte. Il est extrêmement rusé. Il a annihilé ma perception de la durée. Je n'étais pas préparée à rester aussi longtemps, ce qui explique ma grande faiblesse.

Elle avala une gorgée de café et reprit après réflexion :

— Au cas où il nous faudrait renouveler l'expérience, voilà quelque chose à ne pas oublier. Tu n'as pas l'air dans ton assiette, Lu. Tu es fatiguée ?

— J'ai regardé deux films avec Charles Bronson.

Nell fut la seule à rougir de ce mensonge.

— Le fils Logan s'est bien occupé de toi ? enchaîna Lulu.

— Oui. Le fils Logan s'est bien occupé de moi. Mais j'ai l'impression que toi, tu as attrapé un rhume.

La seule façon efficace de distraire sa fille étant de l'asticoter, Lulu reprit :

— Sa voiture n'était pas garée devant le cottage, ce matin.

— Normal. Elle était dans mon allée. Il est resté à mon chevet toute la nuit et m'a préparé un petit-déjeuner immangeable. Après quoi, je l'ai séduit sous la douche. Résultat, je suis en pleine forme et j'ai faim. Nell, donne-moi un muffin aux pommes, tu veux ?

— Il a vendu son appartement de New York, annonça Lulu.

— Vraiment ? s'écria Mia.

— C'est mon petit doigt qui me l'a dit. Il a signé hier et stocké toutes ses affaires dans un garde-meuble. Il semblerait qu'il n'ait pas l'intention d'y retourner de sitôt.

— En effet, admit Mia, décontenancée. Mais, aussi fascinant que ce soit, nous avons des sujets de préoccupation plus immédiats que l'endroit où Sam a entreposé les meubles de son salon.

— Il a vendu son appartement une fortune, à ce qu'il paraît.

— Eh bien, tant mieux pour lui. Revenons au problème Evan Remington. Il sera plus difficile à exorciser que Harding, qui n'était qu'un pion manipulé à son insu. Non seulement Remington accepte le démon qui l'habite, mais il s'en délecte.

— Et si j'allais le voir ? suggéra Nell.

Mia secoua la tête.

— Tu renforcerais son pouvoir maléfique. En outre, Zack m'en voudrait à mort. Cela pourrait nuire au bébé.

— Je n'essayerais pas de...

Nell ouvrit grand les yeux.

— Comment as-tu su, pour le bébé ? J'ai fait le test de grossesse ce matin ! J'ai rendez-vous chez le médecin cet après-midi, et Zack n'est pas encore au courant. Je voulais d'abord être sûre.

— Tu peux l'être. Je l'ai senti quand je t'ai pris la main. Une nouvelle vie. Oh, Nell, comme je suis heureuse !

— Je l'ai su dès sa conception. C'était comme si une petite lumière s'allumait en moi. J'avais peur d'y croire. Nous allons avoir un bébé !

Et soudain, les larmes roulèrent sur ses joues. Elle les essuya vivement et esquissa quelques pas de danse sur place.

— Nous allons avoir un bébé, répéta-t-elle. Il faut que je l'annonce à Zack.

— Vas-y tout de suite. Nous nous occuperons du café jusqu'à ton retour, n'est-ce pas, Lu ?

Celle-ci opina du chef et sortit un mouchoir de sa poche.

— J'ai des allergies, expliqua-t-elle d'une voix étranglée. Sauve-toi, Nell. Cours dire à ton homme qu'il va être papa.

Nell jeta les bras autour du cou de Lulu, puis autour de celui de Mia.

— Oh, j'ai hâte de voir sa tête ! Et celle de Ripley ! Je n'en ai pas pour longtemps.

Elle se rua vers l'escalier, se retourna, le visage rayonnant, et lança :

— Je vais avoir un bébé !

— À croire que personne ne s'est fait engrosser avant elle, grommela Lulu. Je suis bonne pour tricoter des chaussons... Il faut bien que quelqu'un assume le rôle de la grand-mère, ajouta-t-elle en haussant les épaules.

Glissant le bras autour de la taille de Lulu, Mia posa sa tête sur la sienne.

— Asseyons-nous une minute, et pleure un bon coup.

— Ouais. Bonne idée.

Mia tenait à ce que rien ne vienne gâcher cette joie. Ni un sortilège vieux de trois cents ans ni la gêne et la confusion que causait le début des travaux. Et sûrement pas cette petite pointe de jalousie qui la titillait.

Les bruits de marteaux et la palissade qui masquait la vue réduisaient la foule habituelle du déjeuner aux irréductibles. Tant mieux. Nell y gagnait des heures de repos forcé.

D'ici le solstice, le gros des travaux serait achevé et les clients pourraient dîner dehors.

Du trottoir d'en face, Mia examina le *Café Librairie*. Quand tout serait terminé, la terrasse se fondrait dans l'ensemble du bâtiment. Des paniers de fleurs seraient suspendus à chaque extrémité. La balustrade arrondie en fer forgé et les dalles étaient déjà commandées.

— Ça prend tournure, commenta Zack en s'arrêtant à côté de Mia.

— N'est-ce pas ? On va l'inaugurer dès la semaine du solstice et tout sera complètement terminé avant les congés du 4 juillet... Et, toi, papa shérif, comment ça va ?

— Ça ne pourrait aller mieux.

— Tu seras un bon père.

— Je m'y efforcerai.

— Tu en as toutes les qualités. Tu te rappelles quand nous étions enfants et que je venais chez vous ?

— Bien sûr. Quand tu ne venais pas, c'était Ripley qui courait chez toi.

— J'ai toujours aimé aller chez vous, observer ce qu'était une vraie famille. Parfois, je m'imaginais que c'était la mienne.

Comme il lui caressait les cheveux, elle inclina la tête contre son épaule et reprit :

— J'enviais l'attention que vous portaient vos parents. Et la fierté que vous leur inspiriez. Quand ta mère vous contemplait avec un sourire attendri, je devinais ce qu'elle pensait : « Regardez-moi ces enfants ! Est-ce qu'ils ne sont pas formidables ? Eh bien, ce sont les miens ! » Tes parents n'ont pas fait que vous aimer et veiller sur vous. Ils ont été heureux de vous avoir.

— Nous avons eu de la chance. Nous aussi, nous avons été heureux de les avoir pour parents.

— Je sais. Grâce à Lulu et à ma grand-mère, j'ai connu ça. Et c'est pourquoi l'indifférence de mes parents me laissait tellement perplexe. Aujourd'hui encore.

Ému, il l'embrassa sur les cheveux.

— Il m'est arrivé de t'envier, moi aussi, parce que tu pouvais plus facilement te tirer d'un mauvais pas.

Il n'y avait que Lulu pour te surveiller et te punir. Moi, j'avais deux personnes à qui rendre des comptes.

— Elle valait deux personnes à elle seule, répliqua Mia. Deux personnes rusées. Elle me laissait courir, et au moment où je croyais lui échapper, elle tirait sur la laisse d'un coup sec.

— Elle continue, d'ailleurs.

— Hé oui ! Bref, pour en revenir au sujet initial, tu seras un père formidable. C'est dans tes gènes.

— Il n'y a rien que je ne ferais pour protéger Nell et le bébé. Aussi, je te demande de ne rien projeter, à vous trois, qui soit susceptible de les mettre en danger.

— Je te le promets, Zack, murmura-t-elle en prenant son visage entre ses mains. Je jure de protéger son enfant comme si c'était le mien.

— Bien. À présent, il faut que je te demande encore autre chose. Aie confiance en moi.

— J'ai déjà confiance en toi.

— Non, fit-il en lui saisissant les poignets. Tu me fais confiance en ce qui concerne mes responsabilités envers l'île et ses habitants. Tu sais que je vous aiderai le moment venu. Pour tout ça, tu me fais confiance.

— Pour tout ça, et pour plus. Je t'aime.

Sam, qui tournait au coin de la rue, entendit les derniers mots. Ses tripes se nouèrent. Pas de jalousie – il savait ce qu'il en était –, mais il enviait Zack d'être capable d'obtenir de Mia une confiance aussi absolue.

Prenant sur lui, il afficha un sourire narquois.

— Espèce de goinfre ! s'exclama-t-il. Tu n'as pas déjà une femme ?

— Je crois que si, répondit Zack avant de déposer un léger baiser sur les lèvres de Mia. D'ailleurs, je m'apprêtais à aller la voir. J'ai été heureux de vous embrasser, mademoiselle Devlin.

— Moi de même, shérif Todd.

— Me voilà obligé de renchérir, déclara Sam qui la prit par les épaules, la fit volter, et s'empara avidement de sa bouche.

Trois passantes s'arrêtèrent, le temps d'applaudir.

— Je reconnais que c'était quelques crans au-dessus, avoua Mia. Mais il est vrai que tu as toujours eu l'esprit de compétition.

— Libère-toi une heure et suis-moi. Je te montrerai ce qu'est l'esprit de compétition.

— Voilà une proposition intéressante. Mais j'ai déjà utilisé ma pause déjeuner pour embrasser le shérif.

— J'avais l'intention d'examiner ta carte.

— D'accord, dit-elle en traversant la rue. La salade aux herbes et aux violettes remporte un grand succès.

Elle poussa la porte de la librairie et entra, suivie de Sam.

— Je ne mange pas de fleurs.

— Nell a sûrement des mets plus conformes aux goûts masculins à t'offrir. Un os bien charnu et encore sanguinolent, par exemple.

— On te demande au téléphone, cria Lulu tandis que Mia se dirigeait vers l'escalier.

— Je vais décrocher dans mon bureau… Tu connais le chemin du café, ajouta Mia à l'adresse de Sam.

Il commanda un sandwich au poulet et aux noix de cajou, et un thé glacé. Et alla regarder travailler les ouvriers.

Il les avait libérés pour quelques semaines, autant pour son propre bénéfice que pour celui de Mia. La saison avait commencé et les chambres déjà rénovées étaient toutes occupées. Après le 4 juillet, il ne les ferait travailler qu'à mi-temps afin de ne pas déranger ses clients pendant la soirée et les premières heures de la matinée.

Ce qui l'amènerait à septembre. Et, à ce moment-là, il aurait une petite idée de ce que lui réservait la vie.

Elle l'avait accueilli dans son lit, mais refusait de le rejoindre dans le sien. Elle parlait de leurs boulots respectifs, de l'île, de sorcellerie. Mais dix années de leurs vies demeuraient un sujet tabou.

À deux ou trois reprises, il avait tenté d'amener la conversation sur son séjour à New York, mais elle s'était fermée comme une huître, ou éloignée.

Bien que tous les habitants de l'île sachent qu'ils étaient amants, elle n'avait pas dîné avec lui en public depuis leur rendez-vous d'affaires. Lorsqu'il lui avait suggéré un dîner ou une soirée au théâtre sur le continent, elle avait écarté sa proposition avec dédain.

Le message était clair. Elle voulait bien coucher avec lui, profiter de sa compagnie de temps à autre, mais ils ne formaient pas un couple.

Combien d'hommes l'envieraient? Faire l'amour avec une femme superbe qui n'attendait – et ne souhaitait – rien d'autre. Ni promesses ni liens.

Mais lui voulait plus. Il avait toujours voulu plus que ce qu'il avait. Ce qui était à l'origine de son problème. Car il n'avait pas compris que ce plus, c'était Mia.

Lorsqu'elle le rejoignit et s'assit en face de lui, le cœur de Sam bondit.

— Mia...
— J'aurai Caroline Trump.

Elle but une longue gorgée de son thé glacé.

— Le deuxième samedi de juillet. Je viens d'avoir son attachée de presse au téléphone. Tu aurais dû m'entendre. Calme et professionnelle. Elle n'a pas pu se douter que je faisais la roue.

— Dans cette robe?
— Très drôle! Je sais que tu as pesé de tout ton poids dans la balance, ajouta-t-elle en lui prenant la main. Je te suis vraiment reconnaissante d'avoir vanté ma librairie.

— Ça, c'était la partie facile. La plus difficile te revient. Ne bousille pas tout.

— Sois tranquille. J'ai déjà une idée pour la pub. Quant au buffet, il faut que j'en parle avec Nell.

Elle se leva, puis se rassit.

— Tu as des projets pour le solstice?

Il la regarda droit dans les yeux et s'efforça de garder son calme. Ce qu'elle allait lui proposer n'était rien de moins que d'effectuer un pas de plus.
— Non, rien de particulier.
— À présent, si.

12

Mia ferma la porte derrière les derniers clients.
— Ouf! Quelle journée
— J'ai bien cru que ces traînards allaient coucher ici, dit Lulu.
Elle verrouilla la caisse puis ferma le sac contenant les espèces.
— Tu emportes cet argent ou je le dépose à la banque?
— Combien y a-t-il?
Sachant que Mia y prenait autant de plaisir qu'elle, Lulu rouvrit le sac et en sortit une liasse de billets.
— Les affaires marchent bien, on dirait, commenta Mia.
— La semaine du solstice attire toujours du monde. J'ai eu deux adolescentes qui voulaient voir la sorcière et acheter un philtre d'amour. Je leur ai dit que j'avais aussi une potion de beauté qui avait très bien marché sur moi. Ça les a fait fuir.
— Bravo! Il faut qu'elles apprennent à ne pas chercher des remèdes à la vie dans une bouteille.
— Remplis d'eau colorée des quantités de jolis flacons, et les clients se bousculeront. La potion de Mia, pour obtenir amour, beauté et prospérité.
— Quelle idée terrifiante! Comment se fait-il, Lu, que tu ne m'aies jamais demandé de charme pour

avoir de la chance, être aimée ou gagner une fortune ?

— Je me débrouille très bien sans, déclara Lulu en ramassant son énorme sac. De toute façon, je sais que tu veilles sur moi. Mais tu ferais mieux de veiller sur toi.

— Pourquoi dis-tu ça ? Je n'ai pas de problème.

— Sûr, tu as ta maison, et tu vis bien. Tu es belle et en bonne santé. Tu as des amis. Et tu peux être fière de ce que tu as fait de ta librairie.

— De ce que *nous* en avons fait, corrigea Mia.

— Bon, d'accord, je ne suis pas restée oisive, mais cette boutique t'appartient et elle est superbe.

Émue, Mia contourna la caisse et caressa le bras de Lulu.

— Que tu le penses me touche beaucoup.

— C'est un fait. Mais il y en a un autre, qui m'empêche de dormir parfois : tu n'es pas heureuse.

— Bien sûr que si.

— Non, tu ne l'es pas. Qui plus est, tu crois que tu ne le seras jamais. Si tu veux m'offrir un charme, eh bien, arrange ça. C'est tout ce que j'ai à dire. Maintenant, je vais aller me regarder une petite vidéo. *Cinquante-huit minutes pour vivre*. J'aime bien voir Bruce Willis distribuer des baffes.

Sur ce, Lulu sortit par la porte de derrière. Perturbée, Mia rassembla l'argent et les reçus de cartes bancaires, et déambula dans la libraire. C'était effectivement une belle boutique. Elle y avait consacré beaucoup d'énergie et d'imagination. De l'argent et de longues heures de travail.

Presque sept années de sa vie.

Et cet endroit la rendait heureuse. Suffisamment, en tout cas. Bien qu'elle se soit imaginée jadis menant une autre vie, avec un mari aimant et des enfants.

Mais c'était un rêve de jeune fille, et elle y avait renoncé.

Combien de gens étaient vraiment heureux ? N'était-ce pas aussi important d'être maître de sa vie et heureux dans son travail ?

Elle entendit, aussi clairement que des ongles grattant la vitre, l'obscurité se presser contre les fenêtres. Le ciel rougeoyait encore des dernières lueurs du couchant, mais les ténèbres l'entouraient, cherchant une faille dans sa volonté.

— Tu ne te serviras pas de moi comme instrument de destruction, dit-elle à haute voix. Tu n'es pas le bienvenu.

Elle tendit les bras, ouvrit les mains et appela la lumière. Des flaques dorées emplirent ses paumes et s'en écoulèrent, dissipant l'obscurité.

Satisfaite, elle rassembla ses affaires et monta vérifier l'état d'avancement des travaux. Les portes-fenêtres avaient été fixées quelques heures plus tôt. Elle en ouvrit une et sortit sur la terrasse.

La balustrade en fer forgé était charmante. Mia la secoua pour en éprouver la solidité.

De là où elle se tenait, elle apercevait la plage, et la mer au-delà. Le ciel s'assombrissant, le phare balayait la mer de son pinceau lumineux.

À ses pieds, High Street était encore animée. L'air était si pur qu'elle entendait des bribes de conversation et les cris excités des enfants sur la plage.

— S'il y avait un treillis, je pourrais grimper.

Elle baissa les yeux et le vit. Beau, et un peu mystérieux. Rien d'étonnant à ce que, jeune fille, elle soit tombée éperdument amoureuse de Sam Logan.

— Les lois de l'île interdisent formellement de pénétrer par escalade en dehors des heures ouvrables dans les établissements commerciaux.

— J'ai des relations avec les autorités locales, aussi j'aurais bien pris le risque. Mais pourquoi ne descendrais-tu pas ? Allez, viens, Mia. La nuit est magnifique.

À une époque, elle se serait précipitée pour le rejoindre. Elle se contenta de s'accouder à la balustrade.

— Je dois aller à la banque. Ensuite, je rentrerai chez moi. Une longue journée m'attend demain.

— Comment une femme aussi belle peut-elle être aussi vieux jeu ?

À cet instant, trois hommes passèrent à côté de lui. Sam attrapa le bras de l'un d'eux et désigna Mia.

— Vous ne trouvez pas qu'elle est superbe ? J'essaye de la draguer, mais elle ne veut pas coopérer.

— Pourquoi refusez-vous sa chance à ce gars ? cria le passant.

— Qu'il aille se faire voir ! Donnez-la-moi, cette chance, intervint un autre, la main théâtralement pressée sur le cœur. Je crois que je suis amoureux. Bonjour, belle rousse.

— Bonjour, vous.

— Marions-nous et partons pour Trinidad.

— Où est la bague ? lança-t-elle. Je ne pars pas à Trinidad sans un énorme diamant au doigt.

— Prête-moi dix mille dollars, que j'aille acheter un diamant pour Belle Rousse, dit l'homme à l'un de ses amis.

— Si j'avais dix sacs, c'est *moi* qui l'emmènerais à Trinidad.

— Regarde ce que tu as fait ! s'écria Sam en riant. Tu as ruiné une amitié. Tu ferais mieux de me rejoindre avant que mes nouveaux copains et moi n'en venions aux mains.

Amusée, elle rit, et retourna à l'intérieur.

Sam attendit. Lorsqu'il l'avait vue sur la terrasse, il avait eu l'impression de recevoir un coup de poignard. Dieu, qu'elle avait l'air triste ! Il était prêt à tout pour dissiper cette tristesse. À tout et à n'importe quoi pour percer le bouclier qu'elle dressait entre eux afin de lire dans ses pensées. Et dans son cœur.

La solution était peut-être, du moins pour ce soir, d'agir avec simplicité.

Elle sortit de la librairie et verrouilla la porte. Elle portait une longue robe imprimée de minuscules boutons de roses jaunes. Ses pieds étaient chaussés de sandales à semelles compensées.

— Où sont tes amis ? s'enquit-elle.
— Je les ai envoyés boire à mes frais au bar de l'hôtel. Toi, je te propose une glace.
— Pas maintenant. Il faut que j'aille glisser la recette dans la boîte de dépôts de la banque.
— Je t'accompagne.
— Que fais-tu là ? reprit-elle en se mettant en route. Tu travailles encore ?
— Non. Je suis rentré chez moi il y a une heure. Mais je me sentais énervé, alors je suis revenu.

Au moment où elle s'apprêtait à fermer. Tiens donc...

De l'autre côté de la rue, des gens vêtus de longues robes amples et couverts de chaînes argentées et de pendentifs en cristal s'étaient rassemblés.

— Des rivaux, commenta Sam.
— Ils sont inoffensifs.
— On pourrait déclencher un orage et inonder la rue. Ils auraient la trouille de leur vie.
— Arrête, fit-elle en sortant la clef de la boîte.
— Quel dommage qu'une sorcière aussi brillante que toi se laisse brider par les règlements !

Elle déposa son argent, prit le reçu et le glissa dans son sac.

— Je ne me souviens pas de t'avoir jamais vu t'intéresser aux règlements.
— Quand ils te concernent, je les étudie en profondeur.

Ce soir, visiblement, Sam avait choisi de faire l'idiot.

Et, après tout, pourquoi pas ?

Comme le groupe de fausses sorcières approchait d'un bac rempli de dahlias en boutons, elle agita la main et les fleurs s'ouvrirent tels des joyaux colorés.

L'effet fut immédiat : cris d'effroi autant que de plaisir, et même menace d'évanouissement.

— Maintenant, je veux bien la glace dont tu parlais.

Après la lui avoir offerte, il réussit à la convaincre d'aller la manger sur la plage. La lune était presque pleine. Elle le serait lors du week-end du solstice. Ce qui était promesse d'abondance et de fertilité.

— L'année dernière, j'étais en Irlande lors du solstice, dit-il. Dans le comté de Cork, il y a un endroit où des monolithes dessinent une sorte de cercle. Lorsque le jour le plus long de l'année s'achève, les pierres se mettent à chanter.

Elle laissa son regard errer sur la mer et songea à cette autre île, située à des milliers de kilomètres, et où Sam s'était rendu tandis qu'elle, sorcière solitaire, restait ici.

— Tu n'es jamais allée en Irlande ? reprit-il.
— Non.
— Il y a de la magie, là-bas, Mia. Le sol et l'air en sont imprégnés.
— Il y a de la magie partout, riposta-t-elle en se remettant à marcher.
— J'ai trouvé une crique, sur la côte ouest, avec une grotte presque entièrement dissimulée par un amas de rochers. Et j'ai compris que le silkie était venu là après l'avoir quittée.

Il attendit que Mia se tourne vers lui.

— Il a franchi ces milliers de kilomètres pour retrouver son propre sang. Je sais ce qu'on ressent, quand on est aspiré par une force de ce genre.
— C'est ce qui t'a amené en Irlande ? Toi aussi, tu as entendu cet appel ?
— C'est ce qui m'y a amené, et c'est ce qui m'a fait revenir ici. Lorsque tu auras accompli ta tâche, j'aimerais t'y emmener et te montrer cette grotte.
— Je n'ai pas besoin qu'on m'emmène où que ce soit.
— Alors, j'aimerais t'y accompagner.
— Tu apprends, vite, hein ? fit Mia. Peut-être irais-je un jour.

Tout en léchant sa glace, elle s'approcha des vagues.

— On verra si j'ai besoin de compagnie, reprit-elle. En tout cas, tu avais raison : c'est une belle nuit.

Rejetant la tête en arrière, elle inspira à fond, s'enivrant de l'air marin.
— Enlève ta robe.
— Pardon?
— Allons nous baigner.
Elle mordit un morceau de cornet.
— Ça va peut-être paraître chichiteux au citadin que tu es, mais, ici, il y a des lois qui interdisent les baignades nues en public.
— Des lois... serait-ce la même chose que des règlements?
Il examina la plage. Ils n'étaient pas seuls, mais il n'y avait pas foule.
— Ne me dis pas que tu es timide.
— Circonspecte, corrigea-t-elle.
— D'accord, nous allons préserver ta dignité.
Il écarta les bras et une bulle les engloba.
— Voilà, personne ne peut nous voir.
Sur ces mots, il tira lentement sur la fermeture Éclair de la robe de Mia. Visiblement, elle réfléchissait à la question tout en terminant le cornet de sa glace.
— Un bain au clair de lune est une façon sympathique de finir la soirée. Tu sais toujours nager?
— À peu près.
Elle ôta ses chaussures et laissa glisser sa robe à ses pieds. Ne gardant que son collier de perles d'ambre et ses bagues, elle s'élança dans les vagues.
Fendant les rouleaux, elle nagea vigoureusement, ravie de sentir l'eau glisser sur son corps nu. Oui, c'était exactement ce dont elle avait besoin: être libre, s'amuser.
Elle contourna une bouée puis, basculant sur le dos, se laissa dériver sous le ciel incrusté de joyaux. Sam la rejoignit.
— Tu as déjà battu Ripley à la nage? demanda-t-il.
— Non, et je le regrette. La jeter à l'eau, c'est comme tirer une balle, tant elle est rapide.

— Quand je traînais chez Zack, je vous observais toutes les deux dans la crique, en feignant de regarder ailleurs.

— C'est vrai ? Je ne m'en suis jamais rendu compte.

Se retrouver la tête sous l'eau ne la surprit pas. Elle s'y attendait. Pivotant comme une anguille, elle le tira par les chevilles, puis refit surface et rejeta ses cheveux en arrière.

Sam émergea et se mit à nager autour d'elle.

— Je me souviens du jour où j'ai réussi à t'entraîner dans un corps à corps dans l'eau. Tu portais un maillot bleu si échancré au-dessus des hanches qu'on croyait voir tes jambes descendre tout droit des oreilles. La petite marque de naissance en forme de pentagramme que tu as sur la cuisse me rendait fou. Tu avais quinze ans.

— Je me souviens du maillot. Je ne me rappelle pas que tu m'aies forcée à quoi que ce soit.

— Tu te baignais avec Ripley. Zack bricolait dans son bateau, un petit rafiot qu'on venait de lui offrir.

Quoi qu'elle prétende, elle se souvenait très bien de son émotion lorsque Sam avait surgi, mince et bronzé, portant en tout et pour tout un short et un petit sourire satisfait d'ado.

— Je me suis baigné un nombre incalculable de fois avec Ripley pendant que Zack bricolait dans son bateau. Et tu es venu un nombre de fois tout aussi incalculable.

— Ce jour-là, poursuivit Sam, j'ai pris mon temps. J'ai aidé Zack tout en réfléchissant à la meilleure façon de procéder. Bref, je l'ai persuadé de faire une pause, et nous avons plongé dans l'eau, histoire de vous éclabousser, Ripley et toi, et de vous mettre en colère. Résultat, tu es tombée tout droit dans mes mains futées.

Imitant Sam, Mia se mit à nager en dessinant des cercles. Elle avait toujours apprécié les rares moments où il était d'humeur folâtre.

— Ta mémoire défaillante t'incite à te vanter.

— En ce qui concerne cette histoire, ma mémoire est claire comme de l'eau de roche. J'ai poussé Zack à défier Ripley à la course. Et j'ai fait de même avec toi.

— Ah, oui, je me rappelle vaguement un truc de ce genre.

En réalité, elle s'en souvenait parfaitement. Elle revoyait Sam la dévorer du regard. Elle se souvenait aussi du désir violent qui s'était emparé d'elle.

— Je me suis retenu et je ne t'ai battue que d'une brasse.

— Tu t'es retenu ? Tu parles, se moqua-t-elle, les yeux rivés sur les étoiles.

— Si, si. Tu as prétendu que je ne t'avais battue que d'un cheveu et j'ai affirmé que je t'avais écrasée. Tu t'es vexée, et je t'ai plongé la tête sous l'eau.

— Plus exactement, j'ai protesté contre ce déni de justice et tu m'as enfoncé la tête sous l'eau, rectifia-t-elle.

— Et, comme prévu, tu as riposté en m'agrippant les genoux pour me tirer au fond. S'est ensuivie une courte lutte qui m'a permis de mettre enfin les mains sur ton splendide petit derrière. Pour moi, ç'a été un sacré moment. Et puis, tu as gloussé nerveusement.

— Jamais de ma vie je n'ai gloussé nerveusement !

— Si, si. Tu as gloussé et tu t'es tortillée, si bien que j'ai cru que j'allais exploser tellement j'étais excité.

Elle se laissa paresseusement flotter à plat dos.

— Que tu es bête, mais bête ! Quand un garçon se bat à moitié nu avec une fille, elle découvre forcément l'endroit où se sont rassemblées les cellules de son cerveau.

— Tu avais quinze ans. Qu'en savais-tu ?

Mia arbora un petit sourire supérieur.

— J'en savais suffisamment pour frétiller jusqu'à ce que j'obtienne un résultat satisfaisant.

— Tu l'as fait exprès ?
— Bien sûr. Ensuite, Ripley et moi en avons longuement discuté.
— J'espère que c'est un mensonge, s'écria-t-il en agrippant une poignée de cheveux roux.
— Ça nous a fascinées et amusées. Et, si ça peut apaiser ton ego, je terminerai en t'avouant qu'ensuite, j'ai fait des rêves érotiques pendant une semaine.

Il la tira par les cheveux jusqu'à ce que leurs corps se heurtent doucement.

— Moi aussi, murmura-t-il en glissant deux doigts entre ses seins. Je parie que j'arrive encore à te faire glousser nerveusement.

Avant qu'elle puisse s'échapper, il l'enlaça et la chatouilla.

— Arrête, supplia-t-elle, à demi aveuglée par ses cheveux.
— Glousse, insista-t-il. Frétille et gigote.
— Espèce d'imbécile !

En dépit de ses efforts, le rire idiot qu'il réclamait lui échappa et ricocha sur la crête des vagues. Elle parvint à agripper les cheveux de Sam et à tirer dessus d'un coup sec. Il se jeta sur elle et la fit basculer dans la mer. Ils roulèrent ensemble dans les vagues. Sam semblait doté d'une douzaine de mains.

— Maudite pieuvre, balbutia-t-elle.
— Tu te tortilles sacrément bien. Et ça marche toujours. Mais, cette fois-ci, ajouta-t-il en l'empoignant par les hanches, pourquoi se contenter de rêves ?

Et il plongea en elle.

Ils rentrèrent chez elle et, tels des enfants affamés, se goinfrèrent d'un reste de pâtes froides. Avant de s'offrir un autre festin, charnel celui-là.

Bras et jambes emmêlés à ceux de Sam, elle rêva qu'elle flottait sur l'eau tandis qu'une lune placide dérivait au-dessus de sa tête. Au loin, la silhouette de l'île émergeait de la mer et le rayon lumineux du phare trouait l'obscurité.

Soudain, les étoiles explosèrent en éclairs qui fondirent sur l'île. La mer se souleva en vagues furieuses qui l'entraînaient au large.

Elle se débattit et tenta de traverser le brouillard qui se dressait devant le rivage tandis que la houle la repoussait.

Un rugissement se fit entendre, suivi de cris d'effroi qui lui lacérèrent le cœur. Elle tenta de faire appel au feu qui était en elle. En vain. L'île bascula dans la mer, et elle avec.

Elle se réveilla, recroquevillée au bord du lit. Tremblant de tous ses membres, elle se leva et alla jusqu'à la fenêtre contempler son jardin et le pinceau lumineux du phare qui balayait la mer à un rythme immuable.

Allait-on en arriver là ? Ses efforts s'avéreraient-ils insuffisants ?

Un hurlement triomphal déchira le silence. Le loup la guettait. Elle sortit sur le balcon.

— Je suis feu, dit-elle doucement. Et ce que j'ai en moi te chassera.

— Mia ? fit la voix de Sam.

— Je suis là.

— Que se passe-t-il ?

— Rien.

Elle rentra en laissant la porte-fenêtre ouverte.

— Je suis un peu énervée, c'est tout.

— Viens. Laisse-moi t'aider à trouver le repos.

Elle se glissa près de lui. Il la prit dans ses bras et lui caressa les cheveux.

— Ferme les yeux. Laisse-toi aller.

Et, sans cesser de la caresser, il la plongea dans un profond sommeil sans rêve.

13

— Cette journée est la nôtre, commença Mia tandis que l'aube pointait. Le sabbat du solstice d'été, la célébration de la terre, de l'air et du soleil. Nous sommes les Trois.

— Ouais, ouais, fit Ripley en bâillant. Enchaîne, que je puisse rentrer et grappiller encore une heure de sommeil.

— Quelle attitude exaltante !

— Rappelle-toi que je n'étais pas d'accord. C'est dimanche ; vous, vous pouvez vous recoucher. Moi, je suis de service toute la journée.

— Ripley, intervint Nell d'une voix douce, c'est le solstice. La célébration du jour le plus long de l'année doit commencer à l'aube.

— Eh bien, je suis là, non ? grommela Ripley. Pour une femme enceinte, tu es scandaleusement en forme. Comment se fait-il que tu ne sois pas ravagée par les nausées matinales ?

— Je ne me suis jamais sentie aussi bien.

— Et tu n'as jamais eu l'air plus heureuse, dit Mia. Aujourd'hui, nous fêterons la fertilité. Celle de la terre et la tienne. Le premier feu de joie brûle depuis le coucher du soleil. À toi d'allumer celui de l'aube.

Elle posa sur la tête de Nell une couronne de lavande tressée.

— Tu es la première d'entre nous à porter la vie, et à transmettre ce que nous sommes à la génération suivante. Sois bénie, petite sœur, souffla-t-elle en embrassant Nell.

Ripley s'avança, embrassa Nell et prit la main de Mia.

Nell leva les bras et laissa les ondes du pouvoir la pénétrer.

— De l'aube jusqu'à la fin du jour, ce feu brillera comme le soleil. Tandis que le ciel s'éclaire, j'appelle les flammes. Qu'elles ne brûlent ni chair, ni plume, ni arbre. Qu'il en soit ainsi, puisque je le veux.

Des flammes étincelantes jaillirent du sol.

Mia prit une autre couronne et en ceignit la tête de Ripley.

Tout en esquissant un sourire narquois, pour la forme, Ripley leva à son tour les bras.

— Dans la terre nous semons nos graines afin qu'elles nous préservent du besoin. La lumière se répand et rayonne jusqu'à la nuit la plus courte. Nous célébrons la fertilité. Qu'il en soit ainsi, puisque je le veux.

Des fleurs sauvages sortirent de terre tout autour du cercle.

Avant que Mia ait pu prendre la troisième couronne, Ripley s'en empara et embrassa son amie.

— C'est juste pour respecter les formes, déclara-t-elle en la lui posant sur la tête.

— Merci, fit Mia qui leva les bras et psalmodia : Aujourd'hui, le soleil détient son plein pouvoir. Sa force et sa lumière croissent d'heure en heure. Son feu brillant réchauffe l'air et la terre. Son cycle nous conduit de la vie à la mort pour renaître à nouveau à la vie. Je célèbre le feu qui est en moi. Qu'il en soit ainsi, puisque je le veux.

De l'extrémité de ses doigts jaillirent des rayons qui se joignirent à ceux du soleil.

Baissant les bras, elle prit les mains de Nell et de Ripley.

— Il observe, murmura-t-elle. Et il attend.
— Pourquoi ne faisons-nous rien ? demanda Ripley. Nous sommes là, toutes les trois et, comme vous me le rabâchez l'une et l'autre, c'est le solstice. Ça fait beaucoup d'énergie.
— Le temps n'est pas encore venu de...
— Mia, interrompit Nell, pourquoi ne manifestons-nous pas notre force et notre solidarité ? Pourquoi ne pas marquer un point ? Notre cercle est complet.
Pourquoi pas, effectivement ? songea Mia.
— Bon, d'accord, allons-y carrément.
Elle se concentra, et s'emplit de la force de ses sœurs.
— Nous sommes les Trois, issues des Trois premières, commença Ripley. De nous jailliront force et lumière.
La voix de Nell s'éleva :
— Qu'une flèche de lumière aille frapper le mal obscur qui guette.
Sans lâcher les mains de ses amies, Mia leva les bras.
— Ici nous nous tenons, afin que tu puisses voir et craindre le courroux des Sœurs.
Un geyser lumineux jaillit du centre du cercle et fila jusque dans le feuillage sombre des arbres. Un hurlement furieux suivit presque aussitôt.
Puis l'on n'entendit plus que le souffle paisible de la brise et le tintement des cristaux suspendus aux branches.
— Voilà, il s'en va la queue basse, remarqua Mia.
— On se sent mieux, dit Ripley.
— C'est vrai, acquiesça Nell en regardant autour d'elle. J'ai l'impression que ç'a été efficace.
— Sûrement. Aujourd'hui, il ne pourra pas nous atteindre, ni aucun des nôtres.
Quoi qu'il arrive par la suite, elles avaient livré une bataille et marqué un point, songea Mia en offrant son visage à la caresse du soleil.
— Quelle belle journée ! s'exclama-t-elle.

Cette journée-là, elle avait prévu de la passer dans son jardin, loin de la foule qui allait envahir le village et des voitures qui ne cesseraient de sillonner les routes.

À l'aide du bollin, le couteau incurvé qu'elle n'utilisait qu'à cette occasion, elle coupa les herbes et les fleurs de sa moisson du solstice. Les parfums, les formes et les textures ne manquaient jamais de la ravir. Tout comme la variété de leurs usages.

Certaines sécheraient dans sa cuisine, d'autres dans la chambre de la tour.

Elle en ferait des sortilèges, des potions, des crèmes et des baumes. Elle en parfumerait ses sauces et ses salades, et d'autres embaumeraient son salon ou sa librairie.

En fin de matinée, elle alluma sur la falaise le feu de joie de midi et demeura là quelques instants, à regarder la mer et les bateaux de plaisance.

De temps en temps, le reflet du soleil sur le verre de jumelles lui indiquait qu'on l'observait. Voilà la sorcière, devait se dire un estivant.

Autrefois, une telle attention lui aurait valu des persécutions et la potence. À présent, l'idée que l'île était un repère de sorcières amenait une foule de curieux.

La roue tournait.

Elle regagna son jardin. Une fois les herbes suspendues, elle utilisa la chaleur du soleil pour préparer du thé à la camomille. Elle venait de le glacer à l'aide d'un brin de menthe fraîche lorsque Sam apparut.

— La circulation est épouvantable, annonça-t-il.

— C'est la saison. Tu as allumé ton feu de joie ?

— Ce matin. Pas très loin du cercle de mon bois. Ton bois, corrigea-t-il en la voyant hausser les sourcils.

Caressant machinalement Isis qui se frottait contre ses jambes, il remarqua le porte-bonheur fixé à son collier. Un pentagramme et un soleil y étaient gravés.

— C'est nouveau ?

— En l'honneur du solstice.

Elle coupa une tranche de pain d'une miche toute fraîche, l'enduisit de miel et la proposa à Sam.

— J'en ai cuit plus que les fées ne pourront en manger.

Il mordit dedans tout en contemplant le jardin dont la végétation n'était que couleurs et formes mouvantes. Tel un éclair, un colibri passa près de lui pour aller se désaltérer dans la clochette pourpre d'une digitale.

Des roses, rouges comme la passion, s'accrochaient au treillis qu'il escaladait jadis pour rejoindre Mia. À ce souvenir, son cœur se serra.

À présent, assis dans l'ombre tachetée du jardin, ils étaient deux adultes dont les épaules ployaient sous un fardeau que la fille et le garçon d'autrefois n'auraient pu imaginer.

— Où sommes-nous, Mia? soupira-t-il.

— Dans mon jardin, en train de boire du thé et de manger du pain et du miel. Le jour idéal pour cette activité... Mais, si j'en juge par ton humeur, peut-être aurais-je mieux fait de te proposer du vin.

Il se leva et, l'air soucieux, s'écarta de quelques pas. Qu'elle ait envie ou non de l'entendre, il lui dirait ce qui le tracassait, elle le savait. Quelques jours auparavant, il l'avait entraînée dans une baignade farfelue. Aujourd'hui, un nuage planait sur lui.

Lunatique, il l'avait toujours été.

— Mon père m'a appelé ce matin, commença-t-il. Il n'est «pas content de mes résultats», selon son expression. Il trouve que je consacre trop de temps et d'argent à cet hôtel.

— C'est ton hôtel, non?

— C'est ce que je lui ai fait remarquer. C'est mon hôtel, mon temps et mon argent. Mais j'aurais aussi bien fait d'économiser ma salive. Il m'a aussi reproché d'avoir vendu mon appartement de New York. Enfin, il est vexé que j'aie envoyé quelqu'un me représenter au conseil d'administration de juin plutôt que d'y assister personnellement.

Mia se leva et vint lui masser les épaules.

— Je suis désolée. Quel que soit notre âge, la désapprobation de nos parents nous blesse.

— *L'Auberge Magique* est notre plus ancien investissement. Il a compris que je la lui avais extorquée par ruse. Du coup, il essaye de me reprendre mon os.

— Et, toi, tu es déterminé à ne pas le lâcher.

— Exactement, s'écria Sam avec véhémence. Il y a longtemps qu'il aurait cédé l'hôtel à des étrangers s'il n'avait été légalement obligé de le garder dans la famille. Il me l'a vendu très volontiers mais, maintenant qu'il voit que j'ai l'intention d'en faire quelque chose, ça le fiche en rogne.

— Sam, fit-elle en pressant la joue contre son dos.

Pendant un instant, elle fut à nouveau la jeune fille de seize ans qui tentait de réconforter son amour malheureux.

— Parfois, il vaut mieux s'incliner et accepter ce qui est.

— Ce dont ni lui ni ma mère n'ont été capables. Ils n'ont jamais pu admettre ce que j'étais. C'était quelque chose dont on ne parlait pas, une sorte de maladie honteuse.

Furieux de se laisser ainsi déstabiliser, il descendit le sentier que bordait une charmille de volubilis.

— C'est dans son sang autant que dans le mien, reprit-il.

— Tu as raison. Mais tu respectes ton pouvoir et tu t'en réjouis. Alors qu'il n'y voit qu'une tare. Du coup, tu lui es supérieur.

— Il en a honte. Et de moi aussi.

— Tu en souffres, dit-elle avec compassion. Mais tu ne peux pas modifier ce qu'il ressent. Tu ne peux changer que ce que, toi, tu ressens.

— C'est ainsi que tu t'y prends avec ta famille ?

Mia mit un moment à comprendre qu'il faisait allusion à ses parents, et non à Lulu, à Ripley ou à Nell.

— D'une certaine façon, je t'enviais, avoua-t-elle, parce que tes parents se donnaient du mal pour t'éduquer. Même s'ils poussaient du mauvais côté. Chez nous, il n'y a jamais eu de disputes. Ils ne remarquaient même pas mes accès de mauvaise humeur. Me rebeller aurait été du temps perdu. Et puis, à un moment, j'ai compris que leur désintérêt ne me visait pas personnellement. Et je l'ai accepté.

— Seigneur !

— Dans un sens, c'était plus sain, plus pratique et beaucoup plus confortable. À quoi bon me rendre malade, puisqu'ils ne le remarquaient même pas ? Et si, par miracle, ils s'en étaient aperçus, ils auraient été sidérés et n'auraient su que faire. Ce ne sont pas de méchantes gens, ce sont juste des parents négligents. Et je suis ce que je suis parce qu'eux étaient ce qu'ils étaient. Voilà tout.

— Tu as toujours été raisonnable. Je n'ai jamais su si j'admirais ce trait de caractère ou s'il me choquait. Et je ne le sais toujours pas.

— Toi, tu as toujours été lunatique, rétorqua-t-elle en s'asseyant sur un banc. Et ça n'a pas changé. Tout de même, je regrette que ce coup de téléphone t'ait gâché ton dimanche.

— Je m'en remettrai.

Il enfonça les mains dans ses poches et tripota les petits cailloux qu'il y avait fourrés avant de venir.

— Il veut que je sois à New York d'ici un mois, afin que je reprenne ma place dans la compagnie.

Le monde de Mia bascula. Elle s'agrippa au banc, puis se força à se lever.

— Je vois. Quand pars-tu ?

— Quoi ? Je n'irai pas, Mia. Je t'ai dit que j'étais décidé à rester. Je suis sincère, quoi que tu en penses.

Haussant les épaules, elle se dirigea vers la maison.

— Merde, Mia! s'exclama-t-il en lui attrapant le bras. Que faut-il que je fasse pour te convaincre de ma bonne foi?

— Tu peux commencer par me lâcher.

— Te lâcher, c'est tout ce que tu attends de moi.

Il lui prit l'autre bras et l'obligea à lui faire face.

— Tu m'accueilles dans ton lit, mais tu refuses de venir dans le mien. Tu ne veux pas prendre de repas avec moi dans un lieu public, sauf s'il s'agit d'un dîner d'affaires. Tu ne me permets pas de parler des années que j'ai passées loin de toi. Bref, tu te méfies de moi.

— Pourquoi te ferais-je confiance? Pourquoi ferais-je une seule des choses que tu as citées? Je préfère mon lit. Je n'aime pas les rendez-vous galants. Ta vie hors de l'île ne m'intéresse pas.

Elle se dégagea et recula d'un pas.

— Je t'ai déjà accordé mon amitié, des rapports sexuels fréquents et une association commerciale. Si ça ne te convient pas, trouve quelqu'un d'autre avec qui jouer.

— Mais ce n'est pas un jeu!

— Ah non? répliqua-t-elle d'un ton acerbe.

Comme il avançait, elle leva les mains et une flamme rouge jaillit entre eux.

— Prends garde, menaça-t-elle.

Lui aussi leva les mains et une giclée d'eau éteignit la flamme, dont il ne resta plus qu'un nuage de fumée.

— Prendre garde? Ce n'est pas mon genre, riposta-t-il.

— Très juste. Et tu en as toujours voulu trop.

— Peut-être. Malheureusement, je ne savais pas ce que je voulais. Toi, tu l'as toujours su. Et parfois, cette certitude m'étouffait.

— Je t'étouffais? s'écria-t-elle. Comment peux-tu dire une chose pareille? Je t'aimais.

— Je n'en doute absolument pas. C'était comme si tu voyais nos vies entières bien rangées dans un joli coffret. Tu avais tout décidé pour moi. Exactement comme le faisaient mes parents.

Mia pâlit.

— C'est cruel, ce que tu dis là. Ça suffit, décida-t-elle en s'éloignant.

— Je n'ai pas fini. Et t'enfuir n'y changera rien.

— C'est toi qui as fui, lui rappela-t-elle en se retournant.

— Je ne pouvais pas être celui que tu désirais. Je ne pouvais pas te donner ce que tu attendais avec une telle certitude. Tu voyais dix ans, vingt ans en avance, alors que j'arrivais à peine à voir le lendemain.

— Donc, c'est ma faute si tu es parti ?

— Je ne pouvais pas rester. Pour l'amour de Dieu, Mia, nous étions presque des enfants et tu parlais déjà mariage et bébés. Tu t'allongeais à côté de moi et, alors que j'avais la tête à l'envers tant je t'aimais, tu commençais à parler du cottage que nous achèterions et...

Songeant au petit cottage jaune dans lequel elle n'avait pas mis les pieds depuis qu'il était arrivé, il s'interrompit.

— Les jeunes filles amoureuses rêvent de mariage, de bébés et de jolis cottages, dit-elle d'une voix tremblante.

— Pour toi, ce n'était pas un rêve mais notre destinée. Quand j'étais avec toi, j'y croyais aussi. Et ça m'étouffait.

— Tu ne m'as jamais dit que tu n'étais pas d'accord.

— Je ne savais comment faire. Tant d'assurance m'impressionnait. Ensuite, je rentrais chez moi, je voyais mes parents, je pensais aux tiens. Mariage et famille. L'idée de les imiter me paraissait aberrante. Je ne savais pas comment t'en parler.

— Du coup, tu es parti.

— Oui. À l'université. J'étais déchiré.

Il la regarda droit dans les yeux. Ce qu'il n'avait pas été capable d'avouer à la jeune fille, il devait le dire aujourd'hui.

— Lorsque je rentrais pour les week-ends ou les vacances, je te guettais sur le quai avec une anxiété maladive. J'ai vécu cette première année sur le continent dans une sorte de brouillard.

— Et puis tu as cessé de revenir tous les week-ends, se souvint-elle. Tu te trouvais des tas d'excuses : des examens, une conférence…

— C'était un test. Ne pas te voir pendant deux semaines, puis un mois. Ne pas penser à toi pendant une heure, puis un jour. Et j'en ai déduit que rester éloigné de toi et de l'île était la seule façon d'éviter le joli petit écrin que tu me destinais. Je ne voulais pas me marier. Je ne voulais pas fonder de famille. Ni m'enraciner dans ce morceau de terre sans avoir vu le monde. J'avais goûté à l'université, aux nouvelles amitiés, aux expériences.

— Si tu me l'avais dit, j'aurais tenté de comprendre, de te laisser le temps et l'espace dont tu avais besoin. Ou de te laisser partir sans amertume. Je ne sais pas si j'y serais parvenue, mais je t'aimais assez pour essayer. Aujourd'hui, tu n'es plus le centre de ma vie – et cela depuis un certain temps.

— Je ne partirai pas. Je ne renoncerai pas.

— C'est ton choix, fit-elle en rassemblant les tasses. T'avoir pour amant me convient et je regretterais de devoir m'en priver. Mais si tu essayes de m'imposer d'autres relations, j'y serai obligée. Je vais aller chercher cette bouteille de vin, finalement.

Elle emporta la vaisselle à l'intérieur et, malgré un début de migraine, la lava et l'essuya. Puis elle choisit une bouteille de vin et prit des verres.

Lorsqu'elle sortit, Sam avait disparu.

Mia s'assit et porta un toast à son indépendance.

Le vin eut un goût amer.

Le lendemain, il fit livrer un bouquet à la librairie. Des zinnias, ce qui, dans le langage des fleurs, signifiait qu'il pensait à elle. Sans doute l'ignorait-il, se dit-elle en les disposant dans un vase.

Envoyer des fleurs n'était pas dans ses habitudes. Même autrefois. La carte disait : *Excuse-moi, Sam.*

— Qu'elles sont délicieuses ! s'écria Gladys qui surgit soudain près d'elle. Elles viennent de ton jardin ?

— Non, c'est un cadeau.

— Rien ne ragaillardit plus une femme que de recevoir des fleurs. Sauf de recevoir un truc qui étincelle, ajouta-t-elle en jetant un coup d'œil à la main gauche de Mia.

— J'ai découvert qu'une femme qui s'achète elle-même ce genre de truc étincelant ne risque pas de devoir porter quelque chose qui ne lui plaît pas.

— Ce n'est pas la même chose, protesta Gladys. Carl m'a offert des boucles d'oreilles pour mon dernier anniversaire. Laides comme le péché, je n'en disconviens pas, mais, chaque fois que je les mets, j'ai le moral qui remonte d'un cran. En fait, j'étais venue prendre des nouvelles de Nell.

— Elle va magnifiquement bien. Si elle vous dit qu'elle pense que ça commence à se voir, abondez dans son sens. Ça lui fait plaisir.

— Je n'y manquerai pas. J'ai commandé le nouveau roman de Caroline Trump. Nous sommes tous enchantés qu'elle vienne, et le club de lecture m'a chargée de demander si elle accepterait de présenter son livre avant le début de la signature.

— Je vais voir si je peux arranger ça.

— Préviens-moi, que nous lui préparions un accueil digne de l'île.

— Entendu.

Mia transmit cette requête à l'éditeur, appela son distributeur pour se plaindre de certains retards et consulta les commandes par messages électroniques.

Lulu étant occupée, elle les prépara et glissa dans chacune une notice annonçant la venue de Caroline Trump. Puis elle alla les poster.

En sortant de la poste, elle tomba sur Mac.
— Salut, beau gosse.
— Juste la femme que je cherchais, dit-il en glissant son bras sous celui de Mia.
— C'est ce qu'ils disent tous. Tu allais déjeuner avec Ripley au café?
— J'allais à la librairie pour te parler.
Baissant les yeux, il nota qu'elle portait des talons hauts.
— Inutile que je te propose un tour sur la plage.
— Les chaussures, ça s'enlève.
— Eh bien, allons marcher, si tu as quelques minutes.
— J'ai toujours quelques minutes pour les beaux garçons. Comment va ton livre?
— Il progresse par à-coups.
— J'espère que le *Café Librairie* accueillera ta première séance de signatures.
— Les livres qui traitent de phénomènes paranormaux dans un style académique n'attirent pas foule.
— Au *Café Librairie*, si, répliqua-t-elle.
Ils traversèrent la rue en se faufilant parmi les piétons. La peau rose vif, des familles remontaient de la plage pour déjeuner à l'ombre, tandis que d'autres, chargées de glacières et de parasols, s'apprêtaient au contraire à pique-niquer sur le sable.
— Le temps que la foule du solstice s'éclaircisse, c'est celle du 4 juillet qui va arriver, dit Mia en se déchaussant. L'été est fructueux, sur l'île des Trois Sœurs.
— L'été passe vite.
— Tu penses à septembre. Je sais que tu es inquiet, mais je contrôle la situation.
Comme il demeurait muet, elle lui lança un regard par-dessus ses lunettes de soleil.
— Tu en doutes?
Il eut honte de taire ce qui était arrivé à Lulu, mais inquiéter Mia lui parut plus grave.
— Non, dit-il. Dès lors que tu respectes les règles.

— C'est parce que nous ne les avons pas respectées que nous en sommes là.

— Je suis d'accord. Je t'aime beaucoup, Mia.

— Merci, fit-elle en appuyant la tête sur son épaule.

— Et j'aime beaucoup Sam.

Elle s'écarta et leva les yeux sur lui.

— Et pourquoi ne l'aimerais-tu pas ?

— Écoute, je ne veux pas me mêler de ce qui ne me regarde pas. Enfin, si, mais seulement pour des raisons pratiques et scientifiques.

— En voilà un baratin compliqué, s'esclaffa-t-elle.

— Si j'ignore où vous en êtes tous les deux, je ne peux ni évaluer le bien-fondé de mes théories ni prévoir de stratégie.

— Eh bien, sache que nous avons des rapports agréables mais superficiels et que, en ce qui me concerne, ça n'ira pas plus loin... Tu n'as pas l'air d'approuver ?

— Je n'ai pas à approuver. C'est ton choix.

— Exactement. L'amour, dévorant et obsessionnel, a détruit la dernière sœur. Elle a refusé de vivre sans. Moi, je refuse de vivre avec.

— Si c'était suffisant, l'histoire serait finie.

— Elle le sera, promit-elle.

— Ce n'est pas aussi simple. Je suis allé chez toi, ce matin. Tu m'avais permis de procéder à des enregistrements.

— Oui ?

— J'ai emmené Mulder pour qu'il prenne un peu d'exercice. Les difficultés ont commencé dès la pelouse de devant. Des pointes positives et négatives. Comme si une lutte interne se livrait dans le sol. La même chose s'est produite sur la falaise et dans le bois.

— Pourtant, je n'ai pas lésiné sur la protection.

— Non, je sais, et tant mieux. En m'éloignant de la clairière, mes instruments se sont affolés, et Mulder aussi. Il a bien failli briser sa laisse. Nous avons suivi un chemin d'énergie négative qui tourne en rond comme un animal traquant sa proie.

— Je sais qu'il est là, Mac. Je ne l'ignore pas.

— Il gagne en puissance. À certains endroits, tout était mort. Les buissons, les arbres, les oiseaux. Le chiot a cessé de tirer sur sa laisse et s'est recroquevillé en gémissant. J'ai été obligé de le porter, et il a tremblé jusqu'à ce qu'on s'éloigne.

— Ripley a-t-elle purifié le chiot ? Si elle a oublié le rituel...

— Mia ! s'écria Mac en lui saisissant la main. Tu ne comprends pas ce que je suis en train de te dire ? Il t'a encerclée.

14

— Qu'a-t-elle répondu ? demanda Sam qui arpentait nerveusement son bureau.
— Qu'il l'a encerclée toute sa vie, et que ça devient seulement un peu plus flagrant.
— Je l'entends comme si j'y étais. Quand nous étions... avant que je ne quitte l'île, nous en avons parlé deux ou trois fois. Elle avait lu plus que moi sur le sujet. Cette femme arrive à absorber un livre entier avant que la plupart d'entre nous en soient arrivés au chapitre deux. Elle était très confiante. Le Bien triompherait du Mal, pour la simple raison que le Bien est force et fidélité.
— Elle possède les deux. Ce dont je ne lui ai pas parlé, ce sont les – appelons cela des empreintes digitales – de son côté de la ligne. Les tiennes, j'imagine.
— Ce n'est pas parce qu'elle refuse ma protection qu'elle en sera privée.
— Continue.
Sam se planta devant la fenêtre et fixa la terrasse de l'autre côté de la rue. Les tables, sorties pour le week-end, avaient été rangées et des ouvriers carrelaient le sol.
— Comment était-elle, aujourd'hui ? s'enquit-il.
— Superbe.

— Tu devrais la voir quand elle utilise son pouvoir... mais je suppose que tu l'as déjà vue.
— L'hiver dernier. Elle a invoqué les quatre éléments. Il m'a fallu une demi-journée pour reprendre mes esprits.
— Le pouvoir rehausse sa beauté... comme si elle en avait besoin. Je l'ai toujours aimée, même quand je tentais de m'en détacher, reprit Sam. Mais la question importante est la suivante : mon amour la met-il en plus grand danger ?
— Tes sentiments ne comptent pas... Pardon, ne le prends pas mal.
— Je comprends ce que tu veux dire. Ce sont ses sentiments à elle qui comptent. Est-il préférable que j'essaye de réveiller son amour ou dois-je me tenir tranquille jusqu'après le mois de septembre ?
— Je ne peux pas te le dire.
— Alors, je vais suivre mon instinct et ne pas la quitter d'une semelle. Le cercle a beau être solide, un chien de garde ne peut nuire.

Il l'appela ce soir-là, alors qu'elle venait de s'installer avec un livre et un verre de vin.
— J'espère que je ne te dérange pas.
— Non. Merci pour les fleurs. Elles sont ravissantes.
— Je suis content qu'elles te plaisent. Je regrette notre dispute d'hier. J'étais de mauvaise humeur et je me suis défoulé sur toi.
— Excuses acceptées.
— Bien. Veux-tu dîner avec moi ? On peut appeler ça un repas d'affaires et en profiter pour mettre au point le séjour de Caroline Trump. Demain soir ?
Un Sam affable et policé, voilà qui était étrange. Méfiance, méfiance, se dit-elle.
— Pourquoi pas ?
— Je passe te prendre à 7 h 30 ?
— Inutile. Il m'est facile de traverser la rue.

— Je pensais aller ailleurs et, d'ordinaire, tu prends la fin de l'après-midi, le mardi. Ne modifie pas ton programme. Je passerai te chercher. Un petit dîner décontracté.

Elle faillit demander des détails puis, se doutant que c'était justement ce qu'il voulait, elle se ravisa.

— Très bien. À demain.

Elle raccrocha et reprit son livre, mais fut, bien entendu, incapable de se concentrer.

La veille, ils avaient exhumé le passé, rouvert d'anciennes plaies et réveillé l'amertume. L'avait-elle vraiment piégé par son amour passionné et sa certitude d'être autant aimée ? Et, lui, avait-il cédé à l'égoïsme en la laissant froidement tomber au lieu de lui ouvrir son cœur et de lui donner une chance de le comprendre ?

Qu'ils avaient donc été stupides et aveugles tous les deux !

De toute façon, les reproches, les excuses, les explications ne changeaient rien. Mieux valait enterrer les vieux griefs et se contenter d'une liaison superficielle.

Ce que, à en juger par son attitude, il semblait approuver.

— N'empêche... il me semble qu'il mijote quelque chose, confia Mia à son chat.

Au même instant, Sam composait un autre numéro.

— Nell, j'ai une urgence. Une urgence confidentielle.

Pour régler les derniers détails, il dut attendre le lendemain, que Mia ait quitté la boutique. La seule façon de traiter avec Lulu étant d'y aller franchement, il lui désigna le rayon des CD.

— Quel est celui qu'elle préfère ?

— Pourquoi ? demanda Lulu en ajustant ses lunettes.
— Parce que j'aimerais l'acheter.
En bonne vendeuse, elle se mit à saliver.
— Si tu en achètes cinq, tu as le sixième à moitié prix.
— Je n'ai pas besoin d'une demi-douzaine... Bon d'accord, j'en prends six. *Lesquels* sont ses favoris ?
— Elle les aime tous, sinon ils ne seraient pas là. C'est son magasin, rappelle-toi.
— Exact, dit-il et, renonçant à discuter, il en sélectionna plusieurs au hasard.
— Pas de précipitation, intervint Lulu. Quand elle arrive avant moi, le matin, elle met l'un de ces trois-là.
— Je les prends tous les trois. Ainsi que ceux-là.
— Nous vendons des livres, aussi.
— Je sais... Que me recommandes-tu ?
Lulu se révéla une excellente vendeuse. Sam se consola en songeant qu'il aurait pu dépenser son argent de façon beaucoup plus sotte. On avait toujours l'usage d'un beau livre à cent dollars sur la Renaissance, des dix best-sellers de la semaine, de six CD et de trois cassettes audio. Du reste aussi.

Au moins cela eut-il pour heureux résultat de provoquer un éclat de rire de Lulu lorsqu'elle enregistra ses achats.

Il quitta le *Café Librairie* plus pauvre de quelques centaines de dollars, et avec beaucoup de choses à faire en très peu de temps.

Ce qui ne l'empêcha pas de frapper à la porte de Mia à 7 h 30 tapantes. Tout aussi exacte, elle sortit, une chemise en carton sous le bras.

— Des notes sur l'événement, le prospectus, la lettre de la librairie et la pub, expliqua-t-elle.
— J'ai hâte de voir ça... Tu veux que je remette la capote ? s'enquit-il en désignant la voiture.
— Non, inutile.

Elle nota que, conformément à ce qu'il avait annoncé, il portait une tenue décontractée, pantalon noir et

T-shirt bleu. Une fois de plus, elle se retint de demander où ils allaient dîner.

Il lui ouvrit la portière et en profita pour l'embrasser au passage.

— À propos, dit-il, tu es très belle.

Très bien. Un flirt léger. Elle savait jouer à ce jeu-là.

— J'étais en train de penser exactement la même chose à ton sujet, répondit-elle en se glissant dans la voiture. C'est une magnifique soirée pour une balade en voiture.

— C'est aussi mon avis... Un peu de musique ?
— Oui.

Enfoncée dans son siège, elle se demandait combien de temps elle allait lui accorder pour qu'il la séduise lorsqu'un morceau de flûte emplit l'habitacle.

— C'est un curieux choix, de ta part, commenta-t-elle. Tu aimais plutôt le rock, avec le volume à fond.

— Ça ne fait pas de mal de changer de rythme, de temps en temps... Tu préfères autre chose ?

— Non, c'est bien. Mon Dieu, que nous sommes conciliants !

Le vent ébouriffant ses cheveux, elle se détourna.

— Ta voiture a l'air de bien tenir la route.
— Tu veux l'essayer ?
— Peut-être au retour.

Elle se cala confortablement dans son siège pour profiter de la promenade.

Comme il traversait le village sans ralentir, elle se crispa, mais s'interdit de poser des questions.

Quelques instants plus tard, Sam se garait devant le cottage jaune.

— Bizarre. Je ne m'étais pas rendu compte que tu l'avais transformé en restaurant. Je crains que ce ne soit pas conforme au bail.

— C'est temporaire, répliqua-t-il en sortant.

Il contourna la voiture, ouvrit la portière de Mia et prit sa main qu'il baisa délicatement.

— Si tu préfères aller ailleurs, pas de problème. Mais attends une minute.

Sans la lâcher, il l'entraîna derrière la maison.

Une nappe blanche était déployée sur le gazon fraîchement tondu. Des chandelles et des coussins colorés y étaient disposés, ainsi qu'un panier de lilas qu'il souleva.

— Tiens.
— Ce n'est pas la saison.
— Tu m'en diras tant... Tu as toujours aimé le lilas. Les pique-niques aussi, ajouta-t-il en déposant un baiser sur sa joue. Veux-tu un verre de vin ? Ça te laissera le temps de réfléchir.

Refuser eût été discourtois. Et, admit-elle, un peu lâche. Ce n'était pas parce qu'elle avait jadis rêvé de pique-niquer avec lui sur la pelouse de leur petit cottage qu'elle devait lui reprocher aujourd'hui ses attentions.

— Je veux bien un peu de vin.
— Je reviens tout de suite.

Il rapporta non seulement du vin, mais aussi du caviar.

— Ça ne correspond pas à l'idée que je me faisais d'un petit pique-nique, observa-t-elle.
— S'asseoir sur l'herbe n'oblige pas à manger n'importe quoi, déclara-t-il en allumant les chandelles.

Il remplit leurs verres et trinqua avec Mia.

— *Slainte*.

Reconnaissant le toast irlandais, elle hocha la tête.

— Tu entretiens bien ce jardin.
— Dans la limite de mes capacités. C'est toi qui l'as créé ?
— En partie. Le reste est l'œuvre de Nell.
— Je perçois sa présence dans la maison.

Il déposa une cuillerée de béluga sur un toast qu'il tendit à Mia.

— Je sens la joie qu'elle a éprouvée à vivre ici, reprit-il.

— Elle est douée pour le bonheur. Quand on la regarde, personne ne peut imaginer les horreurs qu'elle a subies. J'ai beaucoup appris en la voyant découvrir qui elle était.

— Que veux-tu dire ?

— Nous avons toujours su qui nous étions. Pour Nell, cela a été comme d'ouvrir une porte et d'entrer dans une pièce remplie de trésors fascinants. La première fois, je lui ai montré comment agiter l'air. Si tu avais vu son visage... C'était extraordinaire.

— Je n'ai jamais tenu le rôle de professeur mais j'ai participé à un séminaire de sorcellerie il y a quelques années.

— Vraiment ? fit-elle en léchant les grains de caviar collés sur son pouce. Comment était-ce ?

— C'était... bien. J'y suis allé sur un coup de tête, et j'y ai rencontré quelques personnes intéressantes. Dont certaines avaient du pouvoir. L'une des conférences traitait des procès de Salem et de l'île des Trois Sœurs.

Il se servit de caviar.

— Le conférencier connaissait la plupart des faits, mais pas l'esprit. Pas le cœur. Cet endroit...

Il laissa son regard errer sur le bois, écouta le ressac, et poursuivit :

— On ne peut pas le résumer lors d'une conférence de cinquante minutes. Tu vas rester ?

— Je ne suis jamais partie.

— Je parlais du dîner, précisa-t-il en lui frôlant la main.

Elle reprit une cuillerée de caviar.

— Oui.

Il compléta le verre de Mia et se leva.

— J'en ai pour une minute.

— Je vais t'aider.

— Non, je contrôle parfaitement la situation.

Grâce à Nell, admit-il en retournant à la cuisine. Non seulement elle avait préparé et livré le repas, mais elle avait laissé des instructions détaillées que même le plus incompétent des individus était capable de suivre.

Tout en la bénissant, il apporta une salade de tomates au basilic et un homard froid.

— C'est somptueux! s'écria Mia en s'installant confortablement. J'ignorais que tu possédais un tel talent de cuisinier.

— Un talent inexploité, dit-il avant de se hâter de changer de sujet. Je songe à acheter un bateau.

— C'est vrai? John Bigelow construit des bateaux en bois, sur commande.

— J'irai le voir. Tu fais toujours de la voile?

— De temps en temps. Mais ça n'a jamais été une passion.

— Je m'en souviens, murmura-t-il en lui caressant les cheveux. Tu préférais contempler les bateaux plutôt que de monter à bord.

— Ou être dans l'eau plutôt que dessus.

Un groupe d'adolescents passa en courant sur le raccourci qui menait à la plage.

— Si tu veux tester tes qualités de marin avant d'acheter, va chez Drake, à Seafarer. Il loue des voiliers.

— Drake Birmingham? Je ne l'ai pas croisé une seule fois depuis mon retour. Ni Stacey. Comment vont-ils?

— Ils ont divorcé. Elle a pris les enfants – ils en avaient deux – et elle est partie à Boston. Drake s'est remarié il y a environ six ans avec Connie Ripley. Ils ont un petit garçon.

— Connie Ripley, répéta Sam en feuilletant mentalement un album photo. Ah oui! Une grande brune avec plein de dents.

— Ça ressemble à Connie.

— Elle avait un an de plus que moi, se souvint-il. Drake doit avoir au moins...

— La cinquantaine. Durant six mois, on n'a parlé

que de leur différence d'âge et de leur liaison torride qui aurait causé le divorce de Drake... Nell s'est vraiment surpassée, remarqua-t-elle. Le homard est délicieux.

Il fit la grimace.

— Pincé. Ça me fait perdre des points ?

— Pas du tout. En passant commande au *Buffet des Trois Sœurs*, tu fais preuve de sagesse et de bon goût. Et maintenant, au boulot.

Elle croisa les jambes et attrapa la chemise cartonnée.

— J'adore te regarder, déclara-t-il en lui caressant la cheville. Sous toutes les lumières et sous tous les angles. Mais, en ce moment précis, au coucher du soleil et à la lueur des chandelles, c'est un vrai bonheur.

Le pouls de Mia s'emballa. Il se rapprocha d'elle, enroula la main autour de sa nuque, et déposa un léger baiser sur ses lèvres.

Très émue, elle ne put s'empêcher de humer son odeur.

— Excuse-moi, fit-il en s'écartant. Il y a des moments où je ne peux pas me retenir de te toucher... Montre-moi ce que tu as là.

Ce qu'elle avait, c'était un problème de vertige. Il lui avait liquéfié les os, et voilà maintenant qu'il feuilletait tranquillement le dossier.

— Que sommes-nous en train de faire, au juste, Sam ?

— Concilier travail et plaisir, répondit-il d'un air absent tandis que sa main descendait le long du dos de Mia.

Après quoi, comme si de rien n'était, il prit l'annonce publicitaire.

— C'est formidable. C'est ton œuvre ?

« Calme-toi », s'exhorta-t-elle.

— Oui.

— Tu devrais en envoyer un exemplaire à l'attaché de presse.

— C'est fait.
— Bien. Le prospectus, je l'ai déjà vu, mais je ne crois pas t'avoir dit combien je le trouve efficace.
— Merci.
— Tu as un problème ? s'enquit-il nonchalamment.
La question la fit se hérisser. Irritée *d'être* irritée. Elle se ressaisit cependant.
— Non, dit-elle après avoir inspiré à fond. J'apprécie tes remarques. C'est un grand événement pour la librairie. Je veux que tout soit parfait.
— Je suis sûre que Caroline sera ravie.
La façon dont il avait prononcé le prénom intrigua Mia.
— Tu la connais personnellement ?
— Hmm, oui. C'est sympa de la part de Nell de confectionner un gâteau qui reproduit la jaquette du livre. Quant aux fleurs, peut-être faudrait-il les remplacer par des roses roses. Je crois me rappeler que ce sont celles qu'elle préfère.
— Tu crois te rappeler...
— Euh... oui. Je vois que tu as l'intention de lui faire livrer du champagne et du chocolat. Mieux vaudrait trouver autre chose, car c'est ce que l'hôtel a prévu de lui offrir.
— Excellente idée, approuva Mia.
Elle s'aperçut soudain qu'elle pianotait nerveusement sur ses genoux et cessa aussitôt.
— Pourquoi pas des chandelles, un livre sur l'île, ce genre de trucs ?
— Parfait.
Il parcourut rapidement le courrier électronique et les fax échangés avec l'attaché de presse, et hocha la tête.
— Apparemment, tu n'as rien oublié. Alors...
Repoussant la chemise en carton, il s'inclina sur Mia.
— J'aimerais aller me rafraîchir, dit-elle.

Son verre à la main, elle se leva et se dirigea vers la maison.

La cuisine était impeccable. Il ne devait l'utiliser que pour préparer le café du matin, car concocter des petits plats n'avait jamais fait partie de ses talents.

La vue des instructions de Nell scotchées sur un placard l'attendrit.

Elle pénétra dans le salon, jeta un coup d'œil perplexe au livre sur la Renaissance posé sur la table basse. Elle remarqua les chandelles qui, visiblement, avaient déjà servi, et se demanda quels rituels il pratiquait lorsqu'il était seul.

Il n'y avait pas de photos, ce qui ne l'étonna pas. En revanche, les aquarelles représentant des paysages sereins et des jardins fleuris la surprirent.

En dehors de cela, la pièce était très impersonnelle.

Tant qu'à céder à la curiosité, pourquoi ne pas pousser jusqu'à la chambre? Après tout, elle était à la fois l'amante du maître de maison et sa propriétaire.

Elle y retrouva son odeur, et une atmosphère plus personnelle. Le vieux lit de fer était recouvert d'un couvre-lit bleu marine. Les sols étaient nus. Mais il y avait un livre sur la table de nuit, un thriller qu'elle-même avait aimé.

L'unique tableau représentait un vieil autel en pierre dressé sur un sol rocheux, sur fond de ciel rougi par le soleil levant.

Un morceau de sodalite, qui devait servir aux méditations de Sam, était posé sur la commode. Les fenêtres ouvertes laissaient entrer le parfum de la lavande qu'elle avait plantée.

Émue malgré elle par l'atmosphère masculine de la pièce, Mia ressortit et se faufila dans la minuscule salle de bains. Elle se remit du rouge à lèvres, puis déposa quelques gouttes d'une huile parfumée de sa fabrication sur son cou et ses poignets. Puisque Sam comptait la séduire, elle en ferait autant. Mais pas avant d'être chez elle, sur son terrain.

Elle était aussi habile que lui au petit jeu de la séduction.

Lorsqu'elle ressortit, il avait remplacé les assiettes par des coupes de framboises et un bol de crème fouettée.

— Tu veux du café ou encore du vin ?
— Du vin.

Une femme sûre d'elle pouvait se permettre d'être légèrement imprudente.

La nuit tombait lentement. Elle s'assit à côté de Sam et préleva une framboise dans laquelle elle mordit en le regardant droit dans les yeux.

— J'ignorais que tu t'intéressais à l'art de la Renaissance.

Il craignit de souffrir d'un court-circuit cérébral. C'est tout juste s'il n'entendit pas un grésillement.

— Quoi ?
— L'art de la Renaissance.

Elle plongea l'index dans la crème et le lécha, avant de préciser :

— Le livre dans ton salon.
— Le... oh !

Il parvint à détacher les yeux de la bouche de Mia, se racla la gorge et marmonna d'une voix rauque :

— Oui, c'est une période intéressante.

Elle attendit qu'il ait enrobé une framboise de crème, puis, se penchant, elle en croqua un morceau.

— Mmm, ronronna-t-elle en promenant la langue sur ses lèvres. Tu préfères *L'Annonciation* du Tintoret ou celle d'Erte ?

Un autre circuit claqua dans la tête de Sam.

— Les deux sont extraordinaires.
— Oh, tout à fait ! Sauf, bien sûr, qu'Erte était un sculpteur Art Déco.
— Je pensais que tu parlais de Giovanni Erte, un artiste obscur et miséreux de la Renaissance, qui est mort tragiquement du scorbut. Il n'a pas eu beaucoup de succès.

Elle pouffa de rire.

— Ah, *cet* Erte-là ! Je l'avais oublié.

Cette fois-ci, ce fut la lèvre de Sam qu'elle mordilla.

— Tu es sacrément malin, hein ?

— J'ai payé ce livre la peau des fesses. Lulu en rigole sûrement encore.

Il mâcha la framboise qu'elle lui avait glissée dans la bouche, et reprit :

— Je suis entré dans la librairie pour acheter deux ou trois CD, et j'en suis ressorti avec vingt kilos de livres.

— J'aime la musique, déclara-t-elle en s'allongeant, la tête posée sur un coussin vert émeraude. Lorsque j'en écoute, c'est comme si je flottais dans une rivière chaude au milieu d'un bois ombragé. Mmm... Le vin me monte à la tête.

Elle s'étira langoureusement, et le fin tissu de sa robe ondula sur les courbes de son corps.

— Je ne pense pas être en état de conduire ta belle voiture ce soir.

Ce qu'elle attendait – qu'il lui suggère de passer la nuit au cottage – ne vint pas. Il se contenta de s'allonger à côté d'elle et de proposer :

— Allons nous promener. L'air de la mer te dégrisera.

Un éclair de surprise traversa le visage de Mia juste avant qu'il l'embrasse.

Les mains de Sam se promenèrent sur son corps qui se détendit sous ses caresses, puis ses doigts s'insinuèrent sous sa robe et s'attardèrent sur le pentagramme.

— À moins que...

Ses doigts remontèrent et se logèrent au creux de la taille de Mia tandis que ses lèvres se refermaient sur la pointe d'un sein à travers la fine étoffe de sa robe.

— À moins que tu ne sois pas d'humeur à te promener.

— En effet, souffla-t-elle en se cambrant à sa rencontre. Ce n'est pas à cela que je suis d'humeur.
— Dans ce cas...
Il lui mordilla l'oreille.
— C'est moi qui conduirai, annonça-t-il en se levant.
Elle tressaillit.
— Conduire ?
— Oui. Pour te ramener chez toi.
De la voir à ce point ébahie le combla d'aise. Il l'aida à se relever et lui tendit le panier de lilas.
— N'oublie pas cela.

Elle profita du trajet pour réfléchir à l'attitude de Sam. Il s'était dit, à juste titre, qu'elle refuserait de passer la nuit au cottage, et qu'il serait plus judicieux de la pousser à l'inviter dans son lit à elle. Ce qui était précisément ce qu'elle avait en tête.

Vu le mal qu'il s'était donné, elle lui permettrait... de la persuader. Et une fois qu'ils auraient fait l'amour, elle se retrouverait en terrain stable.

— C'était une soirée charmante, dit-elle avec chaleur comme il la raccompagnait jusqu'à sa porte. Vraiment charmante. Merci encore pour les fleurs.
— De rien, fit-il en lui caressant les bras. Une autre fois, je louerai un bateau et nous passerons la journée sur l'eau. Ça te plairait ?
— Peut-être.

Il prit son visage entre ses mains et, plongeant les doigts dans ses cheveux, il s'empara de sa bouche. Elle se pressa contre lui tandis qu'il ouvrait la porte.

— Tu ferais mieux de rentrer, murmura-t-il tout contre ses lèvres.
— Oui, ce serait mieux, admit-elle, brûlante de désir.

Elle franchit le seuil, se retourna et lui caressa la joue.

— Je t'appellerai, promit-il avant de refermer doucement la porte.

Leur premier rendez-vous depuis onze ans! songea-t-il en regagnant sa voiture. Et tout s'était merveilleusement bien déroulé.

15

Le salaud ! Personne n'avait réussi à la chambouler à ce point depuis... Eh bien, depuis Sam Logan.

Et il avait fait des progrès.

D'un autre côté, elle savait mieux qu'autrefois réprimer ses pulsions sexuelles.

Elle avait eu des liaisons, peu nombreuses et espacées. Au fil du temps, elle avait découvert que si elle appréciait les petits flirts décontractés, elle était rarement heureuse d'avoir un homme dans son lit.

Aussi s'en était-elle tenue au flirt.

Décision pragmatique qui lui avait permis de consacrer l'énergie ainsi libérée à l'Art et d'améliorer ses talents de sorcière.

Pourquoi ne pas appliquer cette attitude à ce cas particulier ?

Sam n'ayant squatté son lit que depuis deux semaines, cela lui sembla le choix le plus logique.

De toute façon, elle avait trop à faire pour s'inquiéter de Sam ou de sexe. Ou pour se demander ce qui l'avait retenu de dépasser le stade des préliminaires.

— Tu n'étais pas obligée de revenir, dit-elle à Nell en disposant les tables dans le café.

— J'en avais envie. Je suis aussi excitée que toi par la signature de demain. Je vais chercher les chaises.

— Pas question. Tu ne soulèves rien, point final. Quant à toi, Ripley, tu pourrais te bouger un peu les fesses et me donner un coup de main, grommela-t-elle en butant contre le fauteuil dans lequel celle-ci s'était affalée.

— Hé, tu ne me payes pas, moi! Si je suis là, c'est pour éviter le rituel viril du barbecue. Bon sang, j'espère que Mac ne va rien faire exploser.

— C'est un appareil à charbon de bois, rappela Nell. Le charbon de bois n'explose pas.

— On voit que tu ne connais pas mon homme.

— À eux trois, ils devraient être capables de griller des steaks sans trop de dégâts.

Puis, se remémorant sa terrasse après que Zack y avait officié, Nell frémit.

— Mais je préfère ne pas penser à l'état dans lequel tu vas retrouver ta pauvre cuisine.

— C'est le cadet de mes soucis, répliqua Ripley qui, un sourire narquois aux lèvres observait Mia. Tu vois cette fille-là? Elle est rongée par les soucis. Regarde cette ride entre ses sourcils. C'est signe qu'elle est de mauvais poil.

— Je n'ai pas de ride entre les sourcils, protesta Mia en lissant la peau de son front du bout des doigts. Et je ne suis pas de mauvais poil. Un peu stressée, peut-être.

— C'est pour ça que le barbecue est une bonne idée, intervint Nell. Passer la soirée avec des amis va te détendre. Je suis ravie que Sam y ait pensé.

— Il passe son temps à avoir de bonnes idées, commenta Mia d'une voix tendue.

— Ça t'a plu, le concert sur la plage, l'autre soir? s'enquit Ripley.

— C'était bien.

— Et la balade en bateau au clair de lune après le feu d'artifice du 4 juillet?

— Super.

— Tu vois, lança Ripley à Nell. Elle est de mauvais poil.

— Je ne suis *pas* de mauvais poil, répliqua Mia en posant brutalement une chaise. Tu cherches la bagarre?

— Non, je cherche une bière, riposta Ripley qui se leva tranquillement et se dirigea vers la cuisine.

— Tout va très bien se passer, assura Nell en disposant les livres sur une table. Et quand tu auras mis des bouquets un peu partout, la librairie sera superbe. Pour les rafraîchissements, tout est au point. Attends seulement d'avoir vu le gâteau.

— Ce ne sont pas les fleurs ni les rafraîchissements qui m'inquiètent.

— Quand tu verras la foule se presser à la porte, tu te sentiras mieux.

— Je ne m'inquiète pas des clients non plus, enfin pas plus que cela, dit Mia en se laissant tomber sur une chaise. Pour une fois, Ripley a raison. Je suis de mauvais poil.

— C'est un aveu? demanda cette dernière qui revenait, une bière à la main

— Oh, tais-toi! gémit Mia en fourrageant dans ses cheveux. Il se sert du sexe, ou plutôt de l'absence de sexe, pour me déstabiliser. Les pique-niques aux chandelles, les sorties en bateau au clair de lune, les longues promenades, les fleurs qu'il me fait livrer jour après jour...

— Mais il ne te fait pas l'amour?

— Il me submerge de préliminaires, me raccompagne et s'en va. Et, le lendemain, il m'envoie des fleurs. Il téléphone tous les jours. Deux fois, en rentrant le soir, j'ai trouvé un petit cadeau sur le pas de la porte. Un pot de romarin taillé en forme de cœur, et un petit dragon en faïence. Quand on sort, il est absolument charmant.

Le poing de Ripley s'abattit violemment sur la table.

— Le salaud! rugit-elle. La corde est trop douce pour lui.

— Il se sert du sexe, se plaignit Mia.

— Non, pas du tout, fit Nell avec un sourire rêveur. Le sexe n'a rien à voir là-dedans. Il se sert du romantisme. Il te fait la cour.

— Bien sûr que non.

— Les fleurs, les chandelles, les longues promenades, les petits cadeaux, dit Nell en comptant sur ses doigts. Il te consacre du temps et de l'attention... c'est ce que j'appelle faire la cour.

— Sam et moi sommes passés par cette phase il y a des années. Et cette cour ne comportait ni fleurs ni cadeaux.

— Peut-être essaye-t-il de se rattraper.

— Il n'a pas à se rattraper. Je ne *veux* pas qu'il se rattrape, d'aucune manière.

Exaspérée, Mia alla fermer les portes-fenêtres de la terrasse, et reprit :

— Il ne tient pas plus à la tradition que moi. Il ne veut qu'une chose...

C'était ça, le problème, découvrit soudain Mia. Cette fois-ci non plus, elle ne savait pas vraiment ce qu'il voulait.

— Il te fait peur, observa Ripley calmement.

— Pas du tout. Absolument pas.

— Autrefois, il ne te faisait pas peur. Tu suivais résolument la voie que tu t'étais tracée.

— Elle est toujours tracée. Je sais ce que je fais. Je sais où je vais. Ça n'a pas changé.

À peine eut-elle prononcé ces mots qu'elle sentit un frisson courir sur sa peau.

— Mia ? fit Nell d'une voix pleine de compassion. Tu l'aimes toujours ?

— Crois-tu que, sachant ce que ça m'a coûté la première fois, je prendrais le risque de le laisser de nouveau s'emparer de mon cœur ? déclara Mia. Je n'ignore pas quelle est ma responsabilité envers cette île, ses habitants et ce don qui est le mien. L'amour, pour moi, est synonyme d'absolu. Je n'y survivrais pas une seconde fois. Et je le dois, pour mener à bien la mission que le destin m'a confiée.

— Et, si c'était *lui*, ton destin ?

— Je le pensais autrefois. J'avais tort.

Les trois amis regardaient les flammes jaillir du barbecue avec autant de fascination que les hommes des cavernes devaient contempler le petit brasier qu'ils venaient d'allumer en frottant des morceaux de silex.

— Tu vois ? Ça marche, commenta Zack. Je t'avais dit qu'on pouvait y arriver avec la bonne vieille technique yankee. Pas besoin de ces tours de passe-passe à la noix.

— Tu parles de la bonne vieille technique yankee, ricana Sam. Un sac entier de charbon de bois et deux litres d'essence à briquet.

— Je n'y peux rien si son grill ne marche pas.

— Il est tout neuf, protesta Mac. C'est la première fois qu'on l'utilise.

— C'est pour ça qu'il a besoin d'une grosse flambée. Il faut le décaper.

L'intérieur du ravissant appareil rouge vif virant au noir, Mac s'assombrit.

— Si ce truc se met à fondre, Ripley va me faire la peau.

— Mais, bon sang, c'est de la fonte ! rétorqua Zack en décochant un petit coup de pied au barbecue. À propos de Ripley, où sont nos femmes ?

— Elles sont en route, répondit Sam. Je le sais grâce à un tour de passe-passe, comme tu dis. Depuis que notre savant nous a parlé de ce qu'il avait détecté autour de la maison de Mia, je la surveille en permanence.

— Si elle le découvre, elle va te botter les fesses, remarqua Zack.

— Elle ne le découvrira jamais. Quand il s'agit de moi, elle ne sent rien. Elle s'y refuse.

— Et comment ça marche, entre vous ? risqua Mac.

— Tu demandes ça par amitié ou par intérêt professionnel ?

— Les deux.

— Eh bien, ça avance. Et je prends un certain plaisir à la laisser mariner. Elle est beaucoup plus compliquée qu'autrefois, et c'est amusant d'explorer les méandres de son caractère.

— S'il te plaît, pas de baratin pseudo-psychologique... supplia Zack.

— Chut ! Elles arrivent, dit Mac en désignant les phares qui approchaient. Feignons de savoir ce que nous faisons.

Lucy bondit et dévala le perron, précédant Mulder de peu.

— Trois jolies femmes, deux bons chiens et quelques steaks, on ne peut rêver mieux, commenta Zack.

Les steaks étaient carbonisés, les pommes de terre à moitié crues, mais les appétits étaient à point. Ils dînèrent sur la terrasse, éclairés par des chandelles et la lumière qui provenait des fenêtres du salon où la musique jouait en sourdine.

Lorsque Sam voulut remplir à nouveau le verre de Mia, elle l'arrêta d'un geste.

— Non, merci, je conduis. Et, demain, j'ai besoin d'avoir la tête claire.

— Je viendrai te donner un coup de main dans la matinée.

— Inutile. Nous avons fait le plus gros du travail. J'ai déjà vendu trente-huit exemplaires, d'autres commandes sont attendues, et presque autant pour ses livres précédents. Caroline Trump va être débordée. J'imagine qu'elle...

Mia s'interrompit. Nell avait une drôle d'expression.
— Nell ?
— Le bébé a bougé, souffla celle-ci, le visage soudain radieux. J'ai senti comme un battement d'aile.

Elle eut un rire étonné et posa la main sur son ventre.
— Vif et fort... Zack, notre bébé a bougé.
— Tu veux t'allonger ? s'écria-t-il, inquiet.
— Non, s'écria-t-elle en bondissant sur ses pieds. J'ai plutôt envie de danser.
— Envie de danser ? répéta-t-il, abasourdi.
— Oui ! Danse avec moi. Dansons avec Jonah.
— Nous ne savons même pas si c'est un garçon.

Débordant d'amour, Zack l'enlaça et l'étreignit.
— Ça peut aussi bien être une fille. Dans ce cas, ce sera Rebecca.
— Les voilà qui bêtifient ! s'exclama Ripley. Profitons-en, Mac. Viens danser.
— Il y a quelqu'un qui va souffrir, marmonna-t-il.

Sam les regarda tournoyer un instant, puis frôla la main de Mia.
— Nous dansions pas mal, autrefois.
— Hein ?

Mia regardait Nell avec une expression nostalgique qui fit à Sam l'effet d'un coup de poing en plein cœur.
— Viens, insista-t-il en lui prenant la main. Voyons si nous n'avons pas tout oublié.

Sur un coup de tête, il lui fit descendre le perron et l'entraîna dans la cour. Il l'enlaça, et, spontanément, elle noua les mains sur sa nuque.
— Oui, constata-t-il tandis qu'ils se mouvaient en rythme, je vois que nous n'avons pas oublié.

Se rappelant le plaisir qu'elle éprouvait jadis à danser avec lui, elle se débarrassa de ses chaussures et le sable vola sous ses pieds tandis qu'ils virevoltaient.

La danse avait été pour eux une sorte d'accouplement joyeux et innocent. La manifestation harmonieuse de leur désir, l'attente extatique de son accomplissement.

Elle cessa de n'entendre la musique qu'avec ses oreilles. Son corps entier la percevait.

Lorsque Sam la souleva, elle rejeta la tête en arrière et éclata de rire. Pour la première fois depuis plus de dix ans, elle l'étreignit avec joie et tendresse.

Les applaudissements et les sifflets lui firent tourner la tête; la joue contre la tempe de Sam, elle attendit de reprendre son souffle.

— Je t'avais dit qu'ils adoraient se donner en spectacle, commenta Ripley en décochant un coup de coude à Mac.

Mais son sourire amical démentait ses propos.

— Hé, nous ne sommes pas obligés d'encaisser des insultes! lança Sam. Viens, Mia.

Sans lui lâcher la main, il dévala les marches qui menaient à la plage.

— Ralentis! On va se casser le cou.

— Je te rattraperai.

Pour le lui prouver, il la souleva et la fit tournoyer.

— Si on se baignait?

— Non.

— Bon. Alors, dansons.

Il la reposa sur le sol, et l'attira fermement contre lui. La musique langoureuse de *Sea of love* leur parvint.

— C'est un vieil air! remarqua-t-elle.

— Un classique, corrigea-t-il.

Il enfouit son visage dans les cheveux de Mia dont il sentait le cœur battre à l'unisson du sien. Leurs jambes se frôlèrent, ils bougeaient à peine, si intimement soudés qu'ils ne formaient plus qu'une seule silhouette.

Mille souvenirs envahirent l'esprit de Sam.

— On organise toujours des soirées dansantes dans la salle de gym du lycée?

— Oui.

— Les gamins continuent à se faufiler dehors pour se bécoter?

— Probablement.

— Imitons-les.

Tournant la tête, il fit glisser ses lèvres sur la joue de Mia et s'arrêta au coin de sa bouche.

— Reviens-moi.

Avant qu'elle ait compris et ait pu s'en défendre, elle fut projetée quinze ans en arrière. Ils ne dansaient plus sur le sable mais s'enlaçaient derrière la salle de gym du lycée, tandis que la brise d'automne agitait les branches au-dessus de leurs têtes. La musique, fracas de batteries et des guitares, jaillissait des portes ouvertes du bâtiment. Elle glissait les mains sous le blouson en cuir de Sam. Il était plus mince et embrassait moins habilement, mais avec quelle ardeur elle lui répondait!

La torche de l'amour l'incendiait.

Instinctivement, elle chuchota son nom. Et promit tout.

Ce fut la douleur qui la ramena brutalement au présent.

Le souffle court, elle le repoussa.

— Salaud! Tu triches.

— Pardon.

Pris de vertige, il sentait encore la fraîcheur de l'automne et l'odeur des feuillages roussis.

— Pardon, répéta-t-il en pressant les doigts sur ses tempes. Je ne le voulais pas. Reste! cria-t-il comme elle s'éloignait.

Il n'avait pas prémédité cet élan qui les avait ramenés à leurs amours adolescentes. Cela avait été plus fort que lui. Mon Dieu, se sentir aimé à ce point était bouleversant! Et dire qu'il avait rejeté cela, et ne le retrouverait plus jamais, quelle abomination!

Debout au bord de l'eau, les bras étroitement croisés, Mia fixait la nuit.

— Mia, murmura-t-il en la rejoignant, je n'ai aucune excuse. Pardonne-moi. Tout ce que je peux te dire, c'est que je ne l'ai pas fait exprès.

— Tu m'as fait mal, Sam.

— Je sais.

« Et à moi-même », songea-t-il. Plus qu'il ne l'aurait cru possible.

— On ne peut revenir en arrière. Et il ne le faut pas. Je ne veux pas redevenir cette fille, ni que tu redeviennes ce garçon. Je ne veux pas renoncer à ce que j'ai fait de moi.

— Je ne voudrais pas que tu changes un iota de la personne que tu es aujourd'hui. Tu es la femme la plus étonnante que j'aie jamais connue.

— C'est facile à dire.

— Non, ce n'est pas facile. Il y a des mots que j'ai toujours eu du mal à prononcer. Mia…

Il tendit la main, mais elle se détourna de nouveau. Et se pétrifia. Une lumière bleue se déversait de la grotte.

— Arrête. Tu vas trop loin.

— Ce n'est pas moi. Attends.

Il se dirigea vers la grotte et s'immobilisa à l'entrée. Mia le suivit, et s'arrêta près de lui.

La lumière douce éclairait deux personnes, immobiles comme des statues.

Un homme nu, allongé sur le sol, dormait profondément. Une femme à la chevelure flamboyante le contemplait, une fourrure noire ruisselante à la main.

Elle se retourna et Mia la reconnut.

— L'amour, dit celle qui avait été Feu, n'est pas toujours sage. Il se manifeste sans réserve aucune et n'éprouve jamais de regrets.

Frottant sa joue contre la fourrure, elle sortit de la grotte.

— Le temps est plus court que vous ne le croyez, reprit-elle.

— Mère ? fit Mia.

Feu s'arrêta, et lui décocha un sourire rayonnant.

— Ma fille ?

— Je ne te trahirai pas.

— Il ne s'agit pas de moi, souffla Feu en caressant du bout des doigts le visage de Mia. Toi aussi, tu ne dois pas te trahir, car tu n'es pas que toi-même... Tu oublies trop souvent qu'il est aussi en toi, ajouta-t-elle en jetant un coup d'œil dans la grotte.

Serrant la fourrure contre son sein, elle croisa le regard de Sam.

— Et que je suis en toi... Prends garde à celui qui rôde dans la nuit, acheva-t-elle en s'éloignant.

Sa silhouette se volatilisa et la lumière dans la grotte s'éteignit.

— Je sens son odeur, dit Mia. Lavande et romarin. Tu as vu son amulette ?

Sam souleva le disque d'argent que Mia portait, suspendu à une chaîne.

— C'est celle-ci. Et, quand j'ai regardé son visage, c'est le tien que j'ai vu, ajouta-t-il en lui relevant le menton.

— Eh bien, voilà de quoi méditer, commenta-t-elle.

Elle s'apprêtait à s'éloigner lorsqu'elle remarqua le halo noir qui brouillait le pourtour de la lune.

— Les ennuis arrivent, chuchota-t-elle.

Un rugissement leur parvint.

Un brouillard courut sur la mer et envahit la plage. Le loup au mufle marqué du pentagramme en sortit et montra les crocs.

Sam se jeta devant Mia.

— Cours ! Rentre à la maison.

— Je ne le fuirai pas, s'écria-t-elle en s'écartant afin que le loup la voie.

Et, sans prendre le temps de tracer son cercle, elle psalmodia :

— Que le vent se lève, que la terre tremble et que des murailles d'eau se dressent !

Elle leva les bras et la tempête se déchaîna. La mer se souleva en vagues immenses qui se succédaient dans un vacarme effrayant.

— Air, terre, mer, entrez en convulsion ! Flammes, formez un cercle ! Et toi qui sors en rampant de la boue, viens, si tu l'oses, et affronte mon feu.

Un éclair jaillit du ciel. Le loup se tapit dans le brouillard et la flèche s'écrasa sur le sol.

— Lâche ! cria-t-elle.

— Mia ? fit la voix de Sam. Chasse ce truc !

— Je viens de le faire.

— Non, chérie. La vague.

— Ah...

Une muraille liquide, d'au moins six mètres de haut, avançait sur l'océan, poussé par les rafales. Étendant les bras, Mia dirigea son énergie sur la mer comme elle eût fait d'un pistolet.

La vague s'effondra en gouttelettes argentées. Et le vent mourut dans le poing de Mia.

La nuit redevint limpide et la brise allègre.

Rejetant la tête en arrière, Mia inspira à fond tandis que la chaleur de son pouvoir se répandait dans ses veines.

— Eh bien, voilà qui lui a donné un avant-goût de ce qui l'attend, non ?

— Depuis quand connais-tu ce sortilège ?

— À vrai dire, c'est la première fois que je m'y risque. Et c'était mieux que de faire l'amour, avoua-t-elle en riant.

Un bruit de galopade se fit entendre, accompagné de cris. Mia se retourna pour rassurer ses amis.

— Tu te sens bien ? demanda Nell pour la énième fois.

— Très bien.

— Un petit coup à boire ne me ferait pas de mal, déclara Ripley en décapsulant une bière. Et toi ?

— Non merci, répondit Mia qui se sentait déjà délicieusement ivre.

— De la limonade pour la petite maman, dit Ripley en remplissant un verre. Nell, assieds-toi ou occupe-toi les mains, tu me rends nerveuse à tourniquer ainsi.

— On ferait mieux de descendre voir ce qu'ils font.

— Oh, laisse-les s'amuser avec leurs joujoux !

Mac, Sam et Zack avaient trimballé les instruments sur la plage dont les *bips*, les couinements et les grésillements étaient audibles de la terrasse.

— C'est un sortilège énorme que tu as accompli ! Qu'as-tu ressenti ?

Mia esquissa un sourire suffisant.

— Bien que je n'aie pas eu le temps de me préparer, l'élan a été formidable. Une sorte d'orgasme qui m'a laissé un petit goût de trop peu.

— J'en connais un qui va avoir de la chance, tout à l'heure, s'esclaffa Nell qui se reprit aussitôt : Pardon. J'ai honte de blaguer ainsi alors qu'il y a quelques minutes, nous étions terrifiés. Pas moyen de vous rejoindre ! Le vent a surgi comme une tornade.

— Une brise d'été n'aurait pas suffi. Et tu es arrivée jusqu'à moi. Je t'ai sentie, dit Mia qui, accoudée à la balustrade, offrit son visage à l'air parfumé de la nuit. J'avais l'impression d'abriter en moi un millier de cœurs qui battaient follement. Chacune de mes cellules, chacun de mes muscles, chaque goutte de sang vibrait de vie. Lorsqu'il m'a regardée, ajouta-t-elle en se retournant, j'ai vu qu'il avait peur.

— Peut-être est-ce fini, hasarda Nell.

— Non, pas encore.

— Que ce soit fini ou pas, une chose est sûre, dit Ripley, j'ai beau te connaître depuis toujours, j'ignorais que tu possédais un tel pouvoir. À présent, je comprends pourquoi tu es aussi méticuleuse et exigeante. Tu te balades avec une sacrée puissance de feu !

— C'est censé être un compliment ?

— C'est une constatation. Et un avertissement. Attends-nous, la prochaine fois… Bon, fit-elle en emportant trois bières. Fini de jouer. Allons voir où en sont Mac et ses copains.

Mac avait éparpillé ses détecteurs et ses moniteurs sur la plage. Assis sur le sable, il tapait énergiquement sur le clavier de son ordinateur portable.

Déménager les instruments de Mac et les disposer selon ses ordres avait soulagé Sam. Mais, à présent, il aurait bien aimé se jeter dans une activité physique quelconque et transpirer abondamment pour éliminer son stress.

— Tu as un matériel vraiment sophistiqué, mais à quoi sert-il ?

— À mesurer, à comparer, à enregistrer... répondit Mac sans cesser de pianoter. Quel dommage que je n'avais pas d'appareil photo ! Cette vague devait faire six ou sept mètres de haut.

— Au moins, renchérit Sam.

— À combien estimez-vous la température au centre, au moment du paroxysme ? demanda Mac en regardant son thermomètre.

Sam jeta un coup d'œil à Zack, qui haussa les épaules.

— La température ? Bon Dieu, il a fait chaud.

— C'est très important, expliqua Mac. Autour du flot d'énergie négative, la température chute. Pour calculer l'affrontement des ions et la direction dominante de la force, il me faut une estimation des températures ambiantes.

— Il a fait chaud, répéta Sam. Mais je suis un sorcier, pas un spécialiste météo.

— Très drôle. Prends cet instrument et va faire une mesure à l'endroit où l'éclair a frappé... Hé !

L'un des instruments venait de se mettre à vrombir comme une ruche. Mac bondit, trébucha sur un câble et se rua vers l'appareil. Puis il aperçut les trois femmes qui descendaient les marches menant à la plage.

— J'aurais dû m'en douter, marmonna-t-il en s'accroupissant pour consulter les cadrans.

— Je vais jeter un coup d'œil dans la grotte, annonça Nell.

Il répondit par un grommellement, puis fit signe à Mia d'approcher. Amusée, elle obéit. Il leva la main pour la faire s'arrêter.

— Eh bien, dis donc ! C'est phénoménal. Tu es en train d'accomplir un sortilège ?

— Pas pour le moment. Pourquoi ?

— Tes mesures signalent des pics d'énergie. Tu as toujours eu un niveau élevé, même au repos, mais là, c'est impressionnant. Ne bouge pas.

Il prit sa tension, lui tâta le front, écouta son rythme cardiaque. Il lisait les courbes des ondes de son cerveau lorsque les autres se rassemblèrent autour d'eux.

— Comment fais-tu cela ? s'enquit Mac d'une voix grave.

— Qu'est-ce que je fais, Mac ?

— L'énergie qui t'habite en cet instant précis enverrait n'importe qui ricocher contre un mur. Mais tes signes vitaux sont dans les normes, et tu es restée tranquillement assise ici durant au moins dix minutes.

— Je me contrôle, voilà tout... Bon, les enfants, j'ai passé une excellente soirée mais il faut vraiment que je parte, annonça-t-elle. Une dure journée m'attend demain.

— Pourquoi ne resterais-tu pas dormir ici ?

— Ne t'inquiète pas pour moi, Mac.

— Ce n'est pas fini.

— Non, ce n'est pas fini. Mais, pour ce soir, ça ira.

16

Mia ne réussit pas à trouver le sommeil, ce qui ne l'étonna pas outre mesure. Profitant de l'excès d'énergie qui l'habitait, elle fabriqua plusieurs charmes à emporter, astiqua meubles et parquets et, enfin, se vernit les ongles.

L'aube la trouva dans le jardin, en train de cueillir des fleurs pour sa boutique.

Lorsqu'elle poussa la porte du *Café Librairie*, à 8 heures tapantes, son énergie ne montrait aucun signe de faiblesse.

Toujours ponctuelle, Nell arriva à 9 heures, chargée de victuailles.

— Tu es stupéfiante, dit celle-ci tandis que Mia l'aidait à porter les cartons.

— Je me sens incroyablement bien. Ça va être une bonne journée.

— J'ai confiance en toi, mais ta désinvolture à l'égard de ce qui s'est passé hier soir me surprend. Ce niveau de magie, l'envergure…

— C'était comme de tenir un dragon par la queue, acheva Mia. Je prends cela très au sérieux. Il faut que je profite de cet élan, petite sœur. Physiquement, je n'ai pas vraiment le choix. Cela ne signifie pas que je prends ça à la légère ni que j'ignore que la suite sera encore plus terrifiante.

Un dragon par la queue ? songea Nell. Un troupeau de dragons, oui !

— J'ai vu ce que tu as été capable de déclencher, hier soir. C'était prodigieux. Et, à présent, tu te prépares à une signature comme si c'était ce qu'il y a de plus important au monde.

— Aujourd'hui, c'est le cas, répliqua Mia en prenant un beignet aux pommes. J'ai sans cesse faim. Sans doute est-ce dû à un trop-plein d'énergie. Toi, tu as Zack pour régler ce problème. Moi, je dois me trouver d'autres activités que le sexe. Ma cuisine est si propre qu'on pourrait manger par terre.

— Je pensais que Sam et toi rentreriez ensemble.

— Moi aussi... Apparemment, il avait mieux à faire.

— Après ton départ, Mac a voulu enregistrer les signes vitaux de Sam qui a commencé par refuser. Zack a dû le provoquer en l'insultant, tu sais, à la manière des hommes.

— Je vois. En lui demandant quelles étaient la taille et l'endurance de son pénis.

— En gros, oui. Les niveaux de Sam étaient presque aussi élevés que les tiens.

— Vraiment ? s'étonna Mia qui hésitait à prendre un autre beignet.

— La théorie de Mac, c'est qu'il a absorbé une partie de l'énergie ambiante. Il veut attendre quelques jours avant de le réexaminer afin de comparer les chiffres.

Mia céda à la gloutonnerie, tout en se promettant une heure de yoga supplémentaire, ultérieurement.

— Ça n'a pas dû plaire à Sam.

— Non. Mais Mac lui a expliqué que la moindre information était essentielle, et – ne t'énerve pas – pourrait aider à te protéger.

Mia secoua le sucre de ses doigts.

— Ai-je donné à qui que ce soit l'impression d'avoir besoin de protection, hier soir ?

— Ce ne sont que des hommes, répliqua Nell d'un ton placide qui remit Mia de bonne humeur.
— On ne peut ni vivre avec eux ni s'en passer.

Les préparatifs étant bien avancés, Mia descendit attendre le ferry de 10 heures. Le chien de Pete Stahr s'était encore échappé et galopait sur le quai, les restes d'un malheureux poisson en travers de la gueule. Le bateau de Carl Macey était amarré au quai et son équipage déchargeait une pêche plus fraîche et plus appétissante. Mia joua un instant avec l'idée de passer commande, car elle était sûre qu'à la fin de la journée son appétit n'aurait pas diminué.

Un jeune cycliste l'évita de peu et s'arrêta dans un dérapage contrôlé à quelques centimètres de ses orteils.

— Salut, mam'selle Devlin, s'écria Dennis Ripley.
— Salut, m'sieur Ripley.

Le garçon sourit. Poussant comme une mauvaise herbe, il était déjà affublé de grands bras maladroits aux coudes pointus. Dans deux ans, songea-t-elle, ce serait au volant d'une voiture d'occasion qu'il s'exercerait aux dérapages contrôlés.

L'idée la fit soupirer.

— Ma mère va aller à la librairie, aujourd'hui, pour voir l'écrivain.
— Je suis ravie de l'apprendre.
— Ma tante Pat, celle qui travaille à l'hôtel, elle dit qu'on lui a réservé une belle chambre avec un Jacuzzi et la télé dans la salle de bains.
— C'est vrai ?
— Elle prétend que les écrivains gagnent plein d'argent et mènent la grande vie.
— J'imagine que c'est vrai pour certains.
— Comme Stephen King. Ses bouquins sont super. Peut-être que j'écrirai un livre, un jour, et que vous le vendrez dans votre librairie.

— Alors, on sera riches tous les deux.

Elle tira sur la visière de sa casquette de base-ball.

— Mais je préférerais faire partie de l'équipe des Red Socks. Bon, faut que j'y aille.

Et il démarra à toute vitesse en sifflant le chien de Pete qui s'élança derrière lui. Se retournant pour les regarder, Mia tomba nez à nez avec Sam.

— Salut, mam'selle Devlin.

— Salut, m'sieur Logan.

— Accorde-moi une minute.

Il la prit dans ses bras et lui écrasa la bouche.

Et l'air se mit à grésiller.

— Je n'ai pas réussi à faire ça hier soir.

— Aujourd'hui, ça marche, murmura-t-elle, les lèvres en feu.

Dans un sursaut de volonté, elle s'écarta et regarda le ferry qui haletait vers le quai.

— Le bateau est à l'heure, remarqua-t-elle.

— Il faut qu'on parle au sujet d'hier soir.

— En effet. Il faut qu'on parle d'un certain nombre de choses, mais pas aujourd'hui.

— Demain, alors.

Une berline noire descendit lentement du ferry et s'immobilisa. Avant que le conducteur n'ait le temps d'ouvrir la portière arrière, une jolie blonde sauta à terre.

Elle poussa un cri joyeux et se jeta dans les bras de Sam. Un baiser sonore claqua.

— Mon Dieu, ça fait plaisir de te voir ! Comment est-ce que tu te débrouilles pour être de plus en plus beau ? Je n'arrive pas à croire que je suis là, sur ton île. Dire qu'il m'a fallu toute une semaine de signatures pour y arriver ! Allez, on s'embrasse encore.

« Ne vous gênez pas », commenta stoïquement Mia en son for intérieur. Caroline Trump était aussi jolie que sur la jaquette de son livre. Une vague de cheveux blonds encadrait un joli visage de lutin qu'éclairaient des yeux couleur de miel. Elle possédait en outre une bouche bien dessinée. Laquelle bouche était, en cet instant, soudée à celle de Sam.

Bien que sa notice biographique lui attribuât trente-six ans, elle avait l'allure guillerette d'une majorette de lycée.

Ladite notice avait aussi négligé d'indiquer que Sam et elle avaient été amants.

— Raconte-moi tout ! s'écria Caroline. Je suis impatiente de voir à quoi ressemble ton hôtel. Il faut que tu trouves le temps de me faire visiter cette île. Elle est superbe ! Cette satanée signature sera probablement un four… Je me demande pourquoi on m'a envoyée dans ce trou perdu. En tout cas, je devrais pouvoir abréger, et nous irons à la plage.

— Tu parles toujours trop, fit Sam en l'écartant doucement. Bienvenue sur l'île des Trois Sœurs. Caroline, je te présente Mia Devlin, la propriétaire du *Café Librairie*.

— Oh ! fit Caroline en adressant un sourire chaleureux à Mia. C'est vrai que je parle trop. Je ne le pensais pas vraiment, pour la signature.

Elle serra vigoureusement la main de Mia.

— Je suis tout excitée. Ça fait plus de six mois que je n'ai pas vu M. Sexy, ici présent, et en plus, j'ai dû avaler trois litres de café depuis mon réveil. Je suis vraiment très heureuse que vous me receviez.

— Tout le plaisir est pour nous, dit Mia d'une voix si douce que Sam tressaillit. J'espère que vous avez fait une bonne traversée.

— C'était formidable. J'ai…

— Eh bien, moi aussi, je vous souhaite la bienvenue. Je vais vous laisser vous installer. En cas de besoin, vous pouvez me joindre au *Café Librairie*. Sam, conclut-elle avec un signe de tête impérial avant de tourner les talons.

— Aïe ! fit Caroline en se frappant le front. Quelle imbécile je fais. Bravo pour l'entrée en matière.

— Ne t'inquiète pas, fit Sam, qui s'en chargerait à sa place. Allons à l'hôtel. Je pense que ta suite te plaira.

Une heure plus tard, il rassembla son courage et poussa la porte du *Café Librairie*.

— Là-haut, cria Lulu tout en pianotant fébrilement sur les touches de la caisse. Et au bord des larmes.

Il la trouva en train de donner ses instructions à l'employée qu'elle avait engagée pour tenir une deuxième caisse.

Elle n'avait rien d'une femme au bord des larmes, et tout d'une patronne efficace. Cela dit, Lulu la connaissait bien.

— Ta V.I.P. s'est installée ?

— Oui. Elle se change. Je vais y retourner bientôt pour l'emmener déjeuner.

— J'espère que notre petite signature n'interférera pas trop avec vos retrouvailles.

— Pourrait-on en parler dans un endroit plus discret ?

— Je crains que non.

Elle adressa un sourire aussi rayonnant que professionnel à une cliente qui prenait un livre sur le présentoir.

— N'oubliez pas de remplir le formulaire de tirage au sort, lui dit-elle. Comme tu vois, reprit-elle en se tournant vers Sam, je suis trop occupée par le satané événement que j'ai organisé dans ce trou perdu pour avoir le temps de papoter.

— Elle ne voulait pas t'offenser, Mia.

— Pas en face, en tout cas. Tu n'as pas besoin d'excuser ton *amie*.

— J'allais te proposer de te joindre à nous pour le déjeuner... Donne-lui une chance d'effacer cette première impression malheureuse.

— Non seulement il faudrait plus qu'un déjeuner, mais je n'en ai ni le temps ni l'envie. Et l'idée de participer à un petit ménage à trois ne me tente pas du tout, si civilisé soit-il.

« Bon, se dit-il. Parons au plus pressé. »

— Cela fait une éternité que Caroline et moi ne sommes plus intimes. Et je n'apprécie pas vraiment d'avoir à expliquer ce genre de choses en plein milieu de ta fichue boutique.

Elle le poussa de côté pour s'adresser à trois touristes qui les dévisageaient avec des yeux ronds.

— Bonjour. J'espère que vous serez là cet après-midi ; Mlle Trump va présenter et signer son dernier roman, dit-elle en désignant les piles de livres.

Le temps qu'elle finisse son boniment, Sam était parti.

— Faux jeton, marmonna-t-elle.

— Je vais être si charmante qu'elle va oublier ma gaffe.

— N'y pense plus, Caroline.

— Je ne peux pas, riposta-t-elle en plantant sa fourchette dans sa salade de poulet. Je l'aurai séduite avant la fin de la soirée. Tu vas voir.

— Mange.

— Je suis nerveuse. Elle m'a rendue nerveuse. Bon sang, Sam ! Je ne pouvais pas m'arrêter de pérorer.

— Tu pérores tout le temps. Il n'y a rien de nouveau.

— Non. Je bavarde. Pérorer, c'est différent. C'est elle, n'est-ce pas ?

— Elle, quoi ?

— Celle dont tu as toujours été mordu, répondit Caroline en cherchant son regard. J'ai toujours su qu'il n'y en avait qu'*une seule,* même lorsque nous étions ensemble.

— Oui, c'est elle. Comment va Mike ?

— Ah ! s'exclama-t-elle en agitant les doigts pour faire étinceler son alliance.

Bien que ce soit la seconde qu'on lui ait offerte, elle était bien déterminée à s'y cramponner.

— Il est formidable. Je lui manque quand je suis en tournée, ce qui dope mon amour-propre. Il va falloir que je l'emmène en vacances ici. C'est merveilleux... Tu as changé de sujet. Tu ne veux pas parler de Mia Devlin.

— Tu as l'air en pleine forme, Caroline. Heureuse, épanouie, et ton nouveau livre est excellent.

— D'accord, nous ne parlerons pas d'elle. C'est vrai que tu n'as pas l'intention de revenir à New York ?

— C'est vrai.

— En tout cas, tu as un très bel hôtel, déclara-t-elle en parcourant la pièce des yeux.

Elle examina le tableau représentant les trois femmes, et lança un regard interrogateur à Sam. Comme il gardait le silence, elle jeta sa serviette sur la table et se leva.

— Il faut que j'en finisse et que je l'amène à m'aimer, sinon je n'arriverai jamais à me calmer.

— Te calmer, ce serait bien la première fois, observa-t-il en lui emboîtant le pas. Tu as le temps de te balader un peu dans le village.

— Plus tard.

Ils traversèrent la salle à manger et sortirent.

— Ce bâtiment est fantastique, commenta-t-elle en étudiant le *Café Librairie*.

Elle redressa les épaules, prit une profonde inspiration.

— Bon, j'y vais.

— Elle ne va pas te mordre, Caroline. Elle tient autant que toi à ce que cet événement soit une réussite.

— Frère, tu ne connais pas les femmes.

Caroline entra et écarquilla les yeux.

— Waouh ! C'est une librairie de rêve. Et je suis partout. Seigneur, Sam, c'est bondé. Comment ai-je pu dire que cet endroit était nul ?

— Tu n'as pas dit ça. Tu as parlé de trou perdu.

— Exact. Ai-je dit que j'étais une imbécile ?
— Oui, je crois que tu l'as dit. Lulu, voici Caroline Trump.
— Nous sommes ravies de vous recevoir, fit Lulu qui lâcha le volume qu'elle emballait pour lui serrer la main. Vos livres sont excellents et se vendent comme des petits pains.
— Merci. Quant à moi, j'adore ce magasin, déclara Caroline en tournant sur place. Je voudrais vivre ici. Oh, j'adore ces bougies ! Sam, laisse-moi dix minutes.

Il la regarda parcourir les rayonnages, s'extasier, feuilleter, tripoter. Au bout d'un quart d'heure, il parvint à la pousser dans l'escalier.

— Tu as plu à Lulu, lui fit-il savoir. C'est déjà ça.
— Tant mieux, mais ce n'est pas mon objectif principal. Le choix est fantastique ! Pas seulement en ce qui concerne les livres, le reste aussi. De la classe d'un bout à l'autre. Et regarde-moi ça !

Sidérée, elle s'immobilisa sur la dernière marche.

La pièce était bondée. Toutes les chaises étaient occupées et de nombreuses personnes se tenaient debout. Perçant le brouhaha, la voix de Mia annonçait l'heure de la discussion.

— C'est un miracle qu'elle ne m'ait pas jetée dehors, chuchota Caroline. Il y a au moins une centaine de personnes.
— Puisque tu tiens absolument à avoir des remords, sache qu'elle s'est démenée. Le mieux que tu puisses faire, c'est de dire à ton attachée de presse ce que tu en penses. Attirer d'autres auteurs au *Café Librairie* contribuera à effacer ta gaffe.
— Considère que c'est fait. Bon, la voilà, dit Caroline en souriant à Mia qui fendait la foule. Vous avez une boutique extraordinaire. Dites-moi comment me faire pardonner ma bêtise.
— N'y pensez plus. Puis-je vous proposer quelque chose à boire, ou à manger ? Nous sommes très fières de notre café.

— Vous n'auriez pas un peu de ciguë ?

— Oh, ça peut s'arranger, répondit Mia en posant la main sur son épaule.

— Je vais prendre un coca light, et ensuite, vous me mettrez au travail.

— J'ai un certain nombre de livres vendus à l'avance que vous pourriez signer avant la séance proprement dite. Cela vous laissera plus de temps pour la plage... Venez, je vais vous installer dans l'arrière-boutique.

Elle fit signe à l'une des serveuses engagées en extra.

— Pam ? Peux-tu apporter un coca light à Mlle Trump. Sam, si tu restes ici, trouve-toi un siège. Suivez-moi, mademoiselle Trump.

— Appelez-moi Caroline, je vous en prie. Je sais d'expérience combien l'organisation d'une signature exige de temps et d'efforts. Je voudrais vous remercier.

— Nous sommes enchantées de vous recevoir.

Caroline la suivit dans l'arrière-boutique. Là encore, elle ne put qu'admirer l'efficacité de Mia.

— Tous ces exemplaires sont déjà vendus ? s'étonna-t-elle.

— Oui. Cinquante-trois, au dernier décompte. Ceux pour lesquels il faudrait un petit mot personnel. On m'a dit que c'était possible...

— Bien sûr, pas de problème.

— J'ai collé un Post-it sur chacun. Votre attachée de presse m'a certifié que vous utilisiez ce genre de stylo...

— Arrêtez un instant, s'il vous plaît, la coupa Caroline en se laissant tomber sur un tabouret. Je n'ai jamais vendu plus de cent livres lors d'une signature.

— Eh bien, vous allez battre votre record.

— Je le vois bien, tout comme je vois que vous avez pris soin de trouver mon stylo préféré et de mettre un bouquet de mes roses favorites sur la table où je signerai.

— Attendez de voir le gâteau.
— Un gâteau ? répéta Caroline, sidérée. Vous avez fait un gâteau ? Vous m'avez envoyé des sels de bain et des chandelles, et vous êtes venue m'accueillir au ferry.
— Je vous l'ai dit, nous sommes enchantées de vous recevoir.
— Je n'ai pas fini. Votre librairie, qui, entre parenthèses, est extraordinaire, est bondée et les trois quarts des gens ont au moins un de mes livres sous le bras. Et vous me détestez parce que j'ai tenu des propos étourdis, grossiers et stupides.
— Non, vos propos étourdis, grossiers et stupides m'ont agacée, mais je ne vous déteste pas, répliqua Mia en prenant le verre qu'apportait Pam.
— Et le fait qu'autrefois Sam et moi étions amants ?
— Bien sûr, pour ça, je vous déteste, admit Mia d'un ton plaisant.
— Ce n'est que justice, décréta Caroline. Mais, vu que cela fait quatre ans que Sam et moi ne sommes plus qu'amis, et que je suis mariée et heureuse...
Elle agita la main gauche.
— *Et* vu qu'il est fou de vous, qu'il se trouve que vous êtes belle, intelligente et plus jeune que moi, et que vous portez des chaussures sublimes... Je vous déteste encore plus.
Mia la dévisagea longuement.
— Voilà qui me paraît parfaitement sensé. Tenez, ajouta-t-elle en lui tendant le stylo. Je vais vous ouvrir les livres.

Quatre heures plus tard, Mia faisait ses comptes dans son bureau. Lorsque l'éditeur l'appellerait, il tomberait des nues.
Nell entra, se laissa choir dans un fauteuil et tapota son ventre qui commençait à s'arrondir.

— C'était bien, c'était remarquable. C'était épuisant.

— J'ai noté que les boissons gratuites n'avaient pas empêché le café de faire de brillantes affaires.

— Tu m'en diras tant, fit Nell en bâillant. Tu voulais le chiffre ?

— Demain. Mais j'ai le total des livres de Trump.

— Qui se monte à ?

— Pour le dernier titre, y compris les vendus d'avance, deux cent douze. Et trois cent trois des anciens.

— Pas étonnant qu'elle soit sortie d'ici en état de choc. Félicitations, Mia. Elle a été formidable, tu ne trouves pas ? Drôle et chaleureuse pendant la discussion. Elle m'a vraiment plu.

— Oui, murmura Mia en tapotant le bureau de son stylo. Moi aussi, elle m'a plu. Elle a eu une liaison avec Sam.

— Oh, fit Nell en se redressant dans son fauteuil.

— On comprend facilement ce qui l'a attiré. Elle est intelligente, affable, énergique. Je ne suis pas jalouse.

— Je n'ai rien dit.

— Je ne suis pas jalouse, répéta Mia. Je regrette seulement qu'elle me plaise tellement.

— Viens chez moi. Nous discuterons des hommes en mangeant de la glace.

— J'ai déjà largement dépassé ma ration quotidienne de sucre. C'est d'ailleurs sans doute pour ça que je suis aussi nerveuse. Rentre, toi. Je termine un truc ou deux, et ensuite, j'irai dormir douze heures d'affilée.

— Si tu changes d'avis, j'ai de la crème au chocolat maison, fit Nell en se levant. Tu as fait un boulot fantastique, Mia.

— *Nous* avons fait un boulot fantastique.

Elle travailla jusqu'à 18 heures à des tâches peu intellectuelles qui lui permirent de ruminer les derniers événements. Puis elle admit que son énervement n'allait pas s'apaiser tout seul et ne vit aucune raison de se refuser la solution qui lui plaisait le plus.

Sam ôta sa veste et sa chemise puis, affamé, alla examiner ce que contenait son réfrigérateur. Des restes de plats chinois. Il songea à commander une pizza, ou une entrecôte, pour compléter l'unique rouleau de printemps et les miettes de riz frit au porc.

Bien qu'il l'aimât beaucoup, il était soulagé que Caroline ait refusé son invitation à dîner. Se concentrer sur sa conversation eût été au-delà de ses forces.

La journée avait été éreintante. Et la nuit précédente aussi.

Après avoir aidé Mac à ranger ses instruments, il avait longuement nagé. Il s'était ensuite escrimé sur le matériel du gymnase de l'hôtel avant de faire cinquante longueurs dans la piscine puis de prendre une douche froide.

Et n'avait pas fermé l'œil de la nuit.

Après avoir ramené Caroline à l'hôtel, il avait à nouveau manié poids et haltères, et piqué une tête dans la mer.

En vain. Son système nerveux était toujours dans un état déplorable.

Il détestait les somnifères, même ceux de sa propre composition. Mais c'était la seule solution.

Du moins la seule solution raisonnable, car la plus satisfaisante serait d'aller trouver Mia, de lui arracher ses vêtements, et de dépenser son énergie dans une partie de jambes en l'air complètement échevelée.

Ce qui le ramènerait droit à la case départ – son stratagème consistant à renouer avec elle sur un plan autre que sexuel.

Optant pour une pizza, il ferma le réfrigérateur et s'apprêta à décrocher le téléphone. La silhouette de

Mia qui se découpait derrière la moustiquaire le fit sursauter.

Lorsqu'elle entra, il arborait une expression aussi désinvolte qu'elle.

— Je ne t'attendais pas. Comment se fait-il que tu ne sois pas chez toi, les pieds sur un coussin et un verre à la main ?

— J'espère que je ne te dérange pas.

— Pas du tout.

— Je t'ai apporté un cadeau, dit-elle en lui tendant un petit paquet bleu. De la part de la propriétaire du *Café Librairie* pour le propriétaire de *L'Auberge Magique*.

Passant devant lui, elle s'arrangea pour le frôler et le sentit trembler.

— Un cadeau ?

— Oui, pour te remercier. Sans toi, cette signature n'aurait pas eu lieu. Et le succès a été indéniable.

— Caroline chancelait lorsqu'elle a regagné l'hôtel. Pourtant, il en faut beaucoup pour l'épuiser.

— Tu es bien placé pour le savoir, rétorqua Mia.

— Elle est mariée. Nous sommes amis. C'est tout.

— Tu es bien susceptible. Offre-moi plutôt à boire.

— Très bien.

Il prit une bouteille de vin et la déboucha.

— J'ai vécu, ces dix dernières années. Je suppose que toi aussi, Mia.

— Naturellement. Veux-tu que je te vante quelques-uns de mes amants ? demanda-t-elle en sortant des verres du placard.

Le regard noir qu'il lui décocha la combla d'aise.

— Je ne veux pas en entendre parler. Et je n'ai pas vanté Caroline.

— Non, mais tu ne m'as pas non plus prévenue de votre liaison. Ce qui nous a mises toutes les deux dans l'embarras. Mais j'ai décidé de te pardonner.

— Oh, merci beaucoup !

— Voilà que tu boudes. Laisse-moi servir le vin et

ouvre ton cadeau. On va voir s'il te met de meilleure humeur.

— Ce qui me mettrait de meilleure humeur, ce serait de te cogner la tête contre le mur.

— Tu es trop civilisé pour te livrer à de tels excès.

— À ta place, je ne parierais pas.

Il ouvrit la boîte et en sortit un carillon composé de grenouilles en cuivre.

— J'ai trouvé que ce truc saugrenu irait bien avec le cottage. En outre, j'avais envie de te métamorphoser en batracien pour quelques jours.

Elle tapota l'une des grenouilles qui se mit à chanter en heurtant ses congénères.

— C'est tout à fait... unique, commenta-t-il. Chaque fois que je le verrai, je penserai à toi.

— Il y a un crochet dehors, juste à côté de la cuisine. Tu devrais l'y suspendre, pour voir ce que ça donne.

Pour lui faire plaisir, il sortit et suspendit le carillon.

— Tu sens la mer, souffla-t-elle en glissant le doigt le long du dos nu de Sam.

— Je suis allé nager.

— Ça t'a fait du bien?

— Non.

— Pourquoi ne nous ferions-nous pas du bien l'un l'autre? demanda-t-elle en lui mordillant l'épaule.

— Parce qu'alors, ce ne serait que du sexe.

— Tu as quelque chose contre le sexe?

Il se retourna et lui empoigna les bras.

— Autrefois, nous avions plus. C'est ce que je veux. Plus.

— Nous sommes toi et moi assez vieux, à présent, pour savoir qu'on n'obtient pas toujours tout ce qu'on veut, et qu'il vaut mieux saisir ce qui se présente.

Elle plaqua les mains sur le torse de Sam qui, à sa grande surprise, recula.

— Tu me veux, je te veux, pourquoi compliquer les choses?

— Elles l'ont toujours été, Mia.

— Après ce qui s'est passé hier soir, j'ai besoin de me libérer de mon trop-plein d'énergie. Et toi aussi.

— Il faut qu'on parle de ce qui s'est passé hier soir.

— Tu es devenu un vrai fan de la discussion, railla-t-elle en repoussant ses cheveux. Nell est persuadée que tu me fais la cour.

Un muscle tressaillit sur la joue de Sam.

— Ce n'est pas l'expression que j'utiliserais. Je dirais plutôt que je sors avec toi.

— Dans ce cas...

Elle fit lentement glisser de ses épaules les bretelles de sa robe et la laissa tomber sur le sol.

— Je trouve que ça fait assez longtemps qu'on sort ensemble.

17

Il aurait juré que le monde s'était arrêté de tourner. Durant un bref instant, il n'y eut ni bruit ni mouvement. Rien que Mia, grande, cambrée, splendide. Toute d'albâtre et de feu, elle ne portait qu'une pierre de lune suspendue entre les seins, une chaîne de minuscules nœuds celtiques à la cheville, et des sandales arachnéennes.

L'eau lui vint à la bouche.

— Tu me désires, murmura-t-elle d'une voix caressante. Ton corps souffre comme le mien, et ton sang bouillonne autant.

— Te désirer, ç'a toujours été la partie la plus facile.

— Pourquoi te priver ? insista-t-elle en posant les mains sur la poitrine de Sam. Tu trembles.

Se lovant contre lui, elle promena les lèvres sur une épaule nue aux muscles durs comme de la pierre.

— Moi aussi, ajouta-t-elle.

Il serra les poings.

— C'est ça, ta réponse à notre problème ?

Elle leva les yeux, et leurs regards se croisèrent.

— J'ai des besoins, tout comme toi. Nous pouvons les satisfaire sans nuire à personne.

Elle lui mordit la lèvre inférieure.

— Allons faire un tour dans le bois.

Lorsqu'il l'attira violemment contre lui et l'étreignit, le visage de Mia s'illumina triomphalement.

— Ici, décréta-t-il. Dans cette maison. Dans mon lit.

L'esprit brouillé par le désir, elle ne réagit que lorsqu'il la poussa dans le couloir.

— Non, pas ici. Dans le bois.

— Tu ne peux pas tout avoir à ta façon.

— Je ne coucherai pas avec toi ici.

Il l'entraîna dans la chambre, la fit tomber sur le lit et se jeta sur elle.

— Oh que si !

Elle se débattit.

Elle n'était pas venue quêter tendresse et intimité, mais assouvissement sexuel.

— Tout ce que tu as prouvé, c'est que tu étais le plus costaud, lâcha-t-elle d'un ton ironique.

— Cette fois, je ne te laisserai pas filer. Et, vu l'état dans lequel nous sommes tous les deux, la résistance ne rendra les choses que plus agréables… Vas-y, bats-toi, souffla-t-il en lui coinçant les bras au-dessus de la tête. Je ne veux pas que ce soit facile, et je ne veux pas que ce soit rapide.

Lui maintenant les poignets, il la couvrit de baisers.

Elle continua à se débattre tout en le maudissant. Parce qu'il avait raison. La menace de violence accroissait son désir, le pimentait. Elle avait beau se le reprocher, elle jouissait d'être dominée.

La bouche de Sam assaillait son corps de mille morsures. Se tortiller, se cambrer ne faisait que lui livrer de nouveaux endroits à torturer.

Le premier orgasme lui arracha un cri. Et amplifia sa faim.

Il la sentit frissonner sous lui, l'entendit haleter et perçut le battement affolé de son pouls. Sa peau chaude et humide collait à la sienne. De deviner qu'elle se débattait autant contre elle-même que contre lui aviva sa passion.

Il s'y abandonna avec fougue, captura sa bouche. Leur baiser fut une sorte de folie. Toute pensée fut abolie. Lèvres, langues et dents bataillèrent tandis qu'ils se nourrissaient l'un de l'autre. Lorsqu'il la sentit s'envoler une deuxième fois, il lui lâcha les mains et l'étreignit à bras-le-corps.

Étroitement soudés, ils roulèrent sur le lit, en quête d'une fusion impossible et d'une volupté plus intense. L'air s'épaissit et le soleil qui entrait par la fenêtre inonda la pièce d'une lumière dorée.

Comme elle se juchait sur lui, il se redressa, prit un sein dans sa bouche et l'aspira.

Galvanisée, Mia s'abandonna au besoin sauvage de prendre et d'être prise. Un seul homme était capable lui faire ressentir cela, songea-t-elle lorsque l'orage éclata une nouvelle fois en elle.

Hors d'haleine, elle s'effondra sur la poitrine de Sam et s'y cramponna comme à une planche de salut. Son cœur battait si fort qu'il menaçait d'éclater.

Il murmura quelques mots en gaélique et une lumière bleue émana de son corps. Elle secoua la tête.

— Ne fais pas ça !

Il ne put s'arrêter. Le phénomène échappait à son contrôle.

— *À ghra. À amhain.*

Mon amour, mon seul amour.

Les mots sortaient de sa bouche et, sans qu'il le veuille, son pouvoir scintillait, en quête de celui de Mia. Mais lorsqu'il sentit le goût de ses larmes, il ferma les yeux.

— Pardonne-moi, implora-t-il en enfouissant le visage dans les cheveux de Mia. Juste une minute. Laisse-moi une minute.

Il s'efforça de reprendre le contrôle de son pouvoir. Quoi qu'ils aient été l'un pour l'autre, il n'avait pas le droit de violer cette partie d'elle-même.

Elle le sentit frissonner et lutter. Cette guerre intime qu'il se livrait à lui-même était douloureuse, elle le savait, puisque l'on devait renier son sang et affamer son âme.

Ce combat lui arracha un râle sourd, et elle ne put le supporter.

— Partageons, souffla-t-elle en l'embrassant. Partageons tout.

La lumière rouge doré qui émana de Mia se mêla au bleu profond de Sam tandis que leurs pouvoirs fusionnaient et qu'il la pénétrait.

Il y eut une rafale de sons comme si l'on pinçait simultanément les cordes de cent harpes.

L'air frémit, les deux lumières s'élevèrent en un rayonnement radieux. Et, alors qu'ils s'étreignaient en une longue chevauchée, des étincelles s'échappèrent de leurs doigts entrelacés et dansèrent autour d'eux.

Un éclair illumina la chambre et ils atteignirent le septième ciel dans un élan de joie pure.

Il frottait sa joue contre celle de Mia en chuchotant des mots tendres. Elle sentait palpiter en elle le pouvoir de Sam et comprit qu'elle avait failli à ses résolutions.

Elle s'était dépouillée de son ultime défense, s'était laissée aller à l'aimer de nouveau.

Quelle idiote! se morigéna-t-elle.

Elle leva la main avec l'intention de le repousser mais ne put que lui caresser les cheveux.

— Mia, dit-il d'une voix ensommeillée. *Allaina*. Que tu es douce et délicieuse! Reste avec moi cette nuit.

— Tu parles en gaélique. Ce qui signifie que tu es en train de t'endormir sur moi.

— Mais non, protesta-t-il en se redressant sur les coudes pour la regarder. Tu me fais tourner la tête.

Il déposa un baiser sur son front et un autre sur le bout de son nez.

— Je suis content que tu sois passée, ajouta-t-il.

— Moi aussi. Mais il faut que j'y aille, maintenant.
— J'ai bien peur de ne pouvoir te le permettre. Et si tu essayes, je me verrai obligé de te rudoyer. Je sais que ça t'a plu.
— S'il te plaît, insista-t-elle en tentant de se dégager.
— Tu as vraiment aimé ça, répéta-t-il en lui mordillant l'épaule.
— Peut-être ai-je trouvé cela... excitant. J'avais besoin de me libérer du trop-plein d'énergie accumulé en moi par le sortilège d'hier soir.
— Raconte, fit-il en lui prenant le menton. Je veux que tu me racontes. Mais, tout de suite, je crève de faim. Pas toi ? Il me reste des plats chinois.
— Oui, mais...
— Mia, il faut qu'on parle.
— La discussion n'est pas une activité habituelle quand on est couché tout nus dans un lit. Et je te signale que tu es encore en moi.
— Exact, reconnut-il en soulevant les hanches de Mia pour s'introduire plus profondément. Dis-moi que tu restes.
— Je ne vais pas... protesta-t-elle faiblement.
— Je veux te regarder jouir de nouveau.
Les poussées lentes et régulières de Sam ne lui laissaient pas le choix. Sa tendresse impitoyable exploitait sa faiblesse et anéantissait sa volonté.
Il la regarda rendre les armes, céder à l'appel des sens. Et lorsqu'elle culmina – une longue vague –, il en sentit le paroxysme jusque dans son corps.
— Reste, supplia-t-il en l'étreignant.
Elle soupira et posa la tête sur son épaule.
— Je mangerais bien quelque chose, avoua-t-elle.
Ils firent un sort aux restes de plats chinois, puis fouillèrent les placards en quête d'autre chose.
— Une bonne séance de sorcellerie et des rapports sexuels satisfaisants, il n'y a rien de tel pour aiguiser l'appétit, déclara Sam.

— J'ai mangé deux muffins, un sandwich, un morceau de gâteau et une assiette de pâtes. Et c'était avant de faire l'amour. Donne-moi ça.

Elle prit la boîte de riz soufflé et y plongea la main.

— Maintenant que nous avons vidé ma cuisine de tout ce qui était comestible, allons nous balader dans le bois.

— Il est tard, Sam.

— Je sais. Cela dit, je ne vois pas comment tu parviens à marcher avec les chaussures que tu avais aux pieds en arrivant. Peut-être vaut-il mieux aller sur la plage.

— J'ai l'habitude de marcher pieds nus.

Autant régler la question maintenant, décida-t-elle en le suivant dehors. Tant qu'ils discuteraient ou mangeraient, elle ne serait pas obligée de réfléchir à ses sentiments, ni de chercher quelle attitude adopter.

— Je ne suis pas certaine de pouvoir t'expliquer le sortilège d'hier soir.

— Dis-moi depuis quand tu t'en sais capable.

— Je l'ai senti. Il y avait en moi un interrupteur qui attendait que je l'actionne.

— Ce n'est pas aussi simple que ça.

— Non, effectivement, admit-elle.

Elle sentait l'odeur des arbres et de la mer. Et par une telle nuit, elle avait l'impression de sentir aussi les étoiles. Une sorte de frôlement rafraîchissant.

— Depuis l'enfance, j'étudie la sorcellerie et je m'entraîne afin d'être prête pour le jour J, reprit-elle.

— Ce que tu as provoqué hier, quasiment sans préparation, dépasse tout ce que j'ai vu jusqu'à présent.

— Je m'y suis préparée toute ma vie.

Et durant les dix dernières années, cela avait été son unique amour, songea-t-elle.

— Pourtant, je n'ai pas pu achever ma tâche. Le sortilège n'a pas suffi... Mais je l'achèverai, affirma-t-elle d'une voix déterminée.

— Tu as pris un risque inutile. Si tu m'avais prévenu, j'aurais pu t'aider. Mais tu refuses mon aide.

Ils franchirent un petit ruisseau dont les rives étaient bordées de digitales qui dodelinaient de la tête.

— Je te l'ai dit, il y a longtemps que j'ai pris l'habitude de me passer de ton aide.

— Cela fait plus de deux mois que je suis revenu, Mia.

— Et tu es parti plus de dix ans. J'ai appris à faire beaucoup de choses sans toi. Sans personne, d'ailleurs, puisque Ripley m'a aussi laissé tomber. Je me suis retrouvée seule avec mon pouvoir et je l'ai affûté.

— Aurait-il atteint une telle puissance si j'étais resté ?

— Est-ce une façon de justifier ton départ ? explosa-t-elle.

— Non, répondit-il avec calme. Les raisons pour lesquelles je t'ai quittée étaient purement égoïstes. Il n'en reste pas moins que tu es plus forte que tu ne l'aurais été.

— Dois-je t'en remercier ? Peut-être, finalement. Peut-être est-il temps de reconnaître que ton départ nous a été bénéfique à tous les deux. Tu étais l'alfa et l'oméga de ma vie. Et puis, j'ai découvert que je pouvais vivre sans toi. Et que tu restes ou que tu t'en ailles, je continuerai à vivre et à travailler. À présent, je suis capable de profiter de toi sans nourrir d'illusions. Un amant qui comprend ce qu'est le pouvoir, et qui n'attend que le plaisir, c'est délicieux.

— Ne me remercie pas trop vite, s'énerva-t-il à son tour. Tu te demandais pourquoi je te faisais la cour. Eh bien, c'était pour te prouver qu'il y a entre nous autre chose qu'une simple attirance physique.

— Bien sûr qu'il y a autre chose. Il y a la sorcellerie, le passé, l'amour de l'île, et des amis communs.

— Nous avons été amis, autrefois.

— Nous ne nous détestons pas aujourd'hui.

Elle inspira profondément.

— Comment font les gens pour vivre loin de la mer ? Comment parviennent-ils à respirer ?

— Mia, murmura-t-il en lui caressant les cheveux, lorsque nous avons fait l'amour, je n'avais pas l'intention de te demander de partager la magie avec moi. Ce n'était pas prémédité.

— Je sais.

— Pourquoi as-tu accepté ?

— Parce que, justement, tu t'es efforcé de t'arrêter. Et que cela m'a touchée. Peut-être aussi que cela me manquait.

— Il n'y a eu personne d'autre, durant toutes ces années ?

— Tu n'as pas le droit de me poser cette question.

— Non, tu as raison. Aussi, bien que tu ne me l'aies pas demandé, sache qu'il n'y a eu personne d'autre que toi. Personne de cette façon.

— Ça n'a pas d'importance.

Il lui saisit le bras avant qu'elle ait le temps de s'écarter.

— Je n'ai jamais réussi à t'oublier. Et quand j'étais avec d'autres femmes, ce n'était jamais comme avec toi. Elles méritaient mieux que ce que je pouvais leur donner, mais je ne pouvais leur donner plus parce qu'aucune n'était toi.

— Tu n'as pas besoin de me dire ça, protesta-t-elle.

— Si, j'en ai besoin. Je t'ai aimée toute ma vie. Aucun charme, aucune incantation, rien n'a pu venir à bout de cet amour.

Elle sentit son cœur trébucher dans sa poitrine.

— Mais tu as essayé.

— Oui, j'ai essayé. Avec des femmes, avec le travail, en voyageant. Cesser de t'aimer n'est pas en mon pouvoir.

— Tu crois que je pourrais te rendre mon cœur ?

— Si tu ne le peux pas, contente-toi de prendre le mien.

— Cela m'est impossible. J'ignore ce que je ressens exactement et quelle part y tiennent la nostalgie et la colère. Je ne sais pas non plus à quel point ce que tu dis éprouver est réel. Bref, il y a trop d'incertitudes et, vu l'épreuve qui m'attend, les émotions troubles sont dangereuses.

— Mes émotions ne sont pas troubles. Elles ne le sont plus.

— Aujourd'hui, ce sont les miennes qui le sont. Je t'aime beaucoup, Sam. Mais je ne veux pas retomber amoureuse de toi. C'est mon choix. Si tu ne peux l'accepter, séparons-nous.

— Je peux l'accepter, pour le moment. Mais je ferai mon possible pour le modifier.

— En m'envoyant des fleurs, en m'emmenant pique-niquer? s'écria-t-elle, exaspérée. Ce sont des leurres!

— C'est une histoire d'amour.

— Je ne veux *pas* d'histoire d'amour.

— Tant pis. Autrefois, j'étais trop jeune et trop stupide pour oser dire que je t'aimais. Les mots ne me venaient pas naturellement. Et c'est sûr que, chez moi, on n'en abusait pas. Tu l'as toujours dit la première.

Il lut la surprise sur son visage, et poursuivit:

— Tu ne t'en étais pas rendu compte, n'est-ce pas? Et voilà qu'aujourd'hui encore, j'ai essayé de te le faire dire avant moi. Il m'est plus facile de répondre «moi aussi». Tu m'as toujours facilité les choses.

— Heureusement, ça n'est plus le cas. À présent, il faut que j'y aille. Il est tard.

— Oui, il est tard. Je t'aime, Mia. Je t'aime. Je te le répéterai jusqu'à ce que tu me croies.

Entendre ces mots, jadis tant espérés, la blessa au cœur.

— Je ne peux pas te donner ce que tu désires, répondit-elle d'une voix égale, avant de s'élancer sur le sentier.

— Pour l'instant, murmura-t-il.

Elle courut jusqu'à sa voiture et, sans prendre la peine d'aller récupérer ses chaussures dans la maison, se glissa derrière le volant. Elle n'avait qu'une idée en tête : fuir. Loin. Et vite.

Son cœur l'avait trahie. C'était une erreur. Preuve en était la douleur aiguë qui la taraudait maintenant.

Il était hors de question qu'elle soit à nouveau victime de ses émotions, qu'elle mette en péril son équilibre et celui de son île bien-aimée.

Peut-être était-il temps qu'elle prenne quelques jours de congé, histoire de s'éclaircir les idées et de reprendre des forces. Seule.

— Comment ça elle est partie ? Qu'est-ce que tu racontes ?

Furieuse d'être ainsi réveillée un dimanche matin, Ripley jeta un regard noir au téléphone.

— Elle a quitté l'île, répondit Sam d'une voix nouée par l'angoisse. Où a-t-elle bien pu aller ?

— Comment veux-tu que je le sache, bon sang ! Je dormais, figure-toi. Et toi, comment sais-tu qu'elle n'est plus sur l'île ? Elle se balade peut-être, tout simplement.

Il le savait parce qu'il était relié à elle par télépathie. Et que ce lien s'était brusquement rompu, ce qui l'avait réveillé en sursaut. La prochaine fois, il ne se limiterait pas à l'île, songea-t-il sombrement.

— Je le sais, c'est tout. J'étais avec elle hier soir. Pas une seule fois elle n'a fait allusion à une virée sur le continent.

— Désolée, mais je ne suis pas sa secrétaire. Vous vous êtes disputés ou quoi ?

— Non.

Ce qu'ils avaient vécu ne pouvait se réduire à un mot aussi élémentaire.

— Si tu as la moindre idée de l'endroit où elle a pu se rendre... reprit-il.

— Demande à Lulu. Mia n'irait nulle part sans la prévenir. Elle a dû aller faire des courses ou...

Ripley fronça les sourcils. Il avait raccroché...

Il sauta dans sa voiture et fonça chez Lulu.

— Tâche de te trouver une bonne excuse pour m'avoir tirée d'un rêve sublime dans lequel Charles Bronson et moi dansions nus, dit-elle d'un ton rogue en entrebâillant la porte. Sinon, je te botte...

— Où est Mia? aboya-t-il. Je veux juste savoir si elle va bien.

— Pourquoi irait-elle mal?

— Elle t'a dit où elle allait?

— Si elle l'a fait, ne compte pas sur moi pour te le répéter. Et n'essaie pas de me jeter un sort ou je hurle!

Écœuré, Sam recula tandis que la porte claquait. Il s'assit sur les marches du porche et se prit la tête entre les mains.

Était-il responsable de la fuite de Mia? Quand l'un avouait son amour, l'autre prenait peur et se sauvait. Quel sale tour le destin leur jouait-il encore?

Au fond, peu importait. L'essentiel était qu'elle soit en sécurité.

Il entendit la porte s'ouvrir derrière lui.

— Je ne te demande pas de me dire où elle est, ni ce qu'elle fait, murmura-t-il sans se retourner. Je veux seulement savoir si elle va bien.

— Tu as une raison d'en douter?

— Je l'ai contrariée hier soir.

Lulu s'avança et lui décocha un petit coup de pied.

— Bien sûr. Qu'as-tu fait?

— Je lui ai dit que je l'aimais.

Elle fit la moue.

— Et qu'est-ce qu'elle en a pensé?

— En gros, elle ne voulait pas le savoir.

— C'est une femme sensée, lâcha Lulu qui regretta aussitôt sa méchanceté. Elle prend quelques jours de vacances sur le continent. Elle a l'intention de faire des courses, d'aller chez l'esthéticienne, le coiffeur, que sais-je ? Elle a travaillé vingt-quatre heures sur vingt-quatre, ces dernières semaines. Elle a besoin de décompresser.

— Merci, fit-il en se tournant vers elle.
— C'est pour la chambouler que tu lui as dit que tu l'aimais ?
— Je le lui ai dit parce que c'est la vérité. La chambouler, c'était la cerise sur le gâteau.
— Je ne comprends vraiment pas pourquoi je t'ai toujours bien aimé.
— C'est vrai ? s'écria Sam, surpris.
— Si ça ne l'était pas, je t'aurais écorché vif pour avoir osé poser la main sur mon bébé... Bon, maintenant que je suis debout, tu veux une tasse de café ?

Trop accablé pour refuser, il accepta et la suivit dans la cuisine.

— Je me suis toujours demandé pourquoi tu n'habitais pas dans la maison sur la falaise.
— Parce que je ne pouvais pas supporter ces Devlin prétentieux et imbus d'eux-mêmes, répondit Lulu en sortant une boîte de café en forme de cochon. Ça m'était égal d'y passer quelques jours quand ils étaient en voyage. Mais quand ils étaient là, je préférais être chez moi, de peur de les assassiner dans leur sommeil.
— Quand sont-ils définitivement partis ?
— Quelques mois après toi.
— Mais, elle n'avait que dix-neuf ans !
— Ils sont revenus une ou deux fois cette année-là, pour la forme, si tu veux mon avis. Et quand Mia a eu vingt et un ans, on ne les a plus revus. J'imagine qu'ils considéraient qu'ils avaient terminé leur boulot.
— Ils n'ont jamais fait leur boulot, remarqua Sam. C'est toi qui l'as fait.
— Très juste. Elle a été ma fille dès que sa grand-mère l'a déposée dans mes bras. Elle l'est toujours, ajouta-t-elle en lui lançant un regard de défi.

— Je sais. Et j'en suis heureux.

— Peut-être y a-t-il un peu de bon sens dans ce pois chiche qui te sert de cerveau, après tout.

La bouilloire rouge cerise siffla. Lulu versa l'eau dans la cafetière et poursuivit.

— Quand nous avons compris qu'ils ne reviendraient pas, Mia m'a proposé d'habiter avec elle. La place ne manquait pas. Mais j'aime bien ma maison, et la solitude ne lui pèse pas... Tu vas essayer de la convaincre de te laisser vivre avec elle ?

— Euh... je n'ai pas encore poussé la réflexion jusque-là.

— Tu n'as guère changé, hein ? Tu restes toujours un pas en arrière du point de friction.

— C'est quoi, le point de friction ?

— Cette fille, martela-t-elle en enfonçant le doigt dans la poitrine de Sam. *Ma* fille. Ce qu'elle désire, c'est se marier et avoir des enfants. Elle veut un homme avec qui passer sa vie entière, et non un type qui verdit quand le mot *mariage* surgit dans la conversation. Ce que tu es exactement en train de faire.

— Le mariage n'est pas la seule façon de s'engager sérieusement...

— Tu crois pouvoir la rouler avec ce genre de baratin, ou bien c'est toi que tu essays de convaincre ?

— Des tas de gens se lient durablement sans cérémonie officielle. On ne peut pas nous taxer, Mia et moi, de traditionalisme.

Sous le regard perçant de Lulu, il eut soudain l'impression d'être redevenu l'adolescent qui ramenait Mia après le couvre-feu.

— De toute façon, je n'y ai pas vraiment réfléchi. D'autant que, pour le moment, elle ne supporte même pas que je lui déclare mon amour.

— Voilà un beau discours. Gonflé comme une baudruche mais bien tourné.

— En quoi le mariage est-il si important ? Tu es bien divorcée.

— Là, tu m'as eue! s'exclama-t-elle en sortant du placard deux bols d'un jaune éclatant. C'est ce qu'il y a d'amusant, dans la vie: on n'a pas de garantie. Tu payes, tu emportes la marchandise, et tant pis pour toi s'il y a une malfaçon.

— Ouais, marmonna Sam, à nouveau profondément déprimé. J'ai déjà entendu ça quelque part.

18

Elle avait l'intention de se détendre, de courir les magasins et de s'offrir une journée au club de remise en forme ou au salon de beauté. De se concentrer sur son bien-être physique et mental, et, surtout, de penser le moins possible pendant trois jours et trois nuits.

Pénétrer dans l'établissement où était interné Evan Remington ne faisait pas partie de ses projets.

Elle le fit néanmoins, tout en se justifiant. Il restait peu de temps. Si la fatalité la menait à Remington, autant le savoir. Cette visite ne pouvait être dangereuse ; en revanche, il était possible qu'il en sorte quelque chose de bon.

Le pouvoir se moquant des règlements, obtenir une entrevue ne posa pas de problème, et Mia se retrouva face à une paroi en verre blindé. Elle décrocha le téléphone qui la reliait au patient. Il l'imita.

— Monsieur Remington, vous vous souvenez de moi ?

— Putain, grinça-t-il.

— Oui, je constate que vous vous en souvenez. Et que les mois que vous avez passés ici n'ont pas amélioré vos dispositions.

— Je sortirai bientôt.

— C'est ce qu'il vous raconte ? Il ment.

Un muscle tressauta dans la joue de Remington.

— Je serai bientôt dehors, répéta-t-il. Et tu mourras.

— Je l'ai déjà vaincu deux fois. Et, il y a peu, il s'est enfui, la queue entre les jambes. Il vous en a parlé ?

— Je sais ce qui va se passer. Je l'ai vu. Je sais que tu vas mourir en hurlant. Regarde.

Elle vit la scène, réfléchie sur la vitre qui les séparait. La tempête, les éclairs, la mer qui s'ouvrait, telle une bouche affamée, et avalait l'île entière.

— Il vous montre ses désirs, pas la réalité.

— J'aurai Helen, dit-il de la voix rêveuse d'un enfant qui récite une comptine. Elle rampera à mes pieds. Elle payera sa duperie, sa trahison.

— Nell est au-delà de votre pouvoir. Regardez-moi, ordonna-t-elle. Je suis la seule avec qui vous puissiez traiter. Il se sert de vous, Evan. Comme d'un pantin. Il utilise votre maladie, votre colère. Il vous détruira. Moi, je peux vous aider.

— Il te baisera avant de te tuer. Tu veux que je te montre ?

Une douleur aiguë déchira les seins de Mia tandis qu'une pointe de glace s'enfonçait entre ses jambes. Refoulant un cri d'horreur, elle se drapa de son pouvoir.

Un coup de poing invisible frappa la tête de Remington et la projeta en arrière. Il ouvrit de grands yeux, abasourdi.

— Lui se sert, dit-elle calmement, et vous, vous payez. Vous pensiez m'effrayer avec vos menaces ? Je suis l'une des trois sœurs. Ce qui œuvre en moi est hors de votre portée. En revanche, je peux vous aider, vous mettre à l'abri de l'horreur dans laquelle il vous entraîne.

— Pourquoi le ferais-tu ?

— Pour me sauver, et sauver ceux que j'aime.

Il colla son visage à la vitre. Sa respiration rauque résonna dans le combiné. Un bref instant, elle éprouva une grande pitié.

Puis il se lécha les lèvres d'un air avide et un sourire dément déforma ses traits.

— Mia Devlin, tu périras sur le bûcher ! Brûlez la sorcière !

Un gardien se précipita vers lui.

— Je te regarderai mourir dans les flammes ! hurla-t-il.

Le gardien l'entraîna hors de la pièce. Mia entendit son rire démoniaque longtemps après que la porte eut été refermée.

Le rire des damnés.

Sam eut un entretien avec son comptable. Les recettes avaient augmenté, mais les dépenses et les charges plus encore, si bien que, pour la première fois en trente ans, *L'Auberge Magique* était dans le rouge. Cela ne durerait pas. Deux séminaires étaient prévus pour l'automne, et grâce aux tarifs que Sam proposait pour les week-ends d'hiver, il récupérerait une partie des pertes subies durant les travaux.

Jusque-là, il continuerait à mettre la main à la poche. Si l'hôtel et l'île sombraient dans les semaines à venir, ce ne serait pas dû à un manque de foi de sa part.

Où diable pouvait-elle bien être ? Elle n'aurait pas pu attendre que leur avenir soit assuré pour faire des courses ?

De combien de paires de chaussures cette femme avait-elle besoin, bon sang ?

Ce n'était qu'une excuse, bien sûr. Il lui avait déclaré son amour et elle avait pris la fuite tel un lapin effarouché. Au lieu de rester pour veiller au grain, elle fichait le camp sur le continent et...

Fronçant les sourcils, il fixa sa signature interrompue.

— L'imbécile, marmonna-t-il.
— Pardon ? fit Mme Farley, son assistante.

— Rien, grommela-t-il en achevant de signer. Vérifiez les prospectus pour l'hiver. Que tout soit bouclé avant la fin du mois. Je voudrais voir le directeur des ventes demain.

Elle feuilleta son agenda.

— Vous êtes libre à 11 heures, et à 14 heures.

— 11 heures. Et préparez une note pour le service gestion au sujet de… Depuis combien de temps êtes-vous mariée ?

— Vous voulez savoir depuis combien de temps le personnel est marié ?

— Non, madame Farley. Depuis combien de temps êtes-vous mariée, *vous* ?

— Trente-neuf ans en février dernier.

— Trente-neuf ans. Comment faites-vous ?

Mme Farley posa son bloc et enleva ses lunettes.

— Je dirais que c'est un peu comme le traitement de l'alcoolisme. Un jour à la fois.

— Je n'avais jamais envisagé la question sous cet angle. Le mariage comme une dépendance.

— C'est en tout cas un état. C'est aussi un boulot qui exige soin, ténacité, coopération et créativité.

— Ça ne sonne pas très romantique tout cela.

— Il n'y a rien de plus romantique que de traverser la vie, ses lignes droites et ses virages, avec quelqu'un qu'on aime, qui vous aime et qui vous comprend. Qui partage avec vous les succès. Les enfants, les petits-enfants, une nouvelle maison, une promotion bien méritée. Et aussi les échecs. Les maladies, un dîner brûlé, une journée difficile au travail.

— Il y a des gens qui veillent seuls aux réussites et aux échecs.

— J'admire l'indépendance. Le monde serait plus fort si nous étions tous capables de gérer nos vies sans l'aide de quiconque. Mais cela n'empêche pas de partager, ni d'avoir envie de s'appuyer sur une épaule aimante. C'est cela le romantisme.

— Je n'ai jamais vu mes parents partager autre chose que leur goût pour l'architecture italienne ou l'opéra.

— C'est dommage pour eux, vous ne trouvez pas ? Il y a des gens qui ne savent pas donner de l'amour, ni comment en demander.

— Parfois, la réponse est non.

— Et d'autres fois, ça marche, contra Mme Farley, légèrement agacée. Certaines personnes pensent que tout leur est dû. Oh, peut-être acceptent-elles de faire un petit effort. Je vais secouer cet arbre, et cette jolie pomme rouge va me tomber droit dans la main. Ça ne leur viendrait pas à l'esprit de grimper dans l'arbre, quitte à se casser la figure deux ou trois fois, à s'égratigner et à se faire des bleus, pour attraper la pomme. Si la pomme vaut le coup, ça vaut la peine de prendre des risques.

Elle se leva et conclut :

— Bon, il faut que j'aille taper cette note.

Sur ce, elle quitta le bureau. La surprise de Sam fut telle qu'il omit de la rappeler et de lui signaler qu'il ne lui avait pas dicté la note.

— Voilà ce qui se passe quand j'ai une conversation sur le mariage, soupira-t-il. Mon assistante sort les griffes. Et je sais grimper aux arbres. J'en ai escaladé des quantités.

En cet instant précis, il avait l'impression d'être suspendu par les orteils à une branche très instable tandis que la plus jolie des pommes pendait hors de sa portée.

Il sortit un dossier avec l'intention d'apaiser ses frustrations par un surcroît de travail.

Une lumière s'alluma en lui.

Mia était de retour sur l'île.

Lulu, qu'elle avait appelée du ferry, l'avait mise au courant des dernières nouvelles concernant la librairie et l'île, et lui avait promis de passer chez elle dans la soirée. Inutile, par conséquent, d'aller au bureau. Elle garderait pour le lendemain les piles de messages téléphoniques et le travail en retard.

Elle avait également appelé Ripley et Nell. Estimant préférable de raconter son entrevue avec Remington devant un repas civilisé, le lendemain soir, elle fit un saut au marché pour acheter des victuailles.

Il lui restait encore à téléphoner à Sam. Ce qu'elle ferait dès qu'elle aurait décidé quel comportement adopter, se dit-elle en examinant la roquette.

La vie en décida autrement.

— Encore des courses ?

Parfois, songea Mia en se tournant vers Sam, le destin n'attendait pas qu'on ait peaufiné sa stratégie.

— Pour moi, les courses ne sont jamais finies, riposta-t-elle en choisissant une laitue. C'est une drôle d'heure pour traîner au marché quand on est un homme d'affaires.

— Je n'ai plus de lait.

— Je doute que tu en trouves au rayon des fruits et légumes.

— Je songeais aussi à prendre une pomme. Une jolie pomme rouge.

Elle continua à choisir les ingrédients d'une salade.

— Les prunes n'ont pas l'air mauvaises.

— Parfois, on n'a envie que d'une seule chose... Tu as bien profité de ton séjour sur le continent ? s'enquit-il en jouant avec l'une des mèches de cheveux de Mia.

— C'était... productif.

Mal à l'aise, elle poussa son chariot jusqu'à la crémerie.

— J'ai trouvé une petite boutique d'articles de sorcellerie. Il y avait un bon choix de pots et de bocaux.

— On n'en a jamais trop.

— C'est aussi mon avis, acquiesça-t-elle en lui tendant un litre de lait.

— Merci. Tu ne veux pas dîner avec moi ce soir ? Tu me raconterais ton voyage.

Contrairement à ce qu'elle avait prévu, il ne lui reprochait pas son départ précipité et ne l'interrogeait pas sur ses faits et gestes. Résultat, elle se sentait coupable et mesquine. Bien joué, Sam !

— En fait, Lulu vient à la maison pour parler boutique. Mais j'organise un dîner demain soir, et je m'apprêtais à t'appeler, ajouta-t-elle en choisissant un morceau de Brie. Il y a quelque chose dont je dois vous informer, tous. 19 heures, ça te va ?

— Pas de problème.

S'inclinant, il posa les lèvres sur celles de Mia, s'attarda. De doux, son baiser parut vite plus approprié aux ébats nocturnes qu'à une rencontre fortuite devant un étal du marché.

— Je t'aime, Mia, murmura-t-il en lui caressant la joue. À demain.

Elle resta sur place, les mains vissées sur la poignée du chariot, tandis qu'il s'éloignait à grands pas, son litre de lait sous le bras.

Durant des années, elle se serait damnée pour qu'il la regarde ainsi, pour qu'il lui dise qu'il l'aimait de cette façon.

À présent qu'il l'avait fait, pourquoi était-ce aussi douloureux ? Pourquoi cela lui donnait-il envie de pleurer ?

Lulu grimpa dans sa chère vieille coccinelle orange. Depuis son bain inattendu en pleine nuit, elle se sentait en sécurité.

Elle ignorait quels sortilèges Ripley et Nell avaient concoctés pour la protéger, mais ça marchait. Quel que soit le nom de la chose qui menaçait l'île, les filles allaient l'écraser.

Elle était contente de savoir Mia de retour sur l'île. Et, bien que la pilule ait été difficile à avaler, que Sam tourne autour d'elle la rassurait.

Ce garçon s'était comporté comme un idiot, songea-t-elle en traversant le village en écoutant les Pink Floyd à fond. Mais il était jeune. Elle-même avait fait des tas de choses idiotes quand elle était jeune.

Chacune de ses bêtises avait contribué à la conduire ici. Sans doute en avait-il été de même pour Sam. Ses errements l'avaient ramené aux Trois Sœurs, et à Mia.

Non qu'elle ait cessé de lui en vouloir, mais, désormais, elle lui dispenserait ses reproches à petites doses.

Seul comptait le bonheur de Mia.

Si celui-ci passait par Sam Logan, elle se soumettrait. Dût-elle lui botter les fesses !

L'idée la fit sourire et elle aborda la route qui longeait la falaise sans remarquer le brouillard qui se formait et la rejoignait.

La musique se transformant en sifflements peu mélodieux, elle tapa sur le lecteur de cassettes.

— Tu n'as pas intérêt à avaler mon morceau préféré, espèce de saleté !

En réponse, un long hurlement jaillit des haut-parleurs. Les mains de Lulu se crispèrent sur le volant. La voiture tressauta violemment tandis que des volutes de brouillard s'engouffraient par les fenêtres ouvertes.

N'y voyant plus rien, elle enfonça la pédale du frein et poussa un cri. Au lieu de s'arrêter, la petite voiture accéléra et les pneus émirent un crépitement de mitrailleuse. Le volant vibra, se couvrit de givre et se mit à tourner tout seul. Elle s'y cramponna de toutes ses forces et tenta de le redresser. Le hurlement des pneus fit écho au sien lorsque le bord de la falaise surgit devant ses yeux hagards.

Le pare-brise s'étoila. Et les étoiles devinrent noires.

La cuillère avec laquelle Mia remuait la sauce lui échappa et tomba sur le sol. Une vision soudaine.

Bruit et fureur. La gorge serrée, elle sortit en courant et dévala le perron.

En contrebas, un brouillard noirâtre rampait sur la chaussée derrière la petite voiture orange de Lulu. Mia s'élança. Elle courait à perdre haleine lorsqu'elle vit le véhicule faire un tête-à-queue et se diriger droit vers la falaise.

— Non, non, non ! supplia-t-elle, paniquée.

Puis, se reprenant, elle s'efforça de rassembler son pouvoir.

— Au secours, au secours, psalmodia-t-elle. Aidez-moi !

Dans un immense élan de volonté, elle projeta sa magie en direction de la voiture. Tel un jouet, celle-ci rebondit contre le rail de sécurité.

— Tiens bon !

Bon sang, elle n'arrivait plus à *réfléchir*.

— Que le vent souffle et qu'un pont se dresse ! Retenez-la. Je vous en prie, je vous en prie, récita-t-elle. Tendez un filet, dressez un pont, bâtissez un rempart. Empêchez-la de faire cette chute terrible.

Haletante, la vision brouillée par les larmes, elle parcourut les derniers mètres. La voiture oscillait sur le rail de sécurité brisé, au-dessus du vide.

— Tu n'auras pas ce qui m'est cher. Qu'il en soit ainsi, puisque je le veux.

Sa voix se brisa. Le vent qu'elle avait appelé écarta les cheveux de son visage.

— Lulu ! cria-t-elle en escaladant le rail.

— Ne touche à rien.

Elle se retourna. Sam bondissait de sa voiture.

— Je ne sais pas combien de temps ça tiendra, dit Mia. Je la sens glisser.

— Tu peux la retenir, affirma-t-il en la rejoignant sur le bord étroit de la falaise. Concentre-toi. Il faut que tu te concentres. Je vais la sortir de là.

— Non, c'est à moi de la sauver.

— Justement, s'écria-t-il en lui agrippant le bras pour la secouer.

Le temps pressait. La voiture pouvait basculer à tout moment, et le rebord sur lequel ils se tenaient s'effriter.

— Retiens-la. Tu es la seule à en être capable. Passe de l'autre côté du rail.

— Je ne veux pas la perdre, cria Mia. Ni toi.

Les jambes tremblantes, elle repassa de l'autre côté du rail. Le brouillard sombre se leva de nouveau, prit la forme d'un loup. La fureur l'envahit, chassant sa peur.

— Tu ne l'auras pas!

Brandissant une main à présent ferme comme le roc, elle lui fit face.

— Tu m'auras peut-être, le destin en décidera. Mais, elle, non!

Il gronda et s'avança vers elle. Tant pis s'il la tuait, elle protégerait les siens. Risquant un regard en direction de Sam, elle vit avec effroi qu'il était en train d'extraire une Lulu inconsciente et ensanglantée de la voiture qui oscillait. Dans un dernier élan, Mia s'ouvrit à son pouvoir.

Le loup se tassa sur lui-même, prêt à bondir.

Tel un éclair, l'énergie jaillit de Mia et le frappa violemment. Avec un hurlement furieux, il s'évanouit dans le brouillard.

— Tu n'avais pas prévu l'aide de mes sœurs, hein, salaud?

Le brouillard se dissipa. Elle vit Ripley et Nell qui sortaient de leurs voitures.

Lulu dans les bras, Sam titubait sur le bord de la falaise qui s'effritait. Un morceau de corniche se décrocha et dégringola dans la mer. Tendant la main, Mia agrippa Sam. À cet instant, la voiture, déséquilibrée, bascula dans le vide. Il enjambait le rail lorsque le réservoir d'essence explosa.

— Elle est vivante, parvint-il à dire.
— Je sais, souffla Mia en embrassant la joue blême de Lulu.

À l'extérieur de la clinique, Nell soignait les pieds écorchés de Mia.
— Tu as six millions de paires de chaussures, et tu cours pieds nus sur du verre cassé ! s'exclama Ripley sans cesser de marcher.
— Oui. C'est bête, n'est-ce pas ?
Elle n'avait pas senti les débris s'enfoncer dans sa chair et, à présent, la douleur s'effaçait sous les mains douces de Nell.
— Tu peux t'effondrer, tu en as le droit, se radoucit Ripley en lui posant la main sur l'épaule.
— Je n'en aurai pas besoin, mais merci quand même, répondit Mia qui ferma les yeux un instant. Elle va s'en tirer. Elle sera furieuse d'avoir perdu sa voiture, mais le principal, c'est qu'elle ne soit pas sérieusement blessée. Je n'avais pas imaginé qu'il s'en prendrait à elle.
— L'attaquer, c'est t'attaquer, remarqua Ripley. C'est ce que Mac...
Elle s'interrompit et fit la grimace.
— Mac ? Que veux-tu dire ? s'écria Mia en se levant malgré les protestations de Nell. Ce n'était pas la première fois ?
Furieuse, elle attrapa le bras de Ripley.
— Que s'est-il passé, nom de nom ?
— Nous sommes tous responsables, intervint Nell. Elle ne voulait pas que tu saches, et nous nous sommes rangés à son avis.
— Savoir quoi ? demanda Sam qui les rejoignait, portant un plateau de gobelets de café.
Mia pivota vers lui, prête à mordre.
— Comment oses-tu me cacher quoi que ce soit concernant Lulu ?

— Il n'était pas au courant, fit Nell. Nous ne lui avons rien dit.

Ripley raconta la première alerte. La colère embrasa les joues de Mia.

— Elle aurait pu y laisser sa peau ! Et je l'ai abandonnée pour aller me balader sur le continent. Vous croyez que je serais partie si j'avais su qu'il la prenait pour cible ? Vous n'aviez pas le droit de me cacher une chose pareille !

— Je suis désolée, dit Nell. Nous avons fait ce que nous pensions être le mieux. Nous avons eu tort.

— Pas si tort que ça, dit Sam. Il faut que tu l'admettes, tu as failli perdre, ce soir, Mia. En voulant extirper Lulu de la voiture, tu t'es affaiblie et ton énergie s'est éparpillée, te laissant vulnérable.

— Tu crois que je donnerais moins que ma vie pour la sauver, ou sauver ceux que j'aime ?

— Non, je ne le pense pas.

Il posa la main sur sa joue et, comme elle s'écartait, il lui prit le visage fermement entre ses paumes.

— Elle aussi donnerait sa vie pour toi. N'a-t-elle pas le droit de penser à toi ?

— Je suis incapable de discuter de ça pour le moment. J'ai besoin d'être avec elle.

Elle poussa la porte, s'immobilisa une seconde et jeta :

— Merci, Sam. Je n'oublierai jamais ce que tu as fait.

Un peu plus tard, Ripley et Nell rejoignirent Mia dans la chambre de Lulu. Un long silence s'installa, que Mia finit par rompre.

— Ils veulent la garder jusqu'à demain. À cause du choc. Ça ne lui plaît pas, mais elle est trop faible pour protester. Elle a le bras cassé mais sans complications. Quelques semaines dans le plâtre et il n'y paraîtra plus.

— Mia, murmura Nell, nous sommes vraiment désolés.

— Non, dit Mia, les yeux fixés sur le visage meurtri de Lulu. Je suis plus calme maintenant et j'ai eu le temps de réfléchir. Je comprends pourquoi vous avez gardé le secret mais je ne suis pas d'accord pour autant. Nous formons un cercle ; c'est un avantage inappréciable et nous devons le sauvegarder. Mais je sais aussi comme elle peut se montrer butée et persuasive.

Battant des paupières, Lulu intervint d'une voix grinçante.

— Ne parlez pas de moi comme si je n'étais pas là.

— Ne t'énerve pas, fit Mia en lui prenant la main. Ce n'est pas à toi que je parle. Dieu merci, il va falloir que tu achètes une nouvelle voiture. Cette monstruosité a fini par rendre l'âme.

— Je vais en chercher une exactement semblable.

— Il est impossible qu'il en existe une autre.

Mais s'il en existait une, acheva Mia en silence, elle se chargerait elle-même de la lui dénicher.

— Ne leur en veux pas trop, reprit Lulu. Ils se sont soumis à ma volonté. Ils ont obéi à leur aînée.

— Je ne suis pas fâchée contre eux, mais contre toi.

Mia lui embrassa le dos de la main, puis se tourna vers ses sœurs.

— Rentrez chez vous. Dites à vos maris que je n'ai pas l'intention de les transformer en crapauds, du moins pas dans l'immédiat.

— Nous reviendrons demain matin. Je t'aime, Lulu, chuchota Nell en déposant un baiser sur le front de la blessée.

— Pas de sentimentalisme. Ce ne sont que quelques bosses.

— Dommage, commenta Ripley qui embrassa Lulu sur la joue. Moi aussi, je t'aime, bien que tu sois une affreuse petite bonne femme.

— Allez, filez, tas de filles jacassantes, leur jeta Lulu en ricanant faiblement.

La porte se referma. Elle s'agita dans son lit.
— Tu as mal ? s'inquiéta Mia.
— Je n'arrive pas à trouver une position confortable.
— Attends.
Elle effleura du bout des doigts le visage de Lulu et son bras plâtré en murmurant quelques mots indistincts. Lulu soupira d'aise.
— C'est plus efficace que leurs drogues. J'ai l'impression de flotter. Ça me rappelle des souvenirs.
Rassurée, Mia se rassit.
— Dors, maintenant, Lulu.
— Oui. Toi, rentre à la maison. Inutile que tu restes là à me regarder ronfler.
— D'accord. Dès que tu seras endormie.
Mia montait toujours la garde quand Lulu se réveilla, le lendemain matin.

— Tu n'avais pas besoin de venir aussi tôt.
— Zack m'a déposée afin de garder la voiture, expliqua Nell en aidant Mia à mettre le couvert. En cette période de l'année, on ne sait jamais si on ne l'appellera pas pour une intervention ou une autre. Et je voulais voir Lulu.
— J'ai été obligée de la culpabiliser et de me mettre en colère pour qu'elle accepte de rester au moins deux jours dans l'une des chambres d'amis. On aurait dit que je la mettais en prison.
— Elle aime bien avoir son espace à elle, la défendit Nell.
— Elle y retournera dès qu'elle sera plus solide.
— Et toi, comment ça va ?
— Ça va.
La longue nuit de veille lui avait permis de réfléchir. D'échafauder un plan.
— J'espérais arriver à temps pour te donner un coup de main. Non pas que tu en aies besoin.

Elle examina la salle à manger, les bouquets de fleurs fraîchement coupées et les chandelles déjà disposées.

— Tu peux vérifier ma fricassée, dit Mia en passant le bras autour des épaules de Nell.

Ce geste effaça les derniers vestiges de tension entre elles.

— D'après l'odeur, c'est parfait, observa Nell en la suivant dans la cuisine.

Elle souleva le couvercle de la cocotte tandis que Mia emplissait deux verres de thé glacé.

— Tout est effectivement parfait, confirma Nell.

— Sauf le temps, objecta Mia en ouvrant la porte. Il pleuvra après le coucher du soleil. Dommage. Nous ne pourrons pas prendre le café dans le jardin. Malgré tout, les volubilis ont grandi de trente centimètres en trois jours. Peut-être la pluie fera-t-elle ouvrir les boutons.

Elle se retourna et s'aperçut que Nell la regardait avec une étrange expression.

— Qu'y a-t-il ?

— Mia, dis-moi ce qui te tracasse. Je déteste te voir triste.

— Moi, triste ? Pas du tout.

Elle sortit et examina le ciel.

— Je préférerais un orage à la pluie. Nous n'avons pas eu assez d'orages, cet été. On a l'impression que les nuages s'amoncellent quelque part en attendant de frapper un grand coup. J'ai envie d'accueillir les éclairs, debout sur ma falaise.

Tendant le bras, elle s'empara de la main de Nell.

— Je ne suis pas triste. Juste inquiète. Ce qui est arrivé à Lulu m'a secouée. Et, à présent, quelque chose en moi attend, s'accumule comme ces nuages. Je sais ce que j'ai à faire, mais je n'arrive pas à voir ce qui se prépare. C'est extrêmement frustrant.

— Peut-être que tu regardes dans la mauvaise direction. Mia, je sais ce qu'il y a entre Sam et toi. Je le sens.

Quand je suis tombée amoureuse de Zack et que j'étais tiraillée dans toutes les directions, tu m'as aidée. Pourquoi ne me laisses-tu pas faire la même chose pour toi ?

— Je m'appuie sur toi.

— Jusqu'à un certain point. Ensuite, tu te refermes et plus personne ne peut t'atteindre. Et depuis que Sam est revenu sur l'île, c'est de plus en plus fréquent.

— C'est parce qu'il a bouleversé l'équilibre.

— Bouleversé ton équilibre, corrigea Nell. Tu es amoureuse de lui ?

— Une partie de moi est amoureuse de lui depuis toujours. Je l'ai enfermée à double tour. Je n'avais pas le choix.

— C'est ça le problème, n'est-ce pas ? Tu ignores si tu dois l'ouvrir à nouveau ou la garder fermée ?

— J'ai commis l'erreur de lui donner mon cœur, et il est parti. Je ne peux me permettre de réitérer cette erreur, qu'il reste ou qu'il parte.

— Tu ne crois pas qu'il restera.

— La question n'est pas là. Je dois envisager toutes les éventualités. Si je m'ouvre à lui de nouveau, que se passera-t-il s'il s'en va ? Je ne peux pas prendre un tel risque. Pas simplement pour moi, mais pour nous tous. L'amour n'est pas simple, tu le sais bien. Ce n'est pas une fleur qu'on cueille sur un caprice.

— Non, ce n'est pas simple. Mais croire que tu peux le contrôler, que tu es *obligée* de le faire, ça, c'est une erreur.

— Je ne veux pas l'aimer de nouveau.

Sa voix, d'ordinaire claire et assurée, tremblait. Elle poursuivit :

— Je ne le veux pas. J'ai mis ces rêves de côté. Je n'en ai plus besoin maintenant. Et les réveiller me fait peur.

Sans mot dire, Nell prit Mia dans ses bras.

— Je ne suis plus celle qui était amoureuse de lui.

— Lui aussi a changé. C'est ce que tu ressens aujourd'hui qui importe.

— Mes sentiments ne sont pas plus clairs que ma vision de l'avenir... Je n'ai pas l'habitude d'avoir une épaule sur laquelle pleurer, avoua Mia dans un soupir.
— Les épaules sont là, c'est seulement que tu n'as pas l'habitude de chercher un appui.
— Tu as peut-être raison.
Fermant les yeux, Mia se concentra sur Nell et la vie qui grandissait en elle.
— Je te vois, petite sœur, murmura-t-elle. Tu es assise dans un fauteuil à bascule, éclairée par la lumière douce d'une chandelle. Un bébé tète ton sein. Ses cheveux sont doux comme le duvet et lumineux comme le soleil. Et cette vision me donne espoir et courage.
Elle s'écarta et déposa un baiser sur le front de Nell.
— Ton enfant sera sauf. Ça, je le sais.
La porte d'entrée claqua bruyamment.
— Voilà Ripley, annonça-t-elle. Non seulement elle ne prend pas la peine de frapper, mais elle ne peut s'empêcher de claquer les portes. Je vais monter un plateau à Lulu. Ensuite, nous prendrons l'apéritif dans le jardin.
Tandis que Mia accueillait ses invités, Nell songea à ce qui venait de se passer entre elles. C'était vraiment typique. Elle avait voulu réconforter Mia, et c'était Mia qui avait fini par la réconforter, elle.

— Alors, voilà ce plaisantin qui proteste: «Mais, shérif, je n'étais pas en train de voler cette glacière pleine de bières. Je la déplaçais, c'est tout», racontait Ripley. Et, quand je lui ai fait remarquer que ça n'expliquait pas son haleine parfumée à la Budweiser, ni les trois cannettes vides éparpillées à côté de lui, il a suggéré que quelqu'un d'autre avait dû boire pendant qu'il dormait. J'imagine que le même individu lui avait aussi versé de la bière dans le gosier, car, à 3 heures de l'après-midi, il était déjà à moitié beurré.
— Comment as-tu réglé la question?

— Je lui ai collé une amende pour usage de boisson alcoolisée dans un endroit interdit et pour avoir répandu des ordures. J'ai fermé les yeux sur le vol de la glacière, parce que les propriétaires ne voulaient pas d'ennuis. D'autant qu'eux-mêmes avaient enfreint la loi en apportant des boissons alcoolisées à la plage.

— Tu te rends compte, fit Sam en secouant la tête. Boire de la bière sur la plage, tu parles d'un crime !

— La loi, c'est la loi, déclara Ripley d'un ton catégorique.

— Absolument. Aucun d'entre nous n'a jamais apporté un pack de bières à la plage.

— Moi, je me souviens d'un garçon qui avait apporté une bouteille du meilleur whisky de son père, fit Zack en souriant. Je me souviens aussi qu'il l'avait généreusement partagée avec ses copains qui en ont profité pour s'enivrer.

— Parle pour toi, rétorqua Ripley en agitant sa fourchette. Une seule gorgée de ce truc m'a suffi. Tu parles d'une saleté.

— Quelle petite fille sage ! se moqua son frère.

— Peut-être, mais ce n'est pas moi qui ai reçu une raclée en rentrant à la maison.

— Très juste. J'avais beau avoir dix-huit ans, maman n'hésitait pas à distribuer des taloches.

— Y compris à moi, rappela Sam en grimaçant à ce souvenir. Bon sang, votre mère me terrorisait ! Quoi qu'on fasse, elle le devinait avant même qu'on ait fini. Et si, par hasard, elle ne savait pas, il lui suffisait de nous regarder dans les yeux et de nous cuisiner un peu pour qu'on se confesse.

— Je ferai la même chose avec mes enfants, déclara Ripley en jetant un regard à Mac qui lui prit la main.

— Tu es enceinte ! s'écria Mia.

— Nell n'est pas la seule à pouvoir se faire engrosser, répliqua Ripley en levant son verre d'eau.

— Un bébé ! s'exclama Nell en bondissant de sa chaise pour se jeter au cou de Ripley. C'est merveilleux. Et quelle façon de l'annoncer! commenta-t-elle.

— J'ai passé l'après-midi à peaufiner l'histoire.

— Je vais être oncle, dit Zack d'une voix émue en tirant sur la queue-de-cheval de sa sœur.

— Tu auras eu deux mois pour apprendre d'abord à être papa.

Mia se leva, enlaça Ripley et la tint serrée contre elle.

— Il y en a deux, chuchota-t-elle.

— Deux? répéta Ripley, abasourdie. Deux?

Elle s'écarta et baissa les yeux sur son ventre plat.

— Tu veux dire…? Mince, alors!

— Deux quoi? demanda Mac, sans comprendre.

L'expression éblouie de sa femme l'éclaira.

— Deux? Des jumeaux? On en a deux là-dedans? Il faut que je m'asseye.

Ce qu'il fit, avant d'attirer Ripley sur ses genoux.

— Deux pour le prix d'un. C'est formidable.

— Ils seront en sécurité. Je le vois, assura Mia en embrassant Mac sur les deux joues. Passez au salon, installez-vous confortablement. Je vais préparer le café. Du thé pour les futures mères. Ripley, il va falloir que tu réduises tes doses de caféine.

— Il y a quelque chose qui ne va pas, observa Sam lorsque Mia eut disparu dans la cuisine. En plus de l'accident de Lulu.

— Elle est bouleversée par ces bébés, hasarda Ripley qui, la main sur son ventre, tentait de les imaginer.

— Il y a autre chose, insista Sam. Je vais lui donner un coup de main pour le café.

Lorsqu'il pénétra dans la cuisine, Mia se tenait debout devant la porte ouverte et regardait la petite bruine d'été tomber sur le jardin.

— Je veux t'aider.

— Inutile.

— Je ne parlais pas du café, murmura-t-il en s'approchant.

— Tu m'as déjà aidée, dit-elle en lui étreignant la main. Tu as risqué ta vie pour quelqu'un que j'aime. Tu m'as confié ta vie et celle de Lulu tandis que tu la sortais de la voiture.

— N'en parlons plus. Quelque chose t'accable en ce moment précis, c'est à ce sujet que je souhaite t'aider.

— Tu ne peux pas. Pas maintenant, en tout cas. C'est mon combat, et l'enjeu est énorme. Ce soir, tous ceux que j'aime sont réunis dans cette maison et il est dehors; il nous guette. Tu le sens? chuchota-t-elle. Il rôde juste au-delà de mon cercle. Il attend, il tourne en rond, il nous épie.

— Je le sens, confirma-t-il. Et je ne veux pas que tu restes ici toute seule, déclara-t-il en la prenant par les épaules pour la faire pivoter face à lui. Quoi que tu penses de moi, tu es trop intelligente pour refuser que j'ajoute mon pouvoir au tien. Es-tu certaine que l'un de nous aurait pu sauver Lulu seul?

— Non, admit-elle dans un souffle, je n'en suis pas sûre.

— Je dormirai dans l'une des chambres d'amis, ou sur le canapé. Ce n'est pas un bras cassé qui empêchera ton cerbère de monter la garde. Je n'essayerai pas de me glisser dans ton lit.

— Je sais. Laisse-moi le temps d'y réfléchir. Il y a d'autres choses dont nous devons parler ce soir.

Quoi qu'elle décide, il ne la laisserait pas. Quitte à dormir dans sa voiture.

Elle servit le café accompagné d'un cake. Puis elle tira les rideaux, ce qu'aucune de ses amies ne l'avait vue faire jusqu'à ce jour.

— Il guette, expliqua-t-elle d'une voix calme en allumant les chandelles. Enfin, il essaye. Fermer les rideaux ne lui assène qu'une claque insignifiante. Pour ce qu'il a fait à Lulu, il mérite plus, et il l'aura.

Elle s'assit et saisit sa tasse.

— Le moment est mal choisi, reprit-elle. Nous devrions être en train de fêter l'heureux événement qu'attendent Ripley et Mac. Eh bien, nous allons le faire.

« Une reine guerrière qui harangue ses troupes », songea Sam.

— Quand tu as quitté l'île, où es-tu allée, Mia ? demanda-t-il à brûle-pourpoint.

La surprise la laissa sans défense et il devina aussitôt la vérité.

— Remington ? Tu es allée voir Remington ?

— Oui.

— Ah, bravo ! explosa Ripley qui enchaîna aussitôt, sans se soucier du regard froid que Mia lui décocha : Tu nous reproches notre témérité, tu nous sermonnes pour que nous soyons prudentes et que nous nous préparions.

— En effet. Et c'est ce que j'ai fait. Je n'ai été ni négligente ni écervelée.

— Parce que, moi, je le suis ?

— Je dirais plutôt que tu es imprudente. Aller le voir était un risque calculé, et nécessaire.

— Tu as eu le culot de te fiche en rogne hier soir parce qu'on t'avait caché le premier accident de Lulu, et voilà que toi, tu nous fais des cachotteries !

— Pas du tout, répliqua Mia d'une voix posée. Je suis en train de vous raconter ce qui s'est passé, de ma propre initiative.

— Tu n'aurais jamais dû y aller seule, intervint Nell.

— Je ne suis pas d'accord. Les sentiments que te porte toujours Remington, haine, fureur, dépit amoureux, auraient empêché toute discussion. Et le caractère de Ripley aurait probablement mené à une confrontation. De nous trois, c'est moi qui suis la plus apte à traiter avec lui, et qui en avais le plus besoin.

— Nous sommes quatre, rappela Sam.

— On est six, nom de Dieu ! s'écria Zack en bondissant sur ses pieds. Même si je ne suis pas capable de déclencher des éclairs en agitant les doigts, nous sommes six dans cette affaire.

— Zack... fit Nell.

— Tais-toi! lâcha-t-il d'un ton qui la stupéfia. Ce n'est pas parce que deux d'entre nous ne savent pas convoquer le vent ou faire descendre la lune, ou Dieu sait quoi encore, que nous allons rester assis à attendre! Je risque autant que toi, Mia. Et je suis le shérif de cette île.

— Je descends des trois premières sœurs, tout comme vous, enchaîna Mac. Je n'ai pas vos pouvoirs, mais j'ai passé la plus grande partie de ma vie à les étudier. Nous exclure est non seulement insultant mais présomptueux.

— Ce n'est qu'une façon de plus de prouver que tu n'as besoin de personne, renchérit Sam.

— Ce n'était pas mon intention. Je suis désolée que vous le preniez ainsi. Je ne serais pas allée le voir si je n'avais été sûre d'en être capable.

— Parce que tu ne te trompes jamais? rétorqua Sam.

— Oh, si, je me suis déjà trompée! Mais pas dans ce cas précis. Il ne pouvait pas me faire de mal, affirma-t-elle en refoulant le souvenir de la douleur qui lui avait déchiré les seins et le ventre. Il se sert de Remington, dont la haine et la folie sont des armes puissantes. J'espérais tarir cette source d'énergie. Evan Remington n'est qu'un canal. Si on ferme les vannes – façon de parler –, le pouvoir maléfique s'affaiblit.

— C'est une théorie valable, reconnut Mac.

— Une théorie tordue, oui! grommela Ripley.

— Remington est prisonnier de promesses fallacieuses, expliqua Mia. Et il s'est damné lui-même. Mais cette soif de blesser est une faiblesse, qui finira par le détruire. À nous d'accélérer le processus. Après ce qui s'est passé hier, nous devons aller de l'avant. Je ne veux prendre aucun risque avec Lulu, et tant qu'il ne pourra pas m'atteindre, c'est à elle qu'il s'attaquera.

— Tu as raison, acquiesça Mac. Tes sentiments pour elle sont ton talon d'Achille.

— Alors, prenons les devants.

— Une frappe préventive ? suggéra Sam.

Mia hocha la tête.

— En quelque sorte. Cela fait un certain temps que j'y pense. Son pouvoir s'accroît avec le temps. Je l'ai constaté hier. Pourquoi attendre septembre, lui laisser le temps d'accumuler des forces ? Avec toi, Ripley et Nell, les quatre éléments sont réunis. Et, grâce aux trois bébés, un cercle neuf s'est créé à l'intérieur de l'ancien. C'est une magie puissante. Nous pourrions réaliser un sortilège de bannissement avec un rituel complet.

— La légende réclame autre chose, lui rappela-t-il. Tu as un choix à faire.

— Je sais. Je suis consciente de toutes les interprétations, de tous les risques et de tous les sacrifices. Mais notre cercle n'est pas brisé, comme l'était celui de nos aïeules. Notre pouvoir est intact... En s'attaquant à Lulu, il m'a fourni une raison supplémentaire de l'achever, reprit-elle d'une voix dure. Je tiendrai mon rôle lorsque le moment sera venu. En attendant, un rituel de bannissement nous occuperait... et peut-être sonnera-t-il la fin de tout cela.

— Il faut la pleine lune, dit Mac. Ça ne te laisse pas beaucoup de temps.

Mia eut un sourire féroce.

— Nous avons eu trois cents ans.

19

— Qu'y a-t-il que tu n'as pas dit aux autres ?
— Il n'y a rien de plus à ajouter.
Assise à sa coiffeuse, Mia se brossait les cheveux. Sam ne partirait pas, elle le savait, et les combats perdus d'avance étant un gaspillage d'énergie, elle s'y résignait.
— Si tu crois qu'un sortilège de bannissement peut régler le problème, pourquoi n'y as-tu pas pensé plus tôt ?
— Tu n'étais pas là.
— Je suis là depuis le mois de mai. Cesseras-tu un jour de me jeter mon départ à la figure ?
Elle posa sa brosse et alla ouvrir la porte-fenêtre du balcon. La pluie qui martelait le sol était comme une musique apaisante.
— Tu as raison. C'est agaçant et répétitif. Et c'était plus efficace quand je ne t'avais pas encore pardonné.
— Tu m'as vraiment pardonné, Mia ?
La pluie avait beau être merveilleusement douce et tiède, Mia attendait l'orage.
— J'ai beaucoup réfléchi aux enfants que nous étions. La fille était si éprise du garçon qu'elle n'a pas *vu* qu'il n'était pas prêt. Elle l'a cru aussi amoureux qu'elle et aussi désireux d'unir leurs existences. La

responsabilité de la suite des événements lui incombe autant qu'à lui.

— Non, ce n'est pas vrai.

— Bon, admettons qu'elle ait été moins fautive, parce qu'elle était honnête et lui, pas. Mais elle n'était pas sans défaut. Elle se cramponnait trop à lui. Peut-être parce qu'elle n'était pas plus prête que lui, mais voulait l'être. Elle était si seule dans sa maison sur la falaise, si affamée d'amour.

— Mia…

— Tu ne devrais pas m'interrompre alors que je suis en train de t'accorder mon pardon. Je n'ai pas l'intention d'en faire une habitude. Reprocher à ses parents ses propres erreurs est immature. Une femme de trente ans devrait avoir fait le bilan de ses échecs… et de ses succès.

À cela aussi, elle avait longuement réfléchi.

— Mais, pour la défense de cette fille, reprit-elle, admettons que sa jeunesse l'autorisait à imputer sa faute à autrui.

Retournant à sa coiffeuse, elle trempa les doigts dans un petit pot de crème et se frotta les mains.

— Ils ne m'ont jamais aimée. C'est triste et douloureux, mais le pire, c'est qu'ils se fichaient bien que je les aime. Que devais-je faire de cet amour qui brûlait en moi ? Heureusement, il y avait Lulu. Mais j'avais tellement plus à offrir. Alors, c'est tombé sur ce pauvre Sam qui errait comme une âme en peine. Je t'ai accablé de mon amour et tu as dû te sentir écrasé.

— Je voulais que tu m'aimes. J'en avais besoin.

— Mais pas de te retrouver dans un petit cottage, avec moi, trois enfants et le toutou familial, lança-t-elle avec désinvolture, bien que chasser cette image idyllique lui coûtât. Je ne peux pas te le reprocher. En revanche, je te reproche la façon dont tu y as mis fin. Abruptement, durement. Enfin, même ça… Tu étais très jeune.

— Je regretterai jusqu'à mon dernier jour la façon dont j'ai rompu.

— La jeunesse est souvent cruelle.

— Je l'étais. Je t'ai annoncé que j'en avais fini avec toi et cette île. Que je ne me laisserais plus piéger. Que je ne reviendrais jamais. Tu m'as regardé sans mot dire tandis que les larmes coulaient sur tes joues. Tu pleurais si rarement que j'ai paniqué. Du coup, je me suis montré encore plus cruel. Je le regrette de tout mon cœur.

— Je te crois. J'aimerais que nous puissions enfin ne voir dans cette partie de notre vie que l'épisode d'un passé révolu.

— Il faut que je te dise pourquoi j'ai mis si longtemps à prendre le chemin du retour.

— Ça aussi, c'est le passé, dit-elle en se refermant.

— Non. Je veux que tu saches. J'étais certain de ne jamais revenir. Durant les premières années, chaque fois que je pensais à toi, que je sois éveillé ou endormi, je te claquais la porte au nez. Et puis, un jour, je me suis retrouvé dans la grotte dont je t'ai parlé, en Irlande.

S'approchant de la coiffeuse, il s'empara de la brosse et joua un instant avec.

— Tous les sentiments que j'éprouvais pour toi m'ont assailli de nouveau, la peur et la joie comprises. Mais je n'étais plus un jeune garçon, et ces sentiments n'étaient pas ceux d'un jeune garçon. Et j'ai su que j'allais revenir. C'était il y a cinq ans, Mia.

— Tu as pris ton temps, observa-t-elle en s'efforçant de dissimuler son émotion.

— Je ne suis pas revenu tel que j'étais parti. Le fils de Thaddeus Logan. Cette étiquette m'a longtemps collé à la peau. Il fallait que je fasse quelque chose par moi-même. Non, laisse-moi finir, poursuivit-il comme elle ouvrait la bouche pour parler. Autrefois, c'était toi qui rêvais, définissais les objectifs, trouvais les solutions. Aujourd'hui, j'ai mes propres rêves. Pour moi, l'hôtel n'est pas seulement un bien immobilier.

— Je sais.

— C'est possible. Il représente pour moi à la fois un symbole et une passion, la preuve que je suis plus qu'un héritier. Au cours de ces cinq dernières années, j'ai failli plusieurs fois prendre le chemin du retour, et chaque fois, quelque chose m'a arrêté. Était-ce de mon fait, ou un coup de pouce du destin, je l'ignore. Mais je savais que mon heure n'avait pas sonné.

— Tu as toujours été plus qu'un héritier, mais peut-être étais-tu trop jeune pour t'en rendre compte.

— Ce qui nous amène à ici et maintenant.

— Maintenant, j'ai besoin de temps pour réfléchir. Si tu veux dormir ici, tu es le bienvenu. Je vais voir si Lulu va bien, et ensuite, j'irai passer un moment dans la tour.

Frustré, Sam serra les poings dans ses poches.

— Accorde-moi la possibilité de te prouver que tu peux me faire à nouveau confiance. Que tu peux m'aimer. Je veux que tu vives avec moi, en sachant que, quoi que je fasse ou ne fasse pas, plus jamais je ne te blesserai volontairement.

— Je peux te promettre une chose. Après la pleine lune, après le rituel, je te répondrai franchement. Pour le moment, nous ne pouvons pas nous permettre de conflits.

— Tu me caches quelque chose, dit-il en lui prenant le bras.

— Ne me pose pas de questions, fit-elle en se dégageant de peur qu'il ne devine ce qu'elle taisait. Tu veux que je te fasse confiance. Fais-en autant à mon égard.

— D'accord, à condition que tu ne prennes aucun risque sans ton cercle. Sans moi.

— Quand viendra le moment crucial, j'aurai besoin de mon cercle. Tu en fais partie.

Sachant qu'il n'obtiendrait rien de plus, il acquiesça d'un hochement de tête.

— Je peux utiliser ta bibliothèque ?

— Fais comme chez toi.

Après avoir vérifié que Lulu dormait, Mia sortit sur le belvédère. De là, elle avait une vue plongeante sur son territoire, les ténèbres qui se pressaient aux frontières et la vapeur fumante qui s'en dégageait.

Levant la main, elle arracha du ciel un éclair qu'elle jeta sur une fumerolle brûlante. Elle rentra ensuite dans la tour.

Elle traça son cercle, alluma les chandelles et l'encens. Puis elle mangea un mélange d'herbes, but au calice et, s'agenouillant au centre du cercle, elle se vida l'esprit et ouvrit son troisième œil.

L'orage pressenti éclata sur l'île et, en dépit des vents déchaînés, le sol se couvrit d'une nappe de brouillard gris. La mer déferlait au pied des falaises que Mia survolait sous une pluie battante traversée d'éclairs.

Dans la clairière, son cercle apparut. Ils se tenaient tous par la main. Le brouillard en léchait avidement le périmètre mais ne parvenait pas à le franchir.

Le cercle tenait bon, se dit-elle, à genoux dans la tour.

Elle entendait la terre gronder, le ciel rugir et son propre cœur battre sourdement.

Ils invoquèrent tour à tour leurs éléments. Terre, Air, Eau et Feu. Leur pouvoir jaillissait telle une flèche et déchirait le brouillard qui se reconstituait aussitôt. En sortit le loup qui portait sa marque.

Lorsqu'il bondit, elle était seule sur sa falaise. Elle s'entendit crier, de désespoir et de triomphe mêlés, tandis qu'elle se cramponnait à lui. Et l'entraînait dans sa chute.

Chute interminable durant laquelle elle vit le disque plein de la lune et les étoiles percer la tempête et illuminer l'île.

Agenouillée dans la tour, elle gémit.

— Ne m'as-tu donné ceci que pour me le reprendre ? Tout présent a-t-il donc un prix ? Aurais-tu laissé souffrir l'innocente, la mère que je me suis choisie ? Est-ce que tout doit finir dans le sang ?

Elle se recroquevilla sur le sol et, pour la première et la dernière fois de sa vie, elle maudit son don.

— Elle me cache quelque chose, déclara Sam qui arpentait la cuisine. Je le sais.

— Peut-être, admit Mac en repoussant les documents étalés sur la table. Quelque chose me turlupine depuis hier soir, mais je n'arrive pas à mettre le doigt dessus. J'ai passé en revue tout ce que je sais concernant les Trois Sœurs : l'île, les trois femmes, leurs descendants. J'ai relu entièrement le journal de mon ancêtre. Mais je sens que quelque chose m'échappe. Un aspect. Une... Quel est le mot qu'a employé Mia ? Une interprétation.

Sam posa un sac sur la table.

— Jette un coup d'œil là-dedans, avant qu'elle ne s'aperçoive de sa disparition.

Avec précaution, Mac sortit du sac un vieux livre dont la reliure en cuir était en piteux état.

— J'ai l'intention d'interroger Zack, annonça Sam. Les Todd habitent l'île depuis la nuit des temps, et il la connaît mieux que quiconque. Si je trouve les bonnes questions, peut-être me fournira-t-il les bonnes réponses.

— Il ne nous reste qu'une semaine avant la pleine lune.

— Mets-toi au boulot, professeur. Il faut que j'aille travailler. Si tu découvres du nouveau, préviens-moi.

Déjà plongé dans sa lecture, Mac grogna un vague assentiment.

Plutôt que de prendre sa voiture, Sam suivit son instinct et se dirigea vers la grotte.

Il l'avait toujours aimée. Enfant, il échappait à sa mère ou à sa nounou pour s'y réfugier. Il jouait avec le sable, rêvassait ou, simplement, se pelotonnait dans un coin et s'endormait. Il n'avait que trois ans lorsque ses parents avaient dû prévenir la police de sa disparition. Le père de Zack l'avait tiré d'un rêve dans lequel il dormait, blotti sur le sein d'une jolie femme aux cheveux roux et aux yeux gris.

Elle lui chantait en gaélique l'histoire d'un beau silkie amoureux d'une sorcière qu'il avait fini par abandonner pour retourner à la mer. Curieusement, il n'avait eu aucun mal à comprendre les paroles.

Plus tard, il y avait emmené ses copains, la grotte devenant alors un fort, un sous-marin ou un repaire de brigands. Le soir, il faisait souvent le mur pour y allumer un feu et regarder les flammes danser sur les parois.

Lorsqu'il avait atteint l'adolescence, l'apparition de la femme aux cheveux roux s'était faite plus rare, mais il l'avait reconnue en Mia. Puis les deux images s'étaient confondues dans son esprit, et il n'était plus resté que Mia.

Il pénétra dans la grotte et inspira profondément. Les deux odeurs étaient distinctes. Celle, douce et subtile, de l'inconnue qui avait chanté pour lui, et le parfum plus envoûtant de la femme qu'il aimait.

« Mère », l'avait appelée Mia le soir où ils l'avaient vue sortir, la fourrure dans les bras. Elle s'était adressée à l'apparition avec un mélange de tendresse et de respect, comme si elle l'avait rencontrée à plusieurs reprises.

Il s'accroupit et examina le sol de la grotte, là où il avait vu l'homme plongé dans un profond sommeil.

— Tu me ressemblais, de même qu'elle ressemble à Mia, dit-il à haute voix. J'en ai déduit que nous n'étions pas destinés à vivre ensemble et je suis parti, comme toi. Mais, moi, je suis revenu.

Il lut les mots qu'il avait gravés dans la pierre longtemps auparavant. Son pied envoya rouler un objet qui heurta le mur en tintant. Se baissant, il ramassa une bague. L'anneau terni portait un nœud celtique identique à celui qui ornait la bague trouvée dans la grotte irlandaise. Identique à celui qu'avait gravé Mia sous ses propres mots.

Il referma les doigts et prononça mentalement un sortilège destiné aux femmes gardiennes du foyer. Lorsqu'il rouvrit la main, l'anneau étincelait.

Il le contempla longuement, puis le fixa à la chaîne sur laquelle se trouvait déjà celui qu'il avait rapporté d'Irlande.

Mia s'était levée de bonne heure afin de rattraper le travail en retard.

À 9 heures, elle s'interrompit pour passer son premier coup de fil. Il fallait qu'elle voie son notaire le plus tôt possible afin de modifier son testament.

Ce n'était pas du fatalisme, mais du pragmatisme, songea-t-elle en sortant divers documents de sa serviette.

Son contrat de partenariat avec Nell dans *Le Buffet des Trois Sœurs* était en ordre, mais elle souhaitait laisser sa part à Ripley.

Le testament léguait la librairie à Lulu, mais elle avait décidé d'en changer les termes et d'en attribuer une partie à Nell. Ce que Lulu approuverait sûrement.

Elle voulait aussi créer un petit fonds en fidéicommis pour les enfants de ses sœurs et y inclure le cottage jaune.

Sa bibliothèque reviendrait à Mac, celui de ses amis qui en ferait le meilleur usage. Zack recevrait quelques-uns de ses objets de collection, ainsi que la montre de son arrière-grand-père.

Elle laisserait sa maison à Sam qui saurait l'entretenir et protéger le cœur de l'île.

Ces dispositions n'auraient sans doute pas lieu d'être appliquées avant longtemps, se dit-elle en rangeant les papiers dans un tiroir qu'elle verrouilla, mais mieux valait être prête.

— Il y a quelque chose qui cloche, murmura Nell.
— Ouais, acquiesça Ripley. Il y a trop de monde sur la plage, dont une bonne moitié d'imbéciles.
— Je parle sérieusement, Ripley. Je suis inquiète pour Mia. Il ne reste que deux jours avant la pleine lune.
— Je sais parfaitement quel jour on est. Regarde ce type, là-bas, sur la serviette Mickey. Il est en train de frire comme un poisson dans une poêle. Je te parie qu'il vient de l'Indiana, ou d'un endroit de ce genre, et que c'est la première fois qu'il s'allonge au soleil. Attends-moi une minute.

Elle traversa la plage et décocha un petit coup de pied dans le corps rose vif qui sursauta. Puis, tout en sermonnant l'irresponsable, elle lui pétrit l'épaule comme pour vérifier s'il était cuit à point.

L'homme prit sa crème solaire et s'en tartina soigneusement.

— Ma bonne action pour la semaine, commenta Ripley en rejoignant Nell. Maintenant, en ce qui concerne Mia...
— Elle est trop calme. Elle mène sa vie comme si de rien n'était. Hier soir, c'était la réunion du club de lecture. En ce moment, elle fait l'inventaire. Dans quelques jours, nous allons accomplir un sortilège rarissime et elle se contente de me tapoter la tête en m'assurant que tout va bien se passer.
— Elle a toujours eu de l'eau glacée à la place de sang.
— Ripley !
— Bon, d'accord. Moi aussi, je suis inquiète. Et si je ne l'étais pas, Mac l'est pour deux. Il est plongé dans ses bouquins et passe des heures à griffonner. Selon lui, Mia a mis quelque chose en route sans nous prévenir.
— C'est aussi ce que je pense.
— J'ignore ce que nous devrions faire.
— J'en ai discuté avec Zack. Nous pourrions la mettre au pied du mur, tous ensemble.

— Quoi ? Procéder à une sorte d'arrestation ? Cette fille est trop coriace. Qualité admirable, mais que je regrette aujourd'hui.

— J'ai eu une autre idée. Toi et moi, nous pourrions... euh... unir nos pouvoirs, traverser sa carapace et examiner ce qu'elle a dans le crâne.

— Tu veux qu'on fourre notre nez dans ses pensées ?

— Oublie. C'est grossier, indiscret et sournois.

— Ouais, et c'est pour ça que ça me plaît... Je peux me libérer une heure, ajouta Ripley en consultant sa montre. Tout de suite. Chez toi, c'est plus près.

Vingt minutes plus tard, Ripley gisait, haletante et en nage, sur le sol du salon.

— Bon sang, quelle garce !

— C'est comme si on tentait de percer du béton avec un cure-dent, déclara Nell en s'épongeant le front.

— Elle a dû deviner qu'on essayerait, et elle s'est préparée. À présent, je suis vraiment inquiète. Essayons de contacter Sam.

— Non. Ce qu'elle cache le concerne sûrement. Ce ne serait pas bien. Elle l'aime.

— Si c'est son choix...

— Elle n'a rien décidé. Du moins, c'est ce qu'elle raconte. Elle l'aime, mais, pour autant que je sache, ça ne la rend pas heureuse.

— Elle a toujours été une fille compliquée. Tu sais ce que je crains ? Qu'elle se jette de la falaise pendant le sortilège de bannissement.

— Ripley, elle a assuré que nos bébés seraient sains et saufs.

— Exact.

— Mais elle n'a jamais dit qu'elle le serait.

Un instrument à la main, Mac faisait le tour du cottage. De temps en temps, il s'accroupissait et marmonnait.

— Quel cinéma! grommela Ripley. Il a fait la même chose chez nous et chez Lulu.

— De quoi s'agit-il? demanda Sam en dénouant sa cravate.

Il sortait d'une réunion et la journée n'était pas finie puisque Nell et Zack étaient attendus d'une minute à l'autre.

— Bravo, Sam, lança Mac en les rejoignant. Tu gardes cet endroit bien hermétique.

— Merci, Doc. Tu peux nous expliquer de quoi il retourne?

— Attendons les autres. Il faut que je sorte des trucs de la voiture. Mia compte sur toi sous peu?

— Non, mais je n'aimerais pas la laisser longtemps seule.

— Voilà Nell et Zack, annonça Mac. Mettons-nous au travail.

Prévoyante, comme à son habitude, Nell avait apporté des cookies et du thé glacé qu'elle parvint tant bien que mal à disposer sur la table encombrée par les notes et les livres de Mac.

— Assieds-toi, lui ordonna Zack en la poussant vers une chaise. Laisse cet enfant se reposer cinq minutes.

— Hé, j'en ai deux! s'écria Ripley en se hissant sur le comptoir de la cuisine. Bon, je commence: hier, Nell et moi avons décidé de faire un peu d'espionnage...

— Ce n'était pas de l'espionnage.

— Non, parce que nous avons échoué. Mia s'est verrouillée à double tour.

— Je n'appelle pas ça une nouvelle, commenta Sam.

— Elle a pris une décision et ne veut pas que ça se sache. C'est agaçant et, surtout, inquiétant.

— Je pense que tu as raison, intervint Mac. L'autre nuit, elle a déclaré qu'elle était consciente de toutes les interprétations. Ça m'a donné à réfléchir. Sa... tâche, appelons cela ainsi, concerne l'amour. L'amour absolu. En surface, c'est décidé à l'avance. On peut donc en déduire qu'elle est destinée à aimer de cette façon, ou à renoncer librement à un attachement trop encombrant. Désolé, ajouta-t-il à l'adresse de Sam.

— Nous sommes déjà passés par là.

— Oui, mais ce qui paraît décidé à l'avance l'est rarement. L'aïeule de Mia a piégé l'homme qu'elle aimait en lui volant sa fourrure. Ils ont vécu ensemble et ont fondé une famille. Mais s'il l'aimait, c'était grâce à la magie et non par un choix délibéré. Dès qu'il a retrouvé sa fourrure, il a repris sa forme originelle et a quitté sa femme.

— Il ne pouvait pas rester, fit remarquer Sam.

— Je n'en disconviens pas. Maintenant, l'une des interprétations possibles est que Mia est obligée de trouver un amour sans limites. Un amour qui viendrait à elle sans restriction ni magie.

— Je suis amoureux d'elle. Je le lui ai dit.

— Encore faut-il qu'elle te croie, remarqua Zack.

— Mais ce n'est pas la seule interprétation, reprit Mac en ouvrant l'un de ses livres à une page marquée d'un signet. Ceci est une histoire de l'île, écrite au début du XVIIIe siècle, et qui s'appuie sur une documentation que je ne connais pas. Si Mia possède ces documents, ils ne sont pas dans sa bibliothèque.

— Ils doivent être dans la tour, dit Sam dont le regard s'assombrit.

— J'aimerais bien les voir un de ces jours mais, pour aujourd'hui, ce livre suffira. Il raconte la légende et précise certains détails. Je vais vous indiquer les points importants.

Il ajusta ses lunettes et parcourut la page jaunie.

— « C'est par la magie que l'île a pris naissance et c'est par la magie qu'elle vivra ou périra. Trois choix se présenteront, entraînant la vie ou la mort. Air rassemblera son courage ; elle se détournera de ce qui peut la détruire ou l'affrontera. » Tu as fait les deux, commenta Mac à l'intention de Nell. « Et le cercle ne sera pas rompu. Ensuite, Terre rendra la justice, sans l'usage d'une lame ni d'une lance. Pour défendre ce qu'elle est, et ce qu'elle aime, elle ne répandra pas d'autre sang que le sien. »

Ripley examina la fine cicatrice qui traversait sa paume.

— Cette épreuve-là, nous l'avons franchie.

— Tu as fait le bon choix, dit Mac. « Si elle rend la justice avec compassion, le cercle demeurera intact. La troisième, Feu, examinera son cœur, l'ouvrira et offrira sa vie en sacrifice pour sauver ce qu'elle chérit. Le cercle triomphera. Les quatre éléments se lèveront et mettront fin aux ténèbres. »

— Elle offrira sa *vie* en sacrifice ? s'écria Sam.

— Attends ! intervint Zach. Mac, c'est ton interprétation ?

— Chacune aurait pu donner sa vie pour sauver les autres. Avec courage, justice, amour. Mia connaît forcément ce texte. La question est : le prendra-t-elle en considération ?

— Oui, affirma Nell dont le visage avait blêmi. Nous l'aurions fait.

Ripley confirma d'un signe de tête.

— Si elle pense que c'est la seule façon, elle le fera. Mais elle se battra d'abord.

Sam serra les poings comme pour y enfermer sa fureur et sa peur.

— Pas question que je reste tranquillement à l'écart alors qu'elle songe à mourir pour sauver quelques kilomètres carrés de rochers. Il faut qu'on arrête ce truc !

— Ne dis pas de sottises ! rugit Ripley qui, d'énervement, jeta sa casquette. On ne peut pas interrompre un processus qui s'est enclenché il y a des siècles. J'ai essayé, et ça n'a pas marché. Je suggère plutôt que toi et moi allions en parler à Mia.

— On peut essayer. Mais je doute que nous parvenions à la faire se raviser. L'éloigner de l'île ne changerait rien non plus... La dernière étape doit être franchie ici, et par nous tous.

— Par le cercle, confirma Mac. Le pouvoir de Mia étant le plus raffiné, le plus puissant, l'ennemi rassemble ses forces.

— Mais nous sommes plus nombreux, remarqua Nell en prenant la main de son mari.

— Il y a d'autres sources de pouvoir, remarqua Sam, soudain songeur. Nous nous servirons de toutes.

Il trouva Mia dans son jardin, un verre de vin dans une main, un papillon posé sur l'autre.

— Quelle jolie scène ! commenta-t-il en l'embrassant sur le haut du crâne avant de s'asseoir près d'elle. Comment s'est passée ta journée ?

Elle garda le silence un instant tout en le dévisageant.

— De façon productive, répondit-elle enfin. Et la tienne ?

— Pareil. Un gamin s'est coincé la tête entre les barreaux de fer forgé d'un balcon. Il l'a pris plutôt bien, mais sa mère est devenue hystérique et a exigé qu'on scie les barreaux. Comme il n'était pas question que je bousille un balcon vieux de plusieurs siècles, je m'apprêtais à le libérer à l'aide d'un sortilège, quand le responsable du personnel d'entretien m'a devancé. Il a enduit la tête du gamin d'huile et il l'a extirpé comme un bouchon de champagne.

Elle sourit et lui proposa son verre. Mais ses yeux restaient attentifs et méfiants.

— Je suis persuadée qu'il a été ravi de l'aventure. Sam, j'ai remarqué qu'il manquait des livres dans la bibliothèque.

— Mmm ? fit-il en tendant son doigt au papillon qui s'y posa. Tu m'avais permis de les consulter.

— Où sont-ils ?

Il lui rendit le verre et le papillon.

— J'en ai feuilleté quelques-uns dans l'espoir de dénicher de nouveaux éléments qui nous aideraient à régler notre problème.

— Et alors ?

— Vu que je n'ai pas la prétention d'être un érudit, j'en ai parlé à Mac qui me les a empruntés. J'ai pensé que tu n'y verrais pas d'inconvénient.

— Je préfère que mes livres restent chez moi.

— Pas de problème, je vais les récupérer... Tu sais, être ici, avec toi, c'est... la perfection. Chaque fois que je te regarde, mon cœur bondit. Ça aussi, c'est merveilleux. Je t'aime, Mia.

Elle baissa les paupières.

— Il faudrait que je m'occupe du dîner, déclara-t-elle en se levant.

— Je vais t'aider. Il n'y a pas de raison que tu te tapes tout le boulot.

« Ne me touche pas, supplia-t-elle silencieusement. Pas encore. Pas maintenant. »

— Je préfère me débrouiller seule dans ma cuisine.

— Comme tu veux. J'attendrai ici.

20

Il avait une idée en tête, Mia en était convaincue. Il était beaucoup trop gentil, trop attentionné. À croire que quelqu'un lui avait jeté un sort.

Aussi ridicule que cela puisse paraître, elle le préférait moins accommodant. Au moins, elle savait à quoi s'attendre.

Mais l'heure n'était pas aux analyses psychologiques. L'urgence de la situation exigeait qu'elle n'éparpille pas ses forces.

Elle était prête, résolue, et aussi confiante que possible. Et quand un doute pointait le nez, elle le balayait.

Le jour précédant la pleine lune, elle se leva à l'aube en s'interdisant de se blottir dans les bras de Sam. Depuis leur nuit au cottage, ils n'avaient fait que dormir ensemble, en toute innocence.

À aucun moment, il n'avait essayé de la séduire, ce qu'en fin de compte, elle trouvait légèrement insultant.

Ce matin-là, elle le laissa dormir et gagna la falaise où elle se remplit du feu du soleil levant et de la puissance de la mer.

Les bras tendus, elle absorba le pouvoir et rendit grâce pour son don.

Lorsqu'elle se retourna, elle aperçut Sam qui la contemplait du balcon de la chambre. Leurs regards se croisèrent et une étincelle jaillit. Les cheveux flottant au vent, elle rebroussa chemin sans prêter attention au brouillard sombre qui rampait aux frontières de son univers.

Elle alla travailler, plus pour sauvegarder sa sérénité que par nécessité. Malgré son bras cassé, Lulu était revenue tenir la caisse. Connaissant son caractère obstiné, Mia n'avait même pas tenté de l'en dissuader. D'autant que le travail et les visites incessantes de voisins et d'amis semblaient la ragaillardir.

Vers midi, le café était bondé et Mia ne pouvait faire un pas sans qu'on l'interpelle.

Lassée, elle se glissa dans la cuisine et sortit une bouteille d'eau du réfrigérateur.

— Hester Birmingham vient de m'annoncer que Ben et Jerry font des prix sur leurs glaces cette semaine.

— Ces deux-là, je les adore, répliqua Nell qui préparait un sandwich au poulet et au fromage.

— Elle était dans tous ses états. J'ai cru qu'elle allait éclater en sanglots.

— Il y a des gens pour qui manger une glace est une affaire sérieuse. Tiens, on pourrait se faire des coupes glacées, ce soir... après.

— Bravo. Je suis contente de constater que la soirée ne t'inquiète pas trop, fit Mia en caressant le dos de Nell. Demain, tout sera fini. Plus de soucis.

— Je le crois. Mais permets-moi de m'inquiéter un peu pour toi.

— Petite sœur, murmura Mia en posant la joue sur les cheveux de Nell. Je t'aime. Bon, je m'en vais. J'ai encore des choses à faire. À ce soir, lança-t-elle en s'éloignant.

Nell ferma les yeux et pria.

Mais s'éclipser ne fut pas chose facile. Le temps qu'elle monte chercher dans son bureau les documents qu'elle y avait rangés, puis qu'elle redescende au rez-de-chaussée, il s'était écoulé une bonne heure.

— Lulu, deux minutes, dit-elle en lui désignant l'arrière-boutique.
— Je suis occupée.
— Deux minutes, insista Mia en entrant dans la petite pièce.
— Je n'ai pas de temps à perdre et je n'ai pas besoin d'une énième pause, ronchonna Lulu en la rejoignant. J'ai des clients, moi !
— C'est ce que je vois. Je suis désolée mais il faut que je rentre à la maison.
— On est en plein milieu de la journée. Et puis-je te rappeler que je n'ai qu'un bras au lieu des six dont je me sers habituellement.
— Je suis désolée, répéta Mia, la gorge nouée par l'émotion.
Lulu lui avait tenu lieu de mère, de père et d'amie. La seule constante dans sa vie, en dehors de son don. Et plus précieuse que celui-ci.
— Tu es malade, ou quoi ? demanda Lulu.
— Non, non. Je vais bien. Fermons le magasin. Je ne veux pas que tu te surmènes.
— Sûrement pas ! Si tu veux faire l'école buissonnière, libre à toi. Je ne suis pas invalide, bon sang, et j'ai l'habitude de faire tourner cette boutique.
— Je sais. Je te le revaudrai.
— J'espère bien. Je vais me prendre un après-midi, la semaine prochaine, et c'est toi qui resteras au feu.
— Marché conclu. Merci, souffla Mia en la serrant avec précaution dans ses bras de crainte de malmener son bras cassé.
Puis, cédant à une impulsion irrésistible, elle enfouit le visage dans les cheveux de Lulu et répéta :
— Merci.
— Si j'avais su que ça te mettrait dans un tel état, j'aurais demandé deux journées de congé. Va-t'en, puisque tu y tiens.
— Je t'aime, Lulu. Bon, je file.

Elle suspendit son sac à l'épaule et sortit précipitamment, ce qui l'empêcha de voir les yeux de Lulu s'emplir de larmes.

— Sois bénie, petite fille, murmura la vieille femme lorsqu'elle se retrouva seule.

— Tout est en ordre, madame Farley ?
— Oui.
— Merci de votre aide. Je vais devoir laisser mes affaires entre vos mains compétentes.
— Monsieur... Sam, corrigea-t-elle. Tu as été un gamin intéressant et, l'un dans l'autre, un gentil garçon. Tu es devenu un homme encore plus sympathique.
— Je... Merci. Il faut que je rentre.
— Bonne soirée.
— Ce sera une soirée historique, prédit-il à mi-voix en quittant son bureau.

De retour au cottage, il rassembla quelques objets, le plus ancien de ses athamés, son sabre rituel, le pot dans lequel il conservait du sel de mer et sa baguette préférée qu'il enveloppa dans un morceau de soie. Le tout fut rangé dans une boîte en bois sculptée qui appartenait à sa famille depuis des générations. Puis il enfila une chemise et un jean noirs, et plia sa robe noire – il l'enfilerait plus tard. Plutôt qu'une amulette, il choisit de ne porter qu'une chaîne à laquelle étaient suspendues les deux bagues en argent.

Il sortit jeter un dernier coup d'œil à la maison et au bois avoisinant. Sa protection tiendrait, se dit-il. Le contraire était impensable.

Lorsqu'il la franchit, il sentit le frémissement de son propre pouvoir.

Et, soudain, une force invisible le souleva de terre et l'envoya valdinguer en arrière. Son corps heurta le sol et il vit un millier d'étoiles.

— Tu en auras pour une heure à installer tout ce bazar, observa Ripley.

— Je n'aurai probablement pas besoin de tout, mais je ne veux prendre aucun risque, déclara Mac qui chargeait son matériel à l'arrière de la Land Rover. Ça promet d'être l'un des plus grands événements paranormaux de l'Histoire. Bon, tu es prête ?

— Ça fait un bout de temps que je suis prête. Allons…

Stupéfait, Mac vit les yeux de sa femme se révulser tandis qu'elle serrait les mains autour de son cou. Elle étouffait.

Zack rangeait les instruments de Nell dans la voiture.

— Ça va marcher, assura-t-elle. Mia s'y est préparée toute sa vie.

— Ça ne peut pas faire de mal d'être soutenu.

— Non. Sam a eu une bonne idée.

Il hissa la glacière dans le coffre et remarqua :

— Ça m'ennuie que Remington soit plongé dans un état catatonique. Mon contact m'a dit que c'était comme si on avait appuyé sur un interrupteur. Il ne répond plus.

— On se sert de lui. Se soumettre à cette volonté le détruira, c'est sûr. Je le regrette pour lui.

— La bête qui l'habite te veut, Nell.

— Non, répliqua-t-elle en posant la main sur le bras de Zack. Elle veut tout, et surtout Mia.

L'homme qui l'avait autrefois terrorisée ne le pouvait plus aujourd'hui.

Elle s'apprêtait à ouvrir la portière lorsqu'elle se plia en deux en gémissant.

— Que se passe-t-il, Nell ?

— Des crampes. Seigneur, le bébé !

— Tiens bon. Tiens bon, supplia-t-il en l'enlaçant.

Le visage douloureux de sa femme le bouleversa.

— Je t'emmène chez le médecin.

— Non, non, non.

Le visage au creux de l'épaule de Zack, Nell lutta contre la douleur et la peur qui l'étreignaient.

— Attends un instant, souffla-t-elle.

— Non, il n'y a pas une seconde à perdre !

Il ouvrit vivement la portière et tenta de la pousser dans la voiture. Elle se cramponna fermement à lui.

— Ce n'est pas réel. Mia a affirmé que le bébé serait sain et sauf. Elle en était certaine. C'est une illusion.

Elle se recueillit, chassa la peur et les doutes, et retrouva son pouvoir.

— C'est une illusion, répéta-t-elle d'un ton catégorique. Un leurre pour nous empêcher de constituer notre cercle. Allons vite chez Mia.

Elle se planta sur la falaise, vêtue de sa robe blanche dans laquelle s'engouffrait le vent. L'obscurité l'enserrait, froide et acérée comme la lame d'un couteau.

Le brouillard montait de la mer et envahissait peu à peu l'île. Ce soir aurait lieu la dernière bataille.

— Qu'il en soit ainsi, murmura-t-elle.

Elle fit demi-tour et pénétra dans la forêt.

Le brouillard l'enveloppait, bruissant de mille chuchotements qui lui donnaient envie de s'enfuir en courant. D'affreux petits doigts lui gratouillaient la peau.

Un loup hurla. La panique s'empara d'elle lorsque le brouillard engloutit ses pieds et s'insinua sous sa robe.

Avec un haut-le-cœur, elle lui assena une claque et le chassa du sentier, bien qu'elle sût qu'elle gaspillait ainsi un peu de son énergie.

Le cœur battant, elle pénétra dans la clairière. Le centre de l'île où elle formerait son cercle.

Ce ne serait pas facile, comprit-elle en refoulant ses émotions.

Nell et Zack arrivèrent les premiers.

— Tu vas bien ? s'enquit Nell en se jetant dans les bras de Mia.

— Oui. Qu'y a-t-il ?

— Il a essayé de nous arrêter, Mia. Il est là, tout près.

— Je sais.

Elle saisit les mains de Nell et les serra très fort.

— Toi et les tiens ne subirez aucun mal. Commençons. Le soleil est presque couché.

Elle lâcha Nell, ouvrit les bras et les chandelles qu'elle avait disposées sur le pourtour de la clairière s'allumèrent.

— Il préfère l'obscurité, expliqua-t-elle.

— Ce salaud a cru pouvoir m'empêcher de venir, s'écria Ripley qui les rejoignait. Il est temps que nous lui montrions de quel bois on se chauffe.

Mac apparut, trimballant deux gros sacs.

— J'ai besoin d'un coup de main pour installer mon matériel.

— Tu n'as plus beaucoup de temps, le prévint Mia.

— On en a suffisamment, assura Sam qui arrivait, l'un des moniteurs de Mac sous le bras, son coffret sous l'autre.

Il avait revêtu une longue robe noire. Mia s'approcha de lui.

— Mais tu saignes ! s'exclama-t-elle.

— Ce salopard m'a frappé, dit-il en s'essuyant du revers de la main. Il me le revaudra.

— Alors, battons-nous, intervint Ripley en sortant son sabre rituel de son sac.

Pour la première fois depuis plusieurs jours, Mia éclata de rire.

— Tu ne changeras jamais. Ce lieu est sacré. C'est le cœur, le cercle intérieur qui protège l'île du froid et des ténèbres. C'est ici que se sont tenues les trois sœurs et c'est ici que je vais affronter mon destin.

Tout en parlant, elle fit le tour de la clairière. Les nappes de brouillard clapotaient à quelques centimètres de ses pieds.

— Lorsque le cercle aura été formé, le lien qui nous unit durera l'éternité.

— Ce n'est pas l'introduction du sortilège de bannissement, remarqua Sam.

Elle l'ignora et poursuivit :

— Le soleil couchant me donnera son feu, et la lune s'élèvera plus haut.

Elle se saisit d'un pot et répandit du sel de mer autour des maris de ses sœurs.

— Une est trois, et trois est une, par le sang qui coule dans nos veines. Celui qui est sombre et porte ma marque la portera éternellement. Qu'il en soit ainsi, puisque je le veux.

Tendant les bras vers le ciel, elle convoqua le tonnerre.

— Formons le nouveau cercle. Je sais ce que je fais, ajouta-t-elle en regardant Sam.

— Moi aussi.

Tandis que Nell, Ripley, Sam et Mia se rassemblaient, Mac demeurait les yeux rivés sur ses instruments.

— En traçant elle-même un cercle extérieur, murmura-t-il, elle attire sur elle les forces négatives. Même liée aux autres, elle s'offre comme cible.

— Sam a évoqué cette éventualité, signala Zack.

— En nous entourant de sel de mer, elle a tracé autour de nous une seconde ligne de défense. Son plan est que nous restions à l'intérieur du cercle de protection, quoi qu'il arrive.

— C'est ça, riposta Zack.

— Le pouvoir monte, annonça Mac.

Autour du cercle, une lumière scintilla, d'un or profond. De la pointe de leurs poignards, chacun dessina son symbole sur le sol. La lune apparut à l'instant où ils entamaient la première incantation.

— Air et Terre, Feu et Eau, transmis par le sang de la mère au fils, et du fils à la fille, nous invoquons votre pouvoir. Venez nous éclairer.

Brandissant les bras, Nell s'écria :

— Je suis issue d'Air, et c'est elle que j'appelle. Que le vent se lève et balaye les forces maléfiques ! Qu'il en soit ainsi, puisque je le veux.

Le vent se leva en rugissant, et Ripley enchaîna :

— Je suis issue de Terre, et c'est Terre que j'implore. Tremble et frémis sous mes pieds. Engloutis l'obscurité et épargne les humains. Qu'il en soit ainsi, puisque je le veux.

La terre se mit à trembler.

— Je suis issu d'Eau, dit à son tour Sam en levant les bras, et c'est Eau que j'invoque. Que la mer se déverse et que la pluie inonde cette île de lumière ! Qu'il en soit ainsi, puisque je le veux.

Et, tandis que la pluie les cinglait, Mia rejeta la tête en arrière et psalmodia :

— Je suis issue de Feu, et c'est Feu que je supplie. Enflamme et consume la bête qui rôde en quête de sang. Qu'il en soit ainsi, puisque je le veux.

Un éclair zébra le ciel et retomba en pluie scintillante.

La tempête se déchaîna. Un tourbillon jaillit de la clairière et se dirigea vers la forêt.

— Mes instruments ne mesurent plus rien, cria Mac par-dessus le grondement du tonnerre.

Un hurlement retentit. Zack tira son pistolet.

— Le loup. Il se rapproche.

À l'intérieur du cercle, Sam, Ripley, Nell et Mia joignirent leurs doigts. Puis, sans prévenir, Mia mit la main de Nell dans celle de Sam. Et s'exclut.

— Par deux fois, les trois t'ont terrassé. Il ne reste plus que moi et, aujourd'hui, je te défie. Sors de l'obscurité et fais ce que tu as à faire. Lequel de nous deux trouvera la mort ? Viens affronter le pouvoir de la dernière sorcière.

Sur ces mots, elle sortit du cercle.

Le brouillard se rassembla et prit la forme d'un loup vers lequel Mia s'avança lentement. Brandissant son sabre rituel, Sam bondit pour la protéger de son corps.

— Non, protesta-t-elle. Il ne t'est pas destiné.
— Toi, si. J'irai en enfer avec lui plutôt que de le laisser te faire du mal. Retourne dans le cercle.

Elle le regarda fixement, tandis que le loup posait une patte dans la clairière. Mia sentit son pouvoir chasser sa peur.

— Je ne perdrai pas. C'est impossible, affirma-t-elle en s'élançant hors de la clairière.

Le loup la suivit.

Fendant de son corps brûlant le brouillard glacé, elle courait sur le sentier dont elle connaissait chaque virage, chaque monticule. La bête la poursuivait en hurlant. Tendue comme une flèche vers sa cible, elle sortit du bois et poursuivit son chemin vers la falaise que cernaient de sombres et fétides tourbillons. Rassemblant son pouvoir, elle en projeta une partie derrière elle afin de gagner du temps. Elle jubila en entendant un cri de douleur et de colère.

Seule, privée de son cercle, elle parvint à l'endroit où Feu avait fait son dernier choix. À ses pieds, la mer grondait.

« Tu es prise au piège, murmura une voix dans sa tête. Si tu restes là, tu seras déchiquetée. Saute et échappe-toi. »

Hors d'haleine, elle avança d'un pas. Le vent tira sur l'ourlet mouillé de sa robe et les rochers glissants oscillèrent.

Elle se retourna ; le brouillard recouvrait l'île d'une chape sombre, ce qui ne l'étonna pas. Ce qui la surprit, en revanche, ce fut le cercle lumineux qui scintillait à proximité du village. Un flot d'énergie en jaillit et la rejoignit.

Elle s'en drapa et attendit le loup.

« Attaque-moi, lui ordonna-t-elle silencieusement. Oui, viens. Je t'ai attendu toute ma vie. »

Montrant les crocs, il se dressa sur ses pattes de derrière.

Crains-moi, car je t'apporte la douleur et la mort.

Un trait noir écorcha le roc aux pieds de Mia qui recula. Un éclair de triomphe illumina les yeux rouges de la bête.

— Raté, commenta-t-elle froidement en lui décochant un jet de feu.

Émergeant de la forêt, Sam aperçut Mia, debout au bord de la falaise. Sa robe blanche étincelait sous la lune et sa chevelure volait autour d'elle tandis qu'une monstrueuse silhouette noire la menaçait de toute sa hauteur. Du ciel en furie, des flammes décochaient une pluie de flèches. Il laissa échapper un cri de fureur plus que de terreur, et, brandissant son sabre, il s'élança en avant.

Tournoyant sur la roche, Mia leva les bras.

— Voici venue la nuit de mes noces. Il m'a choisie et je l'ai choisi. Cette lumière, nulle force n'a le pouvoir de l'éteindre. Mon cœur est à lui, et le sien est à moi. Nos destins sont étroitement mêlés. Ma mort contre la vie des miens ! cria-t-elle d'une voix puissante tandis que les autres jaillissaient des bois. Pour ceux que j'aime, j'oserais tout. Trois cents ans pour que s'achève ce combat ! Par ces mots, je choisis l'amour.

Elle étreignit la main de Sam qui s'était rué à ses côtés.

— Je choisis la vie.

Le loup se désagrégea et se transforma en homme dont les visages multiples se succédèrent, se fondant l'un dans l'autre, chacun marqué du pentagramme.

— Tu sauves cette île, mais pas toi, éructa-t-il. Je t'emporte.

Il bondit ; le sabre de Sam s'abattit. La silhouette se fendit et s'éparpilla en vagues sifflantes qui rampèrent vers les pieds de Mia.

— C'est à moi de l'achever, dit-elle.

— Vas-y, s'inclina Sam.

Elle écarta toutes ses protections et libéra son pouvoir.

— Par tout ce que je suis, par tout ce que je serai, je te chasse. Avec courage et justice, j'achève ce que mes sœurs ont commencé. Que mon feu te terrasse !

Elle tendit le bras et de sa paume surgit une boule de feu.

— Qu'il en soit ainsi, puisque les trois sœurs l'ont voulu !

« Pour Lulu, ajouta-t-elle silencieusement, et pour tous les innocents. »

Elle jeta la boule sur les tourbillons de brouillard qui basculèrent de la falaise et tombèrent en hurlant dans la mer.

— Que l'enfer t'engloutisse ! tonna Sam.
— Qu'il en soit ainsi, fit Mia en se tournant vers lui.
— Puisque nous l'avons dit, conclut-il.

Il recula d'un pas et l'attira à lui.

— Éloigne-toi du bord, Mia.
— Pourtant, la vue est belle, dit-elle avant d'éclater d'un rire joyeux.

Elle leva les yeux vers le ciel. Les nuages se dissipaient, découvrant les étoiles scintillantes et la lune qui voguait tel un vaisseau blanc sur une mer calme.

— Seigneur, quelle sensation ! s'exclama-t-elle. Tu as sûrement des quantités de questions à me poser. Laisse-moi juste un instant avec Nell et Ripley.
— Vas-y.

Elle quitta la falaise et se jeta dans les bras de ses sœurs.

Plus tard, abandonnant les autres dans la cuisine, elle entraîna Sam dans le jardin.

— Peut-être te demandes-tu pourquoi je ne vous ai pas expliqué ce que j'avais l'intention de faire. Ce n'était pas de l'arrogance, c'était…

Sans attendre la fin de sa phrase, il l'enlaça et l'étreignit avec force.

— Nécessaire, parvint-elle à dire.

— Tais-toi, juste une minute.

Il enfouit le visage dans les cheveux de Mia et la berça en murmurant des mots tendres en gaélique. Puis, tout aussi abruptement, il l'écarta, et la secoua.

— Nécessaire, tu parles ! Nécessaire pour m'arracher le cœur de la poitrine ? Peux-tu seulement deviner ce que j'ai ressenti en te voyant debout au bord de la falaise, avec cette *chose* qui te menaçait ?

— Oui, souffla-t-elle en lui prenant le visage entre les mains. Mais c'était la seule façon de lui régler définitivement son compte sans nuire à personne.

— Regarde-moi dans les yeux et réponds-moi franchement. Est-ce que tu te serais sacrifiée ?

— Non. J'ai risqué ma vie, c'est vrai. Mais la sacrifier, c'est différent. Je l'ai risquée pour la seule véritable mère que j'aie jamais eue. Pour cette île et ses habitants. Pour nos amis et leurs enfants. Pour nous deux. Mais je voulais vivre et, comme tu peux le constater, j'ai gagné.

— Tu as quitté le cercle pour l'entraîner sur la falaise ?

— C'était là que devait se dérouler la dernière bataille. J'avais tout prévu, sauf une chose : ce cercle de lumière à côté du village. Quand j'ai senti cet amour et cette foi fondre sur moi et m'envahir, ça a été le plus merveilleux des cadeaux. Qui sait ce qui serait arrivé sinon ? Je te remercie. Tu as demandé de l'aide alors que je n'y pensais pas.

— Les habitants de l'île se serrent les coudes. J'ai mis quelques personnes au courant...

— Qui l'ont répété à d'autres, acheva-t-elle. Tous se sont réunis près du cottage et m'ont soutenue avec le cœur et l'esprit. C'est la plus puissante des magies... Il faut que tu comprennes, poursuivit-elle en s'écartant. Je ne pouvais pas m'ouvrir à vous, ne fût-ce qu'un peu, car l'ennemi risquait d'en profiter pour lire en moi. J'étais obligée d'attendre que tout soit en place.

— Mais ce n'était pas exclusivement ton combat. C'était le nôtre.

— Je n'en étais pas certaine. Je ne l'ai été que lorsque tu es sorti du cercle pour me protéger. J'ai su alors que nous devions l'achever ensemble. Il faut que je te dise...

Elle fit quelques pas, cherchant ses mots.

— Je t'ai beaucoup aimé. Mais ce n'était qu'un amour d'adolescente, limité, auquel se mêlaient mes besoins personnels, mes désirs et mes souhaits. Lorsque tu es parti, j'ai expulsé cet amour et je me suis verrouillée. C'était cela ou mourir. Et puis tu es revenu. Et j'ai cru pouvoir rester verrouillée.

De la main, elle repoussa une mèche du front de Sam.

— Mais le verrou a cédé, et l'amour m'a envahie à nouveau. Chaque fois que tu me disais que tu m'aimais, un poignard se plantait dans mon cœur.

— Mia...

— Non, laisse-moi finir. Le soir où nous étions ici dans le jardin, avec ce papillon qui voletait autour de nous, il s'est passé quelque chose de curieux. Tu t'es assis, tu m'as souri et tu as répété que tu m'aimais. Et je n'ai pas eu mal. Pas du tout. Au contraire, je me suis sentie heureuse. Immensément heureuse.

Elle lui caressa les bras et reprit :

— Ce que j'ai ressenti pour toi à ce moment-là, et ce que je ressens désormais, ce n'est plus un amour de très jeune fille. Il n'a pas besoin ni de fantasmes ni de souhaits. Si tu pars...

— Je ne...

— Si tu pars de nouveau, ce sentiment ne sera pas modifié et je le chérirai. Je sais que tu m'aimes, et cela me suffit.

— Tu crois que je pourrais te quitter ?

— Là n'est pas la question, dit-elle en esquissant un pas de danse. À présent, je t'aime assez pour vivre avec toi ou te laisser partir. Sans regrets, sans conditions.

— Approche, murmura-t-il. Regarde.

Il sortit la chaîne de sa chemise et lui montra les deux bagues.

— Elles sont superbes, s'extasia-t-elle en les effleurant du doigt.

La chaleur et la lumière qui s'en échappèrent alors lui coupèrent le souffle.

— Ce sont leurs alliances, souffla-t-elle. Celles de Feu et de son mari.

— J'ai trouvé celle du mari dans la grotte dont je t'ai parlé, en Irlande. Et celle de Feu il y a quelques jours, dans notre grotte. Lis l'inscription.

Elle passa le doigt sur les symboles gaéliques et, le cœur battant, déchiffra les mots gravés.

Il détacha la plus petite des bagues et la lui tendit.

— Voici la tienne.

— Pourquoi me la donnes-tu? s'enquit-elle, le souffle court.

— Lui n'a pas pu tenir sa promesse. Mais moi, je la tiendrai. Je veux te la faire et que tu me la fasses. Maintenant, et lors de notre mariage. Et je te la répéterai chaque fois qu'un de nos enfants naîtra.

— Des... enfants, balbutia-t-elle sans le quitter des yeux tandis qu'une larme roulait sur sa joue.

Il la cueillit du bout du doigt et poursuivit:

— J'ai eu une vision. Tu jardinais, au tout début du printemps. Le feuillage n'était qu'une petite brume verte, le soleil était doux et pâle. Je suis sorti de la maison et je t'ai vue. Tu étais si belle, Mia. Et tu portais notre enfant. J'ai posé la main sur ton ventre et j'ai senti bouger un petit être impatient de naître.

Il encadra son visage de ses mains.

— Construisons-nous une vie, Mia. Notre vie, et celle de nos enfants.

— Oui, dit-elle en l'embrassant sur une joue. Oui, répéta-t-elle en embrassant l'autre. Oui à tout, acheva-t-elle en capturant ses lèvres.

Il s'empara de sa main droite.

— Ce n'est pas celle-là, lui signala-t-elle.

— Tant que nous ne sommes pas mariés, tu ne peux pas la porter à la main gauche. Respectons la tradition. Et pour continuer dans le même esprit...

Sam tendit la main. La larme qu'il avait essuyée y avait laissé une trace brillante. Une pluie d'étoiles s'en échappa. Il en attrapa une.

— Un symbole. Une promesse. Je te donnerai les étoiles, Mia.

Et, ouvrant la main, il lui offrit une bague ornée de petits diamants limpides.

— Je la prends. Et toi avec, Sam. Oh, oui!

Il lui passa l'anneau au doigt. Les pierres étincelèrent et Mia ne put retenir un frisson.

— Quelle magie nous allons accomplir! s'écria-t-elle.

— Commençons dès maintenant.

En riant, il la souleva dans ses bras et tous deux virevoltèrent sous la voûte étoilée qui, cette nuit-là, brillait d'un éclat surnaturel.

Achevé d'imprimer par GGP Media GmbH, Pößneck
en juin 2006
pour le compte de France Loisirs,
Paris

N° d'éditeur : 45974
Dépôt légal : mai 2006
Imprimé en Allemagne